魔術学院を首席で卒業した俺が冒険者を始めるのはそんなにおかしいだろうか

いかぽん

FB
Famitsu Bunko
ファミ通文庫

CONTENTS

Is it odd that I become an adventurer
even if I graduated the witchcraft institute?

ILLUST ◆ カカオ・ランタン

プロローグ

俺が魔法を学ぼうと思ったのは、冒険者になりたかったからだ。

幼い頃に読んだ幾多(いくた)の冒険物語。

それらの本を読み返すたび、俺は冒険への憧(あこが)れを募(つの)らせていった。

だが俺は、冒険者が決して楽な稼業(かぎょう)ではないことも知っていた。生半可な気持ちで挑んでは、すぐに命を落としてしまうだろう。

だから努力した。

それは冒険者として生き残る、その確率を上げるためのものでしかないとは知りながらも、己の実力を高めるためにできる限りのことはしてきたつもりだった。

それがどうして——

どうしてこうなったのか。

「はぁ？　冒険者になるだって？　……お前、正気か？」

魔術学院を卒業する少し前のこと。学院の食堂で友人と進路の話をしていたら、その友人に呆(あき)れられた。

俺は彼に問い返す。

「ああ。……やはりおかしいか？」

「いや、そりゃそうだろ……。お前の成績だったら、学院教授でも宮廷魔術師でもより取り見取りだろ。冒険者なんて学院で落ちこぼれたやつが行きつく先だぜ？」

「ふむ……親にも同じことを言われたな」

「だろうな」

　その友人や親の弁によれば、学院を好成績で卒業した者は、将来安定で高収入の学院教授や宮廷魔術師などを志望するのが普通らしい。

　だが俺は、それらの職業にはあまり魅力を感じなかった。たとえ高収入が約束されていようと、学院や国に縛られた生き方は、少なくとも俺には向いていないと思った。

　それに何より、俺は冒険者として生きるためにここまで努力してきたのだ。「普通」だとか何とかで道を違えては、本末転倒だというのが俺の考えだった。

「一応親には、学院の学費やこれまでの生活費はいずれ利子をつけて返すと言ったんだが、納得してもらえなかった」

　親には在学中の学費や生活費を払ってもらったという恩があるのも確かだ。

　俺は十三歳で学院に入学し、今年で十七歳になる。一般には十五歳になれば成人であり、以後自分の食い扶持は自分で働いて稼ぐのが当たり前だ。

　学院の安くない学費を払ってもらい、なおかつ二年間の猶予ももらった俺には、それなりの責任があるのは分かる。

　だが友人は、俺の言葉を聞いて哀しげに首を横に振った。

「そういう問題じゃないって言われたろ？」

「ああ。……お前は俺の親の心が読めるのか？」

「少なくともお前さんよりはな。それで、納得してもらえなくてどうなったよ？」

友人はサラダをむしゃむしゃと食べながら聞いてくる。

「勘当だそうだ。卒業までは面倒を見るが、冒険者になるつもりなら以後は家の敷居をまたぐことまかりならんと言われた」

「ほうほう、勘当というわりにはなかなか温情のある措置だな。それでお前は？」

「断った。勘当すると言うならそれは仕方ないが、せめて一度だけ敷居をまたぐことを認めてほしいと伝えた。そうでないと、親に養ってもらった恩を返せないからな」

「……つまり学費は返すってことか。相変わらず人情ってものがどこかに吹っ飛んでるな、お前さんは」

「そんなつもりはないんだがな」

——と、そのような会話をしてから、数か月後。

俺は親の温情もあり、無事に学院を卒業することとなった。

卒業時の肩書きは、首席。

目的のために努力をしてきた自負はあったが、そこまで大したものではないというのが俺の認識だった。

所詮は現場での実践を伴わない、座学と実験室での魔法試験による成績である。そうして培った能力が、実際の冒険者という世界でどれだけ通用するのかは、はなはだ怪しいものだと思っている。

いずれにせよ、ここから先は実力のみがモノを言う世界だ。成績がいかに良かろうが、そんなものは何の意味もない。

——冒険者。

俺はついに、その世界へと最初の一歩を踏み出したのである。

そして——

＊＊＊

数日後、俺はゴブリンが棲息しているという洞窟の中にいた。

その俺の前には、先ほど冒険者ギルドで知り合ってパーティを組んだばかりの新米冒険者の少女が、三人ほどいるのだが——

「……なあ、ウィリアム」

少女のうちの一人、着物袴と呼ばれる異国の衣装に身を包んだ黒髪の少女が、唖然とした様子で俺に声をかけてくる。

「何だ、サツキ」

「いや、何だっていうか——これ、一体どういうこと？」

そう言って少女が指し示したのは、洞窟の広間で倒れて無力化されたゴブリンたちの姿だった。

その総数は八体。いずれも死んだわけではなく、魔法の力で眠りに落ちているだけだ。

「眠り(スリープ)の呪文(じゅもん)を使った。もっとも、この呪文は先にも披露しているはずだが」

「うん、見たよ？　洞窟の入り口の二体の見張りゴブリンも、洞窟に入って最初の広間で遭遇(そうぐう)した五体のゴブリンも、全部その呪文で一網打尽(いちもうだじん)にしたよね？」

確かに彼女の言う通り、ここまでのゴブリンはすべて、初級魔法の一つである眠り(スリープ)の呪文で対処してきた。

「ああ、最善の選択だったと考えているが。……何か不満か？」

「最善すぎるんだよぉ……。これじゃあたしたちの出番がないじゃん……」

そう言ってしくしくと涙を流す少女の腰には、異国の武器、刀(カタナ)が挿(さ)さっていた。

彼女は侍(サムライ)と呼ばれる東国の剣士であるが、どうもその実力を発揮できないことが不満のようだった。

「そうか、得心した。だが悪いが、俺はキミの出番を用意することよりも、リスクの削減のほうをより優先すべきと考える。冒険者はいつ命を落とすかも分からない危険な仕事だ。無用な油断をして足元をすくわれる愚(ぐ)は犯したくない」

「ううっ……正論すぎる……」

侍(サムライ)の少女はかくんと肩を落とした。ポニーテールにした黒髪を揺らして落ち込む様は、彼女には申し訳ないが随分と可愛(かわい)らしい。

一方そこに、眠ったゴブリンたちを退治し終えた、残り二人の少女が戻ってくる。

片や純白のローブをまとった神官(ホーリーオーダー)の少女、片や猫耳と尻尾(しっぽ)が愛らしい獣人にして

盗賊(シーフ)の少女だ。

「最善とか何とかいう問題じゃないでしょうに……。その眠り(スリープ)の呪文の威力がおかしいのよ」

「ですです。八体のゴブリンを全部まとめて眠らせるとか、こんなのあり得ないです。普通の魔術師(メイジ)が使う眠り(スリープ)の呪文は、群れに撃って一体か二体眠らせられれば上出来だって聞いてるです」

少女たちは口々に事の異常性を訴えかけてきた。

だが彼女らの認識はあまり的確とは言えないものだ。

「その『普通の魔術師(メイジ)』という表現には少々語弊があるな。一般に冒険者になる魔術師(メイジ)は魔術学院を早々に落第した未熟者が多いと聞くが、そうした者たちが基準になっているせいでそのような一般認識になっているのだろう。だが十分な実力を持った魔術師(メイジ)であれば、この程度の呪文の強制力は持っていて当然だ」

「はあ……」

俺の説明を受けても、二人はいまいち納得がいかないという様子だった。まあ、人が認識を改めるというのは難しいことだから、仕方あるまい。

俺はそれをさて置きつつ、手にした杖(つえ)で洞窟の地面の土に図を描いてゆく。

「それよりも、この先の攻略計画を改めて共有しておきたい」

俺が描いているのは、この洞窟の経路図だ。

洞窟の入り口から、この広間にたどり着くまでの通路と広間、そしてこの広間から延びる通路と、その先にあるいくつかの広間、それとゴブリンの所在を描き加えていく。

その上で、俺たちが今いる部屋に大きなバツ印を付けたところで、その図を俺の肩に寄りかかって覗き込んでいた侍の少女が、ぼそっとつぶやく。

「それもわけわかんねぇよな……。まだ行ってないところの地形とかゴブリンの居場所が、どうして分かるんだよ」

「それもすでに説明はしたと思うが、魔法の目の呪文を使って偵察をした結果だ」

「うん、確かに説明はされたよ？　でも正直半信半疑だったよ。ここまでの地形と、そこにいたゴブリンの数がドンピシャだったのを見るまではさ。――反則だろこんなの、ダンジョンの形と敵の居場所が最初から全部分かってるなんて」

魔法の目の呪文は、魔法によって作り出した透明な「目」を飛ばして、行く先の風景を疑似視覚によって「見る」ことのできる呪文だ。

「目」は存在はするが透明不可視で、宙に浮いた状態で人間が歩くのと同じぐらいの速度で動かすことができる。そしてその「目」から見える風景を、術者である俺自身が視覚情報の一環として受け取ることができるのだ。また「目」には暗視能力も組み込まれており、洞窟の暗闇の中でも問題なく見通すことができる優れ物である。

俺は洞窟探索の開始段階で、仲間たちに少し待ってもらってこの呪文を行使し、「目」を使って洞窟内の情報をあらかじめ探っていた。これにより、今図示したような情報が手に入っていたのだ。

「だが油断はできない。俺の『目』では、罠などの隠された危険を見つけ出すことはできない。それ以外にも、洞窟探索では何が起こるか分からん。常に油断は禁物だ」

「あたしたちの考える『油断は禁物』と、ウィリアムが考える『油断は禁物』は、レベルが違いすぎるんだよなぁ……」

そう言った侍の少女は、どこか遠い目をしていた。

もう二人の少女も、何やら引きつった笑いを浮かべていた。

彼女たちも初級の冒険者としては十分に優秀であるように思うのだが、リスク管理の意識が俺とは少しズレているようだった。まあその辺りは、追々すり合わせていくしかないだろう。

俺はそんなことを考えながら、ふと、この少女たちとの出会いの場面を思い浮かべていた。

彼女らとの出会いは、これよりしばらく前に遡る――

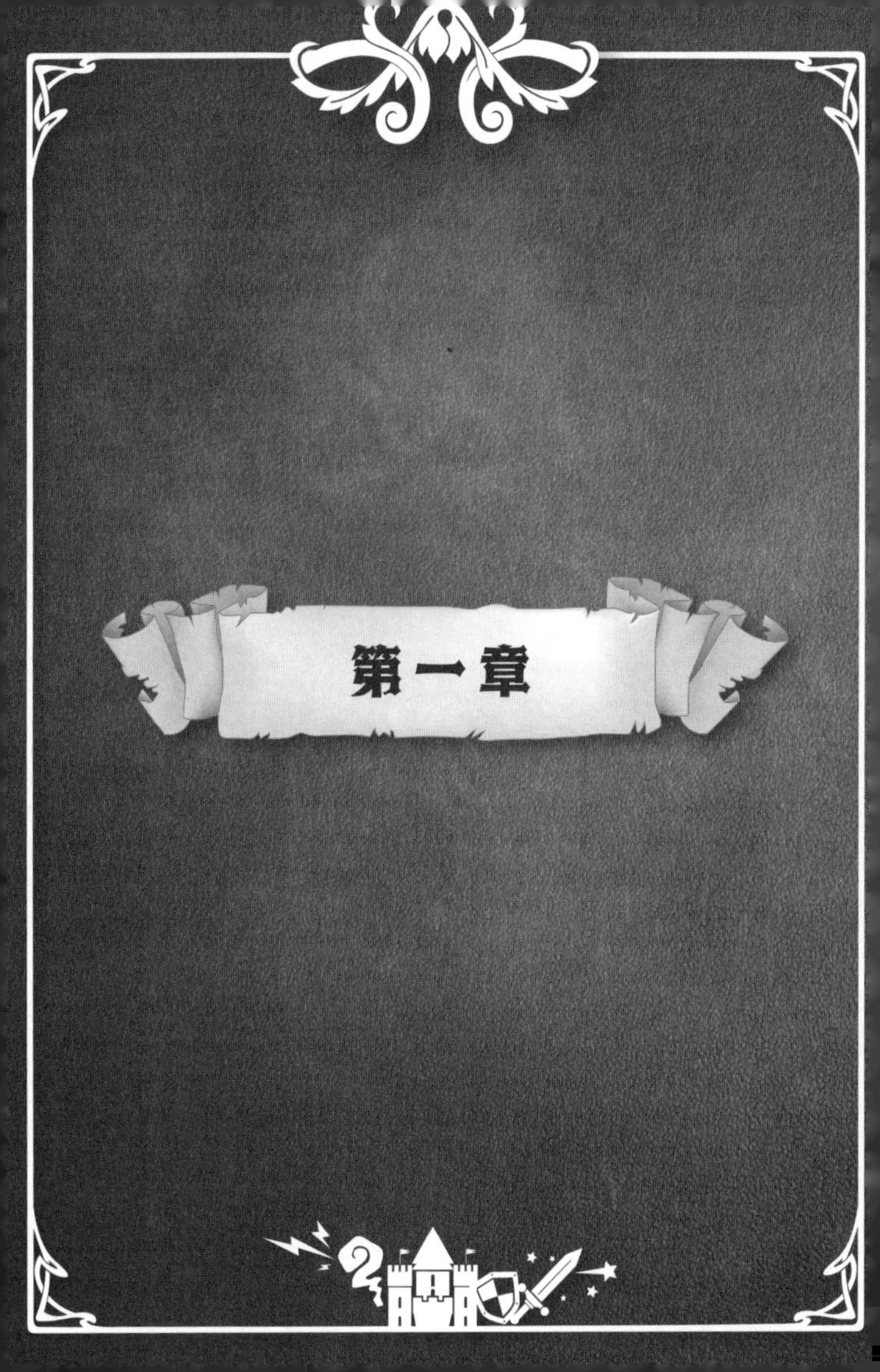

第一章

都市アトラティア。

工業、商業とともにほどよく発達した、人口六千人ほどの中規模都市である。

魔術学院を卒業した俺は、学院がある魔術都市レクトールを離れ、一週間ほど乗合馬車に揺られて、この都市アトラティアへと到着していた。

夕焼けの朱色と群青色に彩られた時間、俺は都市の入り口で門番による簡単なチェックを受けてから市内へと踏み入ると、その足で冒険者ギルドへと向かう。店じまいの準備をする職人や露天商を横目にしながら、中央通りを歩いていく。

やがてたどり着いた冒険者ギルドは、市内の奥まった場所にありながら、上流階級の住居ほどの大きさを持った建物だった。俺はその入り口の扉をくぐって、中へと入っていく。

ギルド内は多くの人々で賑わっていた。建物内の敷地の半分は酒場スペースになっていて、多くの冒険者らしき人々が陽気に飲んで騒いでいる。

一方で、ギルドの事務処理スペースのほうは、さほど混雑はしていなかった。俺はそちらへと向かい、受付カウンターに座っていた女性職員に声をかける。

「冒険者登録をしたいのだが」

そう用件を切り出すと、女性職員は人懐っこそうな笑顔を浮かべて返事をする。

「はい、初めての方ですね。ではこちらに、お名前と年齢、種族、出身地などをご記入ください。文字が書けない場合は、言っていただければ私のほうで代筆しますので」

「大丈夫だ。文字は書ける」

「ですよねー。……失礼ですけど、魔術師（メイジ）の方……ですよね？」

彼女は俺の姿を下から上まで見ると、そんなことを聞いてくる。

俺が身につけているのは濃緑色のローブで、手には捻（ね）じくれた木の杖（つえ）を持っている。

これらは学院の制服のようなもので、この姿を見れば魔術師（メイジ）と思うのは当然のことだ。

「まあ、そんなところだ」

「やっぱり！　あとお兄さん、イケメンだってよく言われません？」

「どうだかな。その仏頂面をどうにかすればモテるのに、などと言われたことは何度かあるが、世辞なのか批判なのか、あるいは別の意図があるのかは分からん」

俺は女性職員から渡された羊皮紙に必要事項を記入しながら、片手間にそう答える。

俺は自分の容姿を、平凡な十七歳男子のそれだと認識している。

多少長身のほうではあるが、特に太っているわけでも痩（や）せているわけでもない。

髪の色はありきたりなブラウン、瞳（ひとみ）の色も同色。特徴がないことが特徴と評するべき容貌（ようぼう）だろう。

「これで大丈夫か？」

書き終えた羊皮紙を女性職員に返却すると、彼女はそれにサッと目を通した。

「はい、必要事項の記入はバッチリです。念のため確認しますね——ウィリアム・グレンフォードさん、種族は人間で、年齢は十七歳、出身は魔術都市レクトール——でよろしいですね？」

その確認に俺がうなずくと、彼女は手元にあった印鑑で、ぽんと判を押した。

それから彼女は、俺に冒険者ギルドに関する細々としたルールなどを説明した後、こう伝えてくる。

「冒険者になったばかりのウィリアムさんは『Ｆランク』の冒険者となります。冒険者ランクはクエストを成功させれば徐々に上がっていきますので、高ランク目指して頑張ってくださいね」

「ああ、ありがとう」

俺は、笑顔で見送る女性職員に礼を言って、冒険者登録用の窓口の前から立ち去る。

そしてその足で、ギルドの入り口付近にある掲示板へと向かった。

＊＊＊

冒険者は実績がモノを言う職業だ。

冒険者登録をするのに特に審査などを受ける必要はないが、それは裏を返せば、冒険者登録をしただけのＦランク冒険者は、冒険者とは名ばかりの「ただの人」であることを意味する。

ただの人でない、プロの冒険者だと胸を張って言えるようになるためには、実績を積んで冒険者ランクを上げていく必要があるだろう。

「ゴブリン退治――Eランクのクエストか」

俺は掲示板の前に立ち、そこにある貼り紙の一枚を剥がして内容を確認していた。

そこに書かれていたのは、このような内容だった。

ゴブリン退治（クエストランク：E）
報酬：金貨二十枚
内容：ミト村の村長だ。村の近くの洞窟にゴブリンの群れが棲みついた。ヤツらは夜中に来て畑を荒らし、家畜を盗むばかりでは飽き足らず、ついには村の猟師モートを殺したのだ！　もはや捨て置けん、ヤツらを一匹残らず殺してくれ！

俺は貼り紙を見て一考する。

ゴブリン退治は、駆け出しの冒険者が受けるクエストとしては定番中の定番と言われている。冒険者として経験がない俺にとって、オーソドックスなクエストで経験を積むのは悪くない選択肢だと思った。

ただこのクエストを受領するには、今の俺には大きな問題が一つある。

このゴブリン退治のクエストランクは「E」である。だがFランク冒険者がEランクのクエストを受領するには、四人以上のパーティを組んでいなければならないのだ。

「パーティか……」

俺がそうつぶやきつつ、見ていたクエストの貼り紙を掲示板に戻したときだった。

「お兄さん、ひょっとしてパーティメンバーをお探しですか？」

どこからかそんな声が聞こえてきた。少女らしき声。

俺は周囲を見渡してみるが、それらしい人影は見当たらな――

「下、下ですお兄さん」

「むっ……？」

下を向いてみると、その人物は俺のすぐ隣にいた。背丈が低かったので気付かなかったようだ。

「はじめましてお兄さん。ミィはミィと言います。お兄さんは冒険者登録をされたばかりのＦランク冒険者とお見受けしますが、どうでしょう？」

そう話しかけてくるのは、小柄な体躯の獣人族らしき少女だった。

背丈は俺の胸ぐらいまでしかない。頭にはふさふさの毛で覆われた猫耳が二つ付いていて、それが可愛らしくぴょこぴょこと動いている。

髪はやや外跳ねしたショートカットで、その色は少し赤みがかった栗色。ぱっちりとしたつぶらな瞳は落ち着いた赤色で、そこには猫らしき縦長の瞳孔が宿っている。口元には八重歯が見え隠れしていて、それが彼女の愛らしさを増していた。

着ているものは、動きやすさと可愛らしさに特化した袖の短いシャツとズボン、グローブとブーツなどだ。また腰のベルトには短剣が挿してある。見たところ盗賊だろうか。

　俺は少しかがんで、その獣人族の少女の頭をよしよしとなでる。

「お嬢ちゃん、ここは冒険者ギルドだ。子供が遊びに来る場所じゃないぞ」

「ち、違います！　ミィは子供じゃないです！　れっきとした成人で、冒険者です！」

尻から生えた尻尾をぴんと逆立てて、顔を真っ赤にして抗議してくる。なかなかに可愛らしい。

　俺は立ち上がり、ネタばらしをしてやる。

「安心してくれ、いまのはジョークだ。良い冒険者は往々にして良質のジョークを言うものだと聞く。まだ拙いだろうが、何事も練習だ」

「うわぁ……このお兄さん、とんでもない朴念仁です……」

　獣人の少女はひどく引いた様子だった。やはりジョークの練度に関しては、今後の課題のようだ。

「冗談はさておき。キミは盗賊と見受けるが、合っているか？」

「はいです。お兄さんは魔術師ですよね？」

「まあ、そんなところだ」

　受付の女性職員相手の時もそうだったが、返答に迷って言葉を濁す。

　俺が魔術師だというのは、実のところ、誤りではないがあまり的確な表現とも言えない。魔術師（メイジ）というのは、わずかでも魔法が使える者ならば誰でも名乗れる称号であり、この称号を名乗るために魔術学院の課程を修了する必要はない。例えば、その辺の一般市民が魔法使いの私塾に通い、初級の魔法だけでも使えるようになればその時点で魔術師（メイジ）を名乗ることができるわけだ。

一方、魔術学院の課程を修了した者には特別に導師（ウィザード）の称号が与えられる。学院への入学は必要な金さえ払えれば可能だが、その課程を修了して導師（ウィザード）の称号を得るにはそれなりの努力が必要となる。一般に導師（ウィザード）の称号を得ることができるのは、学院の入学者数に対して二割から三割ほどと言われている。

したがって学院の卒業生である俺の場合は導師（ウィザード）を名乗っても良いのだが、魔術師（メイジ）でも間違いではないので、わざわざ訂正して有能アピールをする必要もないだろうと考えるところだ。

一方で獣人の少女は、俺の返答を聞いて、にぱっと明るい笑顔を向けてくる。

「だったらちょうどいいです。ミィたちのパーティには、ミィのほかに戦士（ファイター）と神官（ホーリーオーダー）がいるです。全員Fランクです。ちょうどもう一人Fランクの冒険者を探していたところなのです。お兄さん、ミィたちのパーティに入りませんか？」

このミィという獣人の少女の誘いは、俺にとっては渡りに船の提案だった。

「分かった、前向きに検討したい。あと二人の仲間に会わせてもらえないか？」

「はいです。ミィの仲間はあっちの酒場にいるので、ついてきてほしいです」

獣人の少女は踊り子のようにくるりと回ると、パタパタと駆けていく。

俺は彼女の先導に従って、その後をついていった。

＊＊＊

ミィに連れられて酒場スペースへと向かうと、多数の冒険者らしき人々が飲んで騒いでいる場所へと足を踏み入れることになった。

酒場で飲んでいる者たちは、全体に粗野(そや)な印象こそ強いものの、その人物のバリエーションは豊かであった。豪放にジョッキのエールを傾ける筋骨隆々とした戦士(ファイター)らしき男や、すました様子でワインに口をつけるエルフの女性、酔っているようでいながら実際には油断なく周囲に視線を走らせている盗賊(シーフ)風の男など、様々な人物がいる。

俺は前を駆けてゆくミィの姿を見て——この獣人の少女はパーティの紅一点、マスコット的な存在なのだろうなと何となく予想していた。男女混成の冒険者パーティはさほど珍しいものでもないようだが、それでもやはり、冒険者という職業に就いている者は圧倒的に男性が多いと聞く。

なお女性が混じっている冒険者パーティでは、女性絡みの人間関係が原因でパーティが崩壊するケースも多いらしい。ミィはそういったタイプではなさそうにも見えるが、女性は見かけによらないとも聞く。いずれにせよ、彼女とは必要以上に親密な仲にならないよう気を付けたほうがいいかもしれない。

　俺はそんなことを考えながら、ミィの後をついていったのだが――

「おうミィ、お疲れ。そいつが新入り候補か？」

　四人掛けのテーブル席のうちの二席には、確かに二人の人物が腰を掛けていた。声を掛けてきたのは、そのうちの一人だ。

　だが、そこにいた二人の人物は、俺の漠然とした予想を見事に裏切っていた。

「はいですサツキ。イケメンだから惚れましたか？」

「あー、確かに、ちぃとカッコイイかなって気はするかも――って違えだろ！　イケメン連れてきてどうすんだよ、あたしたち見合い相手探してんじゃねぇんだぞ」

「ちっちっ、そこは大丈夫です。彼は見ての通り魔術師なのです」

「そっか。ん、ならよし」

「ちょっとあなたたちね……ごめんなさいね？　この子たち、礼儀っていうものを知らなくて」

「いや、それは構わないのだが……」

　俺はその少女たちのやり取りに、少々肝を潰されていた。

　――そう、驚くべきことに、その場にいた二人ともが女性だったのだ。

　ともに年の頃は俺と同い年か、それよりやや若いぐらい――十六か十七かといったところだろう。

最初にミィに声をかけたほうの粗暴な印象の少女は、この辺りではあまり見かけない異国風の風貌をしていた。

艶やかな黒髪をポニーテールにしていて、瞳も黒。

身につけている衣服は東方の国の民族衣装で、着物袴と呼ばれるものだと記憶している。中でも彼女のそれは空色を基調としたもので、少女自身の端正な容姿とも調和してなかなかに見目麗しいものがあった。

また、その彼女の腰には反りの強い剣が一振り、鞘に収まった状態で提げられていた。「刀」と呼ばれる東国の武器である。

一方、俺に仲間の非礼を詫びてきたほうの少女は、神官衣らしき白いローブを身につけていた。

プラチナブロンドの髪はセミショートの長さに切り揃えられており、幻想的な紫色を瞳にたたえた眼差しは、きゅっと結ばれた口元とも相まって少女に真面目そうな印象を与えている。

また彼女のさらなる特徴は――少し下世話な話になるが、彼女の白のローブを大きく押し上げた、その胸の大きさと言えるだろう。それが少女のシルエットに、母性を司るような美しさを宿していた。

「……正直、少し驚いている。まさかパーティの全員が女性だとは思わなかった」

俺がそう率直な感想を述べると、異国風の黒髪少女が眉をひそめる。

「ん？　別に男でも女でもいいだろ。なんか不都合でも？」

「……いや。キミの言うとおりだ。問題はない」

俺はすぐに頭を切り替える。大きな問題がないのであれば、ことさら言及する必要もあるまい。

なお、女性だから冒険者として実力がないと決めつけるのは、必ずしも適切ではない。生物学的に見たときに、女性が男性と比べて筋肉量などの面で劣っているのは事実だが、一方で男と比べて体内を巡る命気(オーラ)の量が大きい傾向にあるという研究報告もある。それが事実であるならば、冒険者の資質として女が男よりも劣っていると考えるのは早計であると言える。

それよりも気になるのは——

「戦士(ファイター)と神官(ホーリーオーダー)という話だったが、厳密には少し違うようだな。——確か侍(サムライ)といったか。東方の国の独特の剣術を扱う者たちだったと記憶しているが、それで間違いないか？」

俺が黒髪の少女に向かってそう聞くと、彼女は食いつくように身を乗り出してきた。

「へえっ、あたしたちのこと知ってんだ！　侍(サムライ)って言っても通じねえから、しょうがないから戦士(ファイター)名乗ってたんだけどさ。そっかー、知ってんのか。そりゃ嬉(うれ)しいね」

そう言って黒髪の少女は、俺に向かって右手を差し出してくる。

「あたしはサツキ、見ての通りの侍(サムライ)だ。——あんたは？」

「俺はウィリアム、魔術学院で魔法やその他の教養を学んだ。ただ、侍(サムライ)を知っていると言ってもさほど詳しくはないぞ。その存在を知っているといった程度だ」

俺は差し出された手に握手を返し、自己紹介をする。

「なぁに、いいんだよ。知っててくれるだけで嬉しいってもんよ」

そう言ってカラカラと気持ちよく笑う少女。

俺はこのサツキという侍(サムライ)の少女を、裏表のない人間と評価していた。少なくとも、悪い人間ではなさそうだ。

そしてもう一方。サツキの隣で様子を見ていた神官衣の少女も、俺がサツキと挨拶(あいさつ)を終えたのを確認すると、同様に手を差し出してくる。

「私はシリル。光と正義の女神(めがみ)アハトナに仕える神官(ホーリーオーダー)よ」

「ウィリアムだ。よろしく頼む」

俺はその手を握り返し、短く返事をする。

彼女たちとパーティを組むかどうかはまだ決めていなかったのだが、直観的に悪い人物たちではなさそうだと感じたし、そうであるならば断る理由もない。

俺は彼女たちとパーティを組むことを即決していた。

＊＊＊

獣人の盗賊(シーフ)ミィ、侍(サムライ)のサツキ、神官(ホーリーオーダー)のシリルという三人とパーティを組んだ俺は、先のゴブリン退治のクエストを受領すると、翌朝に都市アトラティアを出立した。

ゴブリン退治の依頼を出したミト村へは、早朝にアトラティアを出立して、その日の夕方に差し掛かろうという頃に到着した。

ミト村で村長に会って話を聞くと、ゴブリンたちは村の北、森を分け入って半刻(はんとき)ほど歩いたところにある洞窟に棲みついたらしいという。それを聞いた俺たちは早速、教えられた洞窟へと向かった。

そして森の中を歩くことしばらく。ついに洞窟が見える場所までやって来た。

俺たちは森の中、木々の合間から、洞窟の様子をのぞき見ていた。

「見張りがいるな……二体か……」

サツキが木の陰に隠れながら、顔だけをわずかに出して、洞窟の様子を注視する。

俺も見てみたが、洞窟前には二体のゴブリンが立っていた。どちらも俺たちの存在に気付いている様子はない。

なおゴブリンというのは、人間と敵対する亜人種(デミヒューマン)の一種である。人間の子供ほどの体格で、容姿は醜悪(しゅうあく)。緑がかった肌、骨ばった奇妙に細い手足、尖(とが)った耳と大きな鼻、大きく裂けた口とぎょろっとした目などが特徴だ。

ゴブリンは二十体ほどで一つの群れを成し、人里近くの洞窟を棲(す)み処(か)とすることが多い。そして人間の村を襲っては、作物や家畜を略奪し、ときには人も殺す。非常に繁殖力が強く、どれだけ退治してもどこから湧(わ)き出(で)てくるのか、またわらわらと現れる。ゴブリンは人類に害をなす典型的な存在であり、冒険者への退治依頼も多いモンスターだ。

そんなゴブリンたちを遠目に見すえつつ、サツキがミィに声を掛ける。

「ミィ、あの見張り、騒がれないようにやれるか？」

「むー、どうでしょう。一体ならほぼ確実にやれると思うですけど、二体だとあやしいです」

「そんなトコか。新入りはどうだ？」

サツキが今度は俺のほうへと視線を向けてきた。……さて、どう答えたものか。

火球（ファイアボール）の呪文（じゅもん）ならば二体のゴブリンを確実に仕留められるとは思うが、爆音が鳴り響くため洞窟の奥にいるゴブリンたちに感付かれる可能性が高い。よってこれは不適切。

魔法の矢（マジックアロー）の呪文ならば音の問題はないが、いまの俺が一度に放てる矢は三本。ゴブリン二体を同時に仕留めるには確実性に欠けると見るべきだろう。

となると、眠り（スリープ）の呪文あたりが最適解か。

あるいは静寂（サイレンス）を発動させた後に火球（ファイアボール）を叩（たた）き込（こ）むなどの手段も考えうるが……。

「ひとまず眠らせるのが上策だろうな。始末はサツキたちに任せる」

俺はそう宣言して、魔術師（メイジ）の杖を掲げると、魔法語（ルーンワード）による呪文を詠唱する。

そして詠唱が完成し、眠り（スリープ）の呪文が発動すると、洞窟の前の二体のゴブリンがバタバタと倒れた。

その様子を見ていたサツキが、呆気（あっけ）にとられたように言う。

「……え？　あれ、どうなったんだ？」

「言った通り、眠らせただけだ。普通の睡眠と同じだから、大きな物音を立てるなどすると目を覚ます恐れがある。迅速かつ静かに始末するべきだ」

「はあ……」

　眠ったゴブリンたちの始末に関しては、ミィとシリルの二人が洞窟前まで忍び寄り、片や短剣（ダガー）で、片や鎚鉾（メイス）で、それぞれ一体のゴブリンに致命打（クリティカルヒット）を与えて退治した。

　なおサツキはと言うと、「無抵抗の相手を一方的に殺すなんざ、侍（サムライ）のすることじゃねえ」と、ゴブリンの始末を断った。戦士（ファイター）としてのプライドなのだろう。

　そういった在り方には否定的な考えも浮かんだが、それが彼女の根幹に結びついたものであるなら、一概に否定するべきものでもないと考え直す。

　するとサツキは、ミィとシリルによるゴブリンの始末が終わった後に、その光景を見ていて何か思うところがあったのか、俺のもとに来てこう言ってきた。

「……わりぃ、いきなり我がまま言って。でも、あれを曲げちまったらあたし、もう誇りをもって刀（カタナ）を振るえなくなる。身勝手なこと言ってんのは分かってる、でも……」

　サツキはうつむいていた。初見の粗野な雰囲気がどこかへ行って、ひどく怯（おび）えたような様子で視線を泳がせている。

　多少の苦言は必要かとも思っていたが、彼女自身がここまで考えているなら、余計なことを言う必要もないだろう。

「いや、構わない。そうであるなら、こちらもサツキの考えやスタンスを前提に置いて、それに応じたやり方を考えるまでだ」

「……わりぃ。っつか、ありがと。……へへっ、あんたすげぇな。ちっと惚れそうだ」

そう言ってサツキは、俺から逃げるようにパタパタと離れていった。

それからミィとシリルのところにも行って、何かを話していた。俺に話したのと似たようなことを伝えているのだろう。

しかしこの件は、俺にとっても良い経験になった。

冒険者パーティの一員として、他者と協力して事にあたるのであれば、単純な戦力計算だけでは測れない事情も発生しうるということだ。

＊＊＊

見張りのゴブリンたちを始末した俺たちは、早速洞窟の中へと足を踏み入れることにする。

それに先立ち、盗賊（シーフ）のミィが入り口付近の地面に耳を当て、聞き耳をしていた。

ところで、冒険者稼業を甘く見ている者の中には、洞窟に潜むゴブリンの群れを叩くのに、わざわざ洞窟に踏み入る必要はないと言い切る者もいる。

彼らの言によると、入り口で火を焚（た）いて煙を送り込めばいいだとか、炭鉱で起こるような粉塵爆発(ふんじんばくはつ)の現象を利用して一網打尽にできるということになる。

しかし粉塵爆発は実行性が低く、机上の空論の域を出ない。よほどの理想的な条件が整っていなければ、期待するような効果は起こせないというのが現実だ。

それに煙を送り込むといった作戦も、敵にこちらの存在を知覚されていない状況下では、その行為自体がこちらの存在を敵に知らせるというリスクにもなりうる。したがって、奇襲の利を捨てるほどの成果があるかどうかという判断が必要になってくる。

――と、それでふと思い至って、サツキに聞いてみる。

「サツキは、敵の不意を打って攻撃することは可能か？　正々堂々、真正面から名乗りを上げてでないと切りかかれないということは？」

俺がそう聞くと、サツキは苦笑し、頭(かぶり)を振った。

「さすがにそこは、あたしの中で折り合いをつけるよ。それが卑怯(ひきょう)って言う侍(サムライ)もいるけどな。あたしはそれよりも、仲間の役に立てる侍(サムライ)になりたいから」

「ふむ……そうか」

それと無力化した対象を殺すこととの差が俺にはいまいち分からなかったが、言及はしないことにした。それも含めて、彼女なりに葛藤(かっとう)をしている最中であるように見えたからだ。

「すぐ近くに足音は聞こえないです。結構深い洞窟なのかもです」

聞き耳を終えたミィが、結果を報告してくる。

それから彼女は、背負っていたバックパックから発火用のほくち箱とランタンを取り出し、手慣れた動作で火を熾(おこ)して、その火をランタンへと移した。

俺もその間に、荷物からたいまつを取り出し、ミィに火を移してもらうよう頼んだ。

すると獣人の少女は、不思議そうに首を傾(かし)げてくる。

「魔法で灯(あか)りとか作り出せないのですか？」

「可能だが、魔法を使えばその分だけ体内の魔素(マナ)を消費する。光(ライト)の魔法ぐらいなら大した消費量ではないが、低コストの代替手段があるなら、そちらを使うべきと考える」

「にゃ、にゃるほど」

ミィは納得したのか、俺のたいまつにも火をつけた。

なお、魔法を使うことによって消費した魔素(マナ)は、静養を取ることでゆっくりとだが回復する。特に快適な環境下における睡眠はその効率が最も良く、限界まで魔素(マナ)を使い切った状態からでも、六時間から八時間程度の睡眠で全快する傾向にあることが知られている。

ちなみに、体内にため込んでおける魔素(マナ)の限界量は個々人で違ってくるが、俺は学院時代の訓練により、常人と比べてかなり多くの魔素(マナ)を貯蔵できる体を作っていた。

だがそうは言っても、考えなしに浪費を重ねていれば、体内の魔素(マナ)はいずれ尽きるもの。魔素(マナ)の節約と管理術は、すべての魔術師(メイジ)にとって重要な能力であると言える。

「でもウィリアム、ミィが灯りを用意したのに、どうしてさらにたいまつを用意するの？　その行動には何か意味があるのかしら」

一方で神官（ホーリーオーダー）の少女シリルが、そんな率直な疑問を俺にぶつけてきた。

だがそれは無駄だという指摘ではなく、学習意欲の表れとしての発言のようだった。一見無駄と思えることにも何か意図があるのではないかと探るその姿勢は、賢者の取るべき態度として好ましい。俺はこのシリルという神官（ホーリーオーダー）の少女に、高い知性の片鱗（へんりん）を見て取っていた。

「ああ。これは俺が過去に読んだ、冒険者が記した書物からの受け売りになるのだが——冒険中にはどんなアクシデントに見舞われるかも分からない。そして暗闇（くらやみ）内での灯りの喪失は、俺たち人間の冒険者にとっては致命傷となりうる。リスクの分散のために、灯りは複数持っておくべきだとのことだ。それに火のついたたいまつが一本あれば、蜘蛛（くも）の巣などのちょっとした障害を焼き払うのにも役に立つ」

「……なるほど。過去の冒険者の知恵にあやかっているわけね。——魔術師（メイジ）は頭でっかちなばかりで、経験則からの冒険者の知恵なんて小馬鹿にしているものかと思っていたけれど、あなたはそうでもないようね」

俺が彼女の知性を評価したのと同様に、向こうも俺の人間性を見ていたようだ。

それにしてもシリルは少しあけすけに物を言いすぎる印象はあるが、個人的には彼女のような人物は嫌いではない。

「そういった魔術師（メイジ）もいるだろうな。だが俺は、そのような愚者は真っ先に死ぬと考えている。無駄な早死(はやじ)には御免被りたいというのが本音だ」

俺がそう返すと、神官(ホーリーオーダー)の少女はくすっと笑う。

「ウィリアム、あなた面白い人ね」

「ジョークを言ったつもりはないのだが」

「言ったつもりのジョークのセンスは壊滅的です」

ミィが横合いから茶々を入れてきた。

「そうなの？」

「そうです」

ひどい言われようだった。そういった挑戦心をへし折るような発言は、できれば遠慮願いたいのだが。

「なあー、早く行こうぜ。日が暮れちまわぁ」

サツキがそう言う向こうの空では、実際に太陽が山間(やまあい)に差し掛かっていた。

俺たちは雑談を終え、洞窟探索へと頭を切り替えることにした。


——そうして洞窟探索を始めた俺たちは、その後二つの広間でそれぞれ五体、八体のゴブリンと遭遇し、そしてそれを眠り(スリープ)の呪文で眠らせて退治した。

魔法の目(ウィザードアイ)による偵察では、残る広間は二つ。

俺たちは八体のゴブリンがいた広間から、続く通路へと進み、次なる広間を目指すのであった。

＊＊＊

ところで、俺は今日の洞窟探索の手際を見ていて、一つ感心していることがあった。

それは何かというと、ミィという獣人の少女の盗賊としての有能さである。

冒険者における盗賊は、盗みを主な生業としているわけではない。聞き耳や罠探知などの様々なスキルを駆使してダンジョン探索のリスクを軽減するのが、冒険者パーティにおける盗賊の主な役割である。

ミィはそんな盗賊という役割に求められている行動と結果を、目立った粗もなくそつなくこなしているように見えた。

別段特筆するべきところがあるわけでもないのだが、何をやっても及第点以上といった印象だ。目端は利くし、聞き耳などの能力においても的確な結果を弾いている。

そして、そんなミィの面目躍如の一幕が、次の広間で起こったのである。

「ウィリアムが言ってた通り、ここにはゴブリンいねぇみたいだな。ちょっと拍子抜けするよな」

その広間にたどり着いたところで、サツキがそんな気楽な感想を漏らした。

そこは前二つの広間とは異なり、ゴブリンたちの姿はなかった。

「サツキ、気持ちは分からないでもないけれど、せめてダンジョン探索の最中ぐらいもう少し緊張感を持ったら？」

シリルがそう苦言を呈するが、サツキがそれを気にした様子はない。

「シリルはいつも気を張りすぎなんだよ。そんなんじゃいつか糸が切れちまうって。だいたいあたしの役目は敵をぶった斬ることだろ。ウィリアムの話じゃこの奥にボスがいるってんだから、あたしが気ぃ張るのはそんとき──」

サツキがそんな持論を展開しつつ、先頭を切って広間を縦断しようとしたときだった。

「待つです、サツキ」

「──あん？」

ミィが鋭い声色でサツキを制止した。

サツキは足を止め、振り返ってミィのほうを見る。

「なんだミィ、小便か？　いいぜ、ウィリアムはあたしが見張っててやるから、ちゃっちゃとしてこい」

「サツキはミィのことを野良猫か何かだとでも思ってるですか。そうじゃないです。よく見るです」

ミィは前へと進みサツキの横を通り過ぎると、広間の中央少し前ぐらいで立ち止まる。

そしてその先の地面を、強く踏みつけた。すると──

ミィが踏みつけた部分の地面が、ぼこっと崩落した。

そこにぽっかりと穴が空く。

「げっ。何だそれ」

サツキがミィの横に駆け寄って、自分も同じように、目の前の地面をおそるおそる踏んでみる。

するとやはり、その部分の地面が抜けて、穴が空いた。

さらにミィは、地面を注意深く見極めながら特定のスペースを縁取るように移動し、先ほどと同様に前方の地面を踏みつけていく。

すると、ぼこっ、ぼこっと穴が空いていって——そしてあるタイミングで、そのスペース全体が一気に崩落した。

結果、広間の中央に、大穴ができあがった。その穴をサツキが覗き込む。

「うへぇ……こりゃ、落とし穴か？」

「そうです。この部分だけ、少し土の色が不自然でした」

俺もサツキの傍まで寄って見てみる。傾斜の急なすり鉢状になった穴は、人の背丈の三倍ほどの深さまで掘り抜かれていた。穴の底をたいまつで照らしてみると、そこには尖った岩がいくつか、先端部を上にして置かれていた。

サツキが青い顔で、彼女の横で淡々としているミィに問いかける。

「……あのさ、これ落ちてたら相当ヤバかったんじゃねぇか？　最悪、あの岩に頭ぶつけたら……」

「死んでたですね。でもこんなの落とし穴としては甘い方です。底に槍が上を向いて敷き詰められてるパターンもあるです。遺跡なんかだと、強酸のプールであっという間に骨になるとかいうのもあるらしいです」

「マジかよ……」

サツキはゾッとした様子でぶるぶると震えていた。

一方その横では、同様に穴の縁に寄ってきていたシリルが、誰にともなくつぶやく。

「でもこれで、この洞窟に知能の高いゴブリンがいるのは確定したわね。ウィリアムの言っていた通り――」

そう言ってシリルは、広間の先にある通路の行く手を、鋭い視線で見据える。そして緊張感をはらんだ声で、その言葉を続けた。

「――この奥に、ゴブリンメイジとゴブリンロードがいるわ」

＊＊＊

人間の中にも、特定能力に優れた者と劣る者とが存在するのと同じように、ゴブリンの中にも能力の優れた者、劣る者が存在する。

例えば、魔法を使えるゴブリンがいる。

彼らは身体的な能力こそ通常のゴブリンと同等だが、人間並みの高い知能を持っており、人間の魔術師(メイジ)が使うのと同種の魔法を行使することができる。彼らは通常のゴブリンとは異なる特別な存在として、ゴブリンメイジと呼ばれている。

そして一方で、身体能力に優れたゴブリンも存在する。

ゴブリンガード、ゴブリンチーフなど呼び方は様々あるが、肉弾戦能力に秀でた彼らもまた、通常のゴブリンとは一段異なる脅威度を持つ存在として特別視されている。

だが、ゴブリンの中で最も脅威度が高い存在は何かと問われれば、多くの冒険者はこう答えるだろう。

ゴブリンロード。

ゴブリンの王族(ロード)という異名を持つ彼らは、ゴブリンの群れに稀(まれ)に存在することがある大物である。

その体格は人間と比べても遜色(そんしょく)なく、むしろ大柄な人間に匹敵するほど。筋骨隆々とした肉体はしなやかさも持ち合わせており、その戦いのセンスとも相まって、戦闘能力は並の人間の戦士のそれを大きく上回ると言われている。

またゴブリンロードは、知能の面においても通常のゴブリンのそれを遥(はる)かに凌駕(りょうが)する。彼らは魔法こそ使わないものの、ゴブリンたちを的確に統率して人間の集落を襲うため、ロード種のいるゴブリンの群れは通常のそれよりも大幅に脅威度が高いと言われている。

ゴブリンメイジ、そしてゴブリンロード。これら特殊な個体のいずれかが統率する群れに遭遇した初級冒険者のパーティは漏れなく苦戦を強いられ、場合によっては死者を出し、最悪のケースでは全滅することもありうるという。

　この点において俺たちは、想定しうる範囲内で最悪のカードを引いたと言っても過言ではなかった。

　ゴブリンメイジとゴブリンロードの「両方」が存在する群れに遭遇するなど、サイコロを二つ振って両方とも一の目が出るぐらいの不運と言える。それを一度目のゴブリン退治で引き当ててしまったのは、まさに不幸としか言いようがなかった。

「けど一つ腑に落ちねぇのは、あれだけ慎重なウィリアムが、魔法の目だっけ？　その魔法を使ってメイジとロードがいるって知ったときに、引き返してクエストをキャンセルしようって言い出さなかったことなんだよな」

　先の広間から続く通路を歩きながら、サツキがふと、そんな感想を漏らした。

　この洞窟は意外と深く、広間から広間までの通路は思いのほか距離がある。ゴブリンロードたちのいる最後の広間までは、まだだいぶ遠い。

　俺は一つ思考を巡らせ、サツキに向かって返答をする。

「直面するリスクを可能な限り減らそうと試みることと、わずかなリスクと向き合わずに逃げることとは違う——ということなのだが、それで答えになるか？」

「……あー、分かるような、分かんねぇような」

　サツキはいまいち納得をしていない様子だった。

　だが、もし俺が単純にあらゆるリスクを拒絶する類の人間なら、そもそも冒険者になどなろうとせずに、もっと安全な職業を選んでいるだろう。

「まぁいいさ。ボス戦となりゃあ、いよいよあたしの出番だしな。ロードだろうが何だろうが、あたしが片っ端から叩き斬ってやるよ」

サツキは気楽にそう言ってのけ、自信満々に前を歩いてゆく。

俺はその少女の様子に、さすがに少し不安を覚えた。この娘は冒険者の仕事を侮りすぎているのではないか。彼女を冒険者仲間として信頼していいものだろうか。

そんなことを考えていると、後ろを歩いていたシリルが、すすすっと俺の傍らに寄ってくる。

「——ねぇウィリアム、サツキのこと、どう思っている？」

俺の隣に並んで歩き始めた神官衣の少女は、不躾にそんなことを聞いてきた。

俺はミィが注意深く周囲を警戒しているのを確認しつつ、シリルに返答をする。

「どうと言われてもな。悪い人間ではないと思うが」

「冒険者としての評価は？」

「……あまり陰口は叩きたくない。が、そう聞いてくるからには見当がついているのだろう？」

俺がそう答えると、シリルはくすりと笑う。

「やっぱり。私も最初はそうだったもの、分かるわ。——でもね」

そう言ってシリルは、意味深な笑みを浮かべた。そしてこう続ける。

「あの子、ああ見えて凄腕なのよ？　見ればきっと、あなたでも驚くわ」

「……ほう」

興味深い話だった。

前を見れば、黒髪ポニーテールで着物姿の少女の、ミィにちょっかいをかけながら陽気に歩いている背中が見える。

あの自信がただの不用意でなく、正しく実力に裏打ちされたものだとしたら——

それは、なかなか面白いことだ。

「サツキ、一つ聞きたい」

俺は足を速めてサツキの傍に寄ると、その耳元に小声で話しかける。

「な、何だよウィリアム。ち、近い、近いから」

「そろそろ敵の本拠地も近い。あまり大声で喋るわけにもいかん」

何を勘違いしたのかうっすら頬を赤らめたサツキを、俺はそう嗜める。

「……そ、そうか。んで、何だよ」

「キミは本当に、ゴブリンロードと一対一で戦って勝てると思うか？」

ひとまずは確認だ。

モンスターにはそれぞれ「モンスターランク」と呼ばれる強さの指標が設けられており、ゴブリンロードは「Eランク」という評定になっている。

そしてこのことは、ゴブリンロードが平均的なFランク冒険者の戦士よりも強いことているのだ。

を意味している。モンスターランクによる強さの指標は、冒険者ランクのそれと連動し
　一方、それに対するサツキの返答は――

「んー、どうだろうな。さっきはノリであぁ言ったけど、あらためて聞かれるとなぁ
……そもそもロードってのが、普通のゴブリンとどのぐらい違うのかも分かんねぇし」

なるほど。ゴブリンロードの強さが分からなければ、判断はできないか。

「分かった、質問を変えよう。――サツキは一人で、ゴブリン八体と戦って勝てるか？」

「……はぁ？　ゴブリン八体？　あたし一人で、いっぺんにか？」

「ああ、そうだ」

　これは非常に雑な考え方だが、俺が八体と言ったのには一応の数字的根拠がある。

　一般にモンスターランクが一段階高くなった場合、その強さは一つ下のランクのモンスター二体分に匹敵すると言われている。

　そしてゴブリンのモンスターランクはＨ、ゴブリンロードのモンスターランクはＥだ。

　その差は三ランクなので、二倍の二倍の二倍で、ゴブリンロードは通常のゴブリン八体分の強さを持つという単純計算になる。

「んー、八体いっぺんにかぁ……そりゃあ――」

　サツキは何かを想像をするように、斜め上方へと視線を向ける。そして――

「楽勝だろ。屁でもねぇ」

「……ほう」

サツキは断言した。

強がりという風にも見えない。まったく自然な、自信に満ちあふれた返答だった。

面白い、ならば予定変更だ。

彼女がどれほどの力を持っているかを正しく知っておくことは、今後彼女らとパーティを組んで冒険をしていくにあたっての重要な判断材料となる。それは多少のリスクを取ってでも、獲得しておく価値のある情報だろう。

「サツキ、キミは自分の出番が欲しいと言っていたな」

「ああ、まあそりゃな。見せ場一つなかったら、あたしいらない子じゃん」

「分かった。ならば次の戦いで見せてもらおう。ゴブリンロードだけは残しておく。サツキの実力を見せてくれ」

「……あのさ、ウィリアム」

俺がそう言うと、サツキは立ち止まり、ぽかんとした顔で俺を見てきた。

「ん、何だ？」

「ひょっとして、あんた——ボスとの戦いも、全部眠らせて終わりにするつもりでいたの？」

呆（あき）れたという様子のサツキ。

それで、ああなるほど、そこからかと気付く。

「まあ、それ以外にもいろいろと保険を掛けるつもりではいたがな。概ね(おおむ)その通りだ」

「ははは……あっ、そう……」

俺の返答に、サツキはひくついた表情を見せたのだった。

＊＊＊

「サツキ、力を抜け」

「んっ……こ、こうか？」

「そうだ。キミの体に入ってくるものを、拒絶せず、受け入れろ——待て、どうして顔を赤らめている」

「へっ……？　あ、いや、その……なんか、ウィリアムの言い方がエロい気がして」

ゴブリンロードたちがいる広間の直前。ここから先、あとはもう強襲を仕掛けるだけという位置まで来て、俺たちは突入のための最後の準備をしていた。

俺が小声で呪文を唱えると、杖の先から放たれた魔法の光がサツキの体へとしみ込んでいく。気をつけの姿勢でぴしっと立った少女に、俺が使った魔法の効果が宿った。

「お、終わったか？　……何も変わってねぇ気がするけど、何の魔法使ったんだ？」

サツキが手を握ったり開いたりしながら、そんなことを聞いてくる。

「秘密だ。魔法がないものと思って戦ってくれればいい」

「はあ……え、エロい魔法とか、掛けてねぇよな？」

「……だから何だそれは。決戦前にそんなものを使う必要がどこにある」

「だ、だよなー。あたしも自分で何言ってるか分かんねぇ」

顔を赤くして、たははっと笑うサツキである。……本当に大丈夫だろうかこの娘。

俺の横では、シリルとミィが「色惚(いろぼ)けね」「色惚けです」などと言ってサツキにジト目を向けているが、そのあたりの機微は考えても詮無(せんな)いように思うので、慮外(りょがい)に置くことにする。

ちなみに今俺がサツキに使ったのは、物理障壁(フォースフィールド)という呪文である。物理攻撃を弾く不可視の障壁を張る呪文で、ゴブリンロード程度の攻撃なら、直撃を受けても二、三度程度ならば障壁が弾き返してくれるはずだ。

ただ、この呪文を使ったことをサツキに教えてしまうと、彼女がどこかでそれを頼りにしてしまう可能性がある。サツキの本当の実力が見たいのだから、余計なことは知らせないほうが良い。この呪文はあくまでも保険だ。

「ではサツキ、キミの実力、見せてもらうぞ」

「あ、ああ。……でもなんか、ウィリアムに見られてると思うと緊張するな。大丈夫かなあたし」

「………」

本当に、大丈夫だろうかこの娘。

不安が募ってくるが――まあ、いざとなればその場でどうにかする手段はいくらもある。ひとまずは彼女を信じることとしよう。

――そうして前準備を終えると、俺たちは全員で、ゴブリンロードどものいる広間へと強襲を仕掛けた。

広間にはゴブリンロードとゴブリンメイジが一体ずつに加え、通常種のゴブリンが三体いた。彼らは突然の襲撃に慌て戸惑いながらも、武器を手にして応戦の構えを見せた。

俺は例によって眠りの呪文を使い、ゴブリンロード以外の四体を眠らせた。

ゴブリンメイジには抵抗される可能性も高いだろうと危惧していたが、それは杞憂に終わった。ふらふらと倒れたゴブリンメイジは、素早く駆け寄ったミィの短剣による急所攻撃で早々に始末された。

残りの眠ったゴブリンたちも、ミィの短剣とシリルの鎚鉾による攻撃で退治される。

そして残るは、サツキとゴブリンロードの一騎打ちとなった。

「――よお、デカブツ。こっちも始めようぜ」

抜き身の刀を悠然と肩に担いでいたサツキが、ゴブリンロードから数歩というところまで近付くと、その刀をまっすぐに、剣先が相手の目の高さほどにくるように構えた。

――スッと、サツキが纏っていた気配が変わった気がした。

黒髪ポニーテール、空色の着物袴に身を包んだ少女は、見る者の心を奪うような美しい姿勢で刀を構えていた。

後ろから見ていると、サツキの命気が全身から立ち上り、それが肉眼で確認できるほどの輝きを帯びているのが分かる。

彼女の向こう側にいる大柄なゴブリンロードと比べると、体格面では少女らしい小柄さが目立つサツキだが、存在感ではまるで負けていない――どころか、格の違いすら見えるほどだ。

「グア……ウゥ……」

ゴブリンロードは右手に持った大型の剣で攻撃を仕掛けようとしていたが、目の前の侍の少女相手に攻めあぐねているようだった。たびたび踏み込もうとしているようだが、そのたびに二の足を踏み、前に進めないという様子である。

「……へぇ、デカブツのわりに、鈍いってわけじゃねぇみてぇだな」

サツキが感心したような声をあげる。あれより先、ゴブリンロードが一歩を踏み込んでくれば、それでお終いだったとでも言うように。

「いいぜ。ならこっちも、それなりのやり方をする」

サツキが構えを解いた。正面に向けていた刀を、無造作に横手へと振る。

「――グガアアアアアッ！」

それを隙と見たのか、あるいはここで攻めないと永遠に攻められないと思ったのか。

ゴブリンロードが剣を振り上げサツキへと駆け寄り、その剣を振り下ろした。

その巨体からは想像しづらいしなやかな動きで、並みの戦士ならばその一撃で吹き飛ばされるのではないかという剛の一撃を放つ。

だが――ゴブリンロードが剣を振り下ろした先に、少女の姿はなかった。剣は土埃を上げ、地面に深々と食い込んでいる。

「遅せぇよ、三下」

ゴブリンロードの横手に、少女は忽然と佇んでいた。

後ろから見ていても、どう動いたのかがよく分からなかった。そのぐらい自然で、よどみのない動き。

「グアルァァァアアアッ！」

「おっと」

真横に立つ少女に向けがむしゃらに腕を振るうゴブリンロードだが、それをサツキはぴょんと軽く後ろに跳んで簡単に回避。

そして、着地するや否や、前に向かって強く地面を蹴った。

身を低く、野生の動物もかくやという俊敏さでゴブリンロードの懐に入り、刀によ る鋭い突きを放つ。

「――グギャアアアアッ！」

肩口を深々と貫かれたゴブリンロードが悲鳴を上げる。

対するサツキは、速やかに刀を引き抜き、

「——終わりだ。まあまあ楽しかったぜ」

その刀を、裂帛の気合とともに振り抜いた。

ゴブリンロードの首が飛んだ。

首から上をなくした体のほうも、やがてぐらりと倒れ、ずしんと地に伏す。

サツキはそれを最後まで見届けると、刀を一つ振って血を払い、腰の鞘へと収めた。

それから、いつものカラリとした笑顔を俺に向けてくる。

「終わったぜ。どうよウィリアム、あたしの腕も、なかなか捨てたもんじゃないだろ」

サツキのその言葉に、俺は素直にうなずいた。

Eランクモンスターを相手にあれだけの余裕……現段階でDランク冒険者相当、いや、近接戦闘能力だけを見れば、すでにCランク級の実力はあるのではないか。

経験を積めば、さらなる高みへと到達することも十分にありうるだろう。

「——ああ、驚いた。大したものだ」

「にひひっ、やった、ウィリアムに認めてもらった♪ でもウィリアム、あんたにゃ敵わねぇけどな」

サツキは俺の元まで歩いてくると、何かを要求するように拳を作って差し出してきた。

俺は自身も拳を作り、彼女の拳に、がつんとぶつけてやった。

なるほど、こういうのもなかなか悪くはないものだ。

＊＊＊

討伐証明のための部位を収集し終えると、俺たちはクエストの依頼元であるミト村へと戻った。その頃にはもうすっかり日が暮れていて、その日は村で滞在することとなった。

ゴブリンロードとゴブリンメイジがいる危険な群れであったことを話して証明を見せると、村で読み書きを教えていた賢人が驚き、その脅威をとくとくと村人たちへと向けて語ってくれた。

それにより、その夜は村人たちが感謝の気持ちを込めた宴を開き、彼らのおごりで料理と酒をふるまってくれるという話になった。また、入浴と寝床も村長の家で都合してくれることになった。収入の少ない駆け出し冒険者の俺たちにとっては、非常にありがたいサービスである。

「いやぁ、さっぱりした！　ゴブリンの血でべっとりのままってのは、やっぱ嫌だからな。風呂貸してもらえたのは助かったぜ」

「まったくね。だからと言って、三人一緒に入る必要はどこにもなかったと思うけれど」

「本当です。サツキはミィをオモチャにしたかったとしか思えないです」

風呂上がりの上気した身で、サツキ、シリル、ミィの三人が宴の場に現れた。

無論、衣服を身につけた状態であるが、宴の場にいた村人たちからは、おおおっと歓声がわく。

三人とも、タイプこそ違えど美少女と言ってまったく差し支えない、整った容姿をしている。湯上がりの姿は殊に艶やかで、俺も内心では、感嘆の声を上げていた。

中でも特に目のやり場に困るのが一人いて、誰かと言えばサツキだ。着物を着崩し胸元を大きくはだけ、さらしを巻いた白い肌を大幅に露出させている。大胆というのか、無頓着というのか……おそらくは後者だろうとは思うが。

ちなみに勘違いされがちなのだが、俺も別段、異性に興味がないわけではない。魅力的な女性を見れば心を惹かれるし、ときにはそれ以上の情動も起こる。

ただ物事には優先順位というものがあり、俺の場合、異性への興味はあまり優先度が高くない。ゆえにあまり、その様子が表に出ることがないようである。

「おっ、ウィリアムがあたしたちに見惚れてんぞ。――どう、綺麗？　なんちて」

「彼はそういうタイプじゃないでしょ。また呆れられるわよ」

……と、こういった具合である。

そして俺も、彼女たちと男と女の関係になるのは避けたいと考えているので、それ以上は踏み込まないようにする。

男女関係の問題を起点にして冒険者パーティが崩壊するケースは、実際の冒険者の記録物を紐解いただけでも枚挙にいとまがない。それは通常、複数の男と一人の女という前提状況で起こるものだが、別段その逆があってもおかしくはないだろう。

また冒険者の異性が懇意になり男女の営みが行われれば、結果として女性のほうが身籠るということも当然の帰結として起こりうる。そうなれば彼女は冒険者として活動することができなくなり、男も妻子とともに暮らすためには冒険者稼業から足を洗う必要が出てくるだろう。

俺は、少なくとも今のところは、そういった未来は望んでいない。ゆえにパーティメンバーの彼女らがいかに魅力的であろうとも、彼女らと男女の関係になりたいとは思わなかった。

だが、それでもと言うべきか、それゆえにと言うべきか。

いずれにせよ、あまり目の毒になるような格好は避けてもらいたいと考えるところだ。

言って聞くとも思えないが、一応警告はしておこう――そう考えた俺は、酒宴が始まった席、夜空の下の焚き火の前にて、隣で陽気に飲んでいたサツキに向けて、その言葉をぶつけた。

「サツキ、一つキミに伝えておきたいことがある」

「え……な、何？」

「キミは少し、自分が年頃の女子――それも容姿端麗な部類に入るということを自覚するべきだ。今のキミの姿は、俺を含めた男全般に対し邪な情動を抱かせる可能性が高い。何か間違いがあってからでは遅い」

「えっとー……」

サツキは、俺が言ったことを理解しようとしたのか、少しだけ考え込んだ。

それから、

「それって……ウィルはあたしのこと、魅力的だって思ってるってこと……かな」

乙女のように体をもじもじとさせて、頰を染め、上目遣いで俺を見てきた。

俺は頭が痛くなった。

「間違いだとは言わん。だがそこだけを切り取るな」

「へぇー、間違いじゃないんだ。へぇー、そっかそっか。へぇー」

サツキはそんなことを言って、にこにこしながら俺のほうにすり寄ってくる。

そして俺の腕に抱きつくように身を寄せ、耳元で囁いてきた。

「じゃあ……こんなことされたら、あたしのこと好きになっちゃう？」

そう言って、真っ赤になった顔で、にひひっと子供のような笑顔で笑いかけてくる。

どうやらこの娘、早々に酔っぱらっているようだった。

「ならん。そしてやめてくれ」

「えーっ！　何でだよー！　あたしがここまでしてんのにー！」

さらには駄々っ子だった。

俺は助け船を求めるように、正面で飲んでいるシリルとミィのほうを見る。

そこにいた二人は、完全に呆れ顔だった。

「まさかサツキがここまで色惚(いろぼ)けするとはね……」

「ミィも完全に予想外です。あれじゃどう見てもただのビッチです」

「酔って気が大きくなっているだけだと思うけれどね。朝になったら悶死(もんし)するんじゃないかしら」

「ミィもそれに一票です。明日が楽しみです」

二人は完全に観客であった。どうもこの窮地から救ってくれそうにはない。

「ねぇウィリアム。あたしあんたのこと、ウィルって呼んでもいい？」

「それは構わんが、抱きつくほうをやめろ。そっちは許可をした覚えはない」

「えっへへー、ヤダもんねー。ウィルがあたしのことを好きって言ってくれるまで離さねぇよーだ♪」

そんな様子でエスカレートしてくるサツキを、俺は最終的に眠り(スリープ)の呪文を使って眠らせて、毛布とロープでぐるぐる巻きにして寝床に放(ほう)り込(こ)んだのだった。

なお後のミィたちの話によると、翌朝のサツキの様子は相当な見物だったとのことである。

Is it odd that I become
an adventurer even if I graduated
the witchcraft institute?

第二章

ミト村から都市アトラティアに戻ってきて、その日の夜。

俺は「眠れる小鹿亭」という酒場で、三人の仲間とともに夕食をとっていた。

この眠れる小鹿亭は、一階が酒場、二階が宿屋になっていて、サツキたち三人が活動拠点としている宿でもあった。俺は様々な利便性も考慮し、彼女らと同じくここを活動拠点とすることにした。

なおこの宿屋の宿代は、最も安い個室の一泊が朝食付きで銀貨二枚半だ。

ゴブリン退治のクエストの達成により俺の懐に入った金額は、金貨五枚。これはクエスト達成報酬である金貨二十枚を、パーティ四人で分配した額になる。金貨一枚は銀貨十枚に相当するので、俺は一回の冒険で二十日分の宿代を稼いだことになる。

ただ実際の生活費としては宿代以外にも出費はあるのだから、金貨五枚で暮らせるのは、ほどほどに節約をしても十日かそこらだろう。

ちなみに、都市で働く肉体労働者が受け取る賃金の相場が、一日の労働に対して金貨一枚という額になる。彼らは週に三、四日程度仕事にありつければ、どうにか日々を食いつないでいけるという塩梅だ。

このような最低ラインの職と比べると、往復二日間ほどの仕事で金貨五枚という収入は少なすぎるとも言い切れないが、これが命懸けの仕事であることや経費その他諸々のリスクも考えれば、報酬として割に合うとはとても言い難い。Fランク冒険者というのは、収入面で見れば社会の最底辺の職業の一つである。

ゆえに冒険者は、冒険者ランクの向上を目指す。それにより受領できるクエストのランクが上がり、報酬額が倍々ゲームで飛躍的に増えるからだ。

現在よりも二ランク上、Dランクの冒険者になると、受領できるクエストの報酬額は現在の四倍ほどになる。そこまで行ってようやく一人前だ。それまではプロの冒険者として胸を張ることもできない。

そしてそのためには、まずはEランクになること。

駆け出しのFランクから半人前のEランクに上がるためには、適切な難易度のクエストを三回クリアしなければならない。ゴブリン退治をこなして一回はクリアしたから、Eランクになるためにはあと二回、適切なクエストをクリアする必要がある。

それが、現在の目標の一つ。

そしてもう一つ、俺には課題があった。

「学費と生活費の返済――この調子だと、なかなかに厳しそうだな」

俺は木のスプーンでシチューをすくって口に運びつつ、そう独り言を漏らす。

それは俺が自身に課した、未来に向かっての課題であった。

「ん、返済？　ウィルって借金とかあんの？　あんまりそういう風に見えねぇけど」

一緒のテーブルで食事をしていたサツキが、クリームソースのパスタをすすりながら聞いてくる。

眠れる小鹿亭はちょうど夕食時で、たくさんの客でガヤガヤと賑わっていた。

「まあ、借金と言えば、借金だな。親からの借金だ」

「ふーん、親から金借りてんだ。いくら？」

「およそ、金貨七百枚」

「ぶっ！」

サツキがパスタを噴いた。

「げほっ、げほっ……み、水……」

「はいです、サツキ」

「さ、サンキュ。んぐっ、んぐっ……はあっ」

サツキがミィから渡された水を飲んで落ち着く。それにしても忙しい娘だ。

「金貨七百枚って……一体何に使ったんだよそんな大金。賭博でスッたのか？」

「違う。魔術学院の四年間の授業料や入学金その他で、およそ金貨四百五十枚。それに成人後の生活費二年分で、およそ金貨二百五十枚。合計で金貨七百枚だ」

俺がそう答えると、サツキはぱちくりと目をしばたかせる。

「えっ。学費とかって親が払ってくれたんじゃねぇの？」

「まあその辺り、色々とあってな」

「へぇ。あなたが言葉を濁すなんて、珍しいわね」

フォークでサラダを口に運ぼうとしていたシリルが、そんな指摘をしてきた。

言われて気付く。なるほど、確かに俺は言葉を濁したようだ。

「……別段、話して困ることでもないのだがな。単なる身の上話だ、聞いて面白い話でもない」

言い訳をするように、そう返答する。

学費と成人後の生活費を返すと決めたのは、俺自身だ。親からそうしろと言われたわけではない。

「……『借り』を返したいだけなのかもしれんな」

「ん、なに？　何か言ったウィル？」

「……いや、こっちの話だ」

パスタをすすりながら聞いてくるサツキに、俺は首を横に振って答える。

学院の友人に話したときには「恩」という言葉を使ったが、俺はただ「借り」を残したくないだけなのかもしれない。

母親には感謝をしているが、父親のことは、正直に言って尊敬しているとは言い難い。あの親に育ててもらって、面倒を見てもらって、今の俺がある。そのことを帳消しにしたくて、「借り」を返そうとしているのかもしれない。

ただいずれにせよ、冒険者稼業だけで収入を得ていたのでは、この目標額がいつになったら貯まるか知れたものではない。

「——『内職』をするか」

俺はそうつぶやいて、デザートのオレンジへとかぶりついた。

「サツキ、いいところにいた。俺の部屋まで来てくれないか」

「ふぇっ……？」

＊＊＊

翌日の昼過ぎ頃。

俺が二階の部屋から、誰かいないかと一階の食堂まで降りていくと、そこにはちょうど昼下がりのスイーツをおいしそうに食べているサツキの姿があった。

果実とハチミツの乗ったパンケーキの切れ端をフォークで口に運んでいたところで、黒髪の少女はもごもごと口を動かしながら俺のほうを見る。

「ああ、食事が終わってからでいい。デートの誘いだ、付き合ってくれ」

俺はそれだけ言うと、カウンター席でパンケーキを食べるサツキの隣に座った。そしてマスターに、銅貨一枚を渡してミルクを注文する。

「んぐんぐ、ごくん。——え？　い、今なんて言った？」

「デートの誘いだ、付き合ってくれ、と言った」

「え？　……え？　それってどういう……」

「ちなみに今のはジョークだ」

サツキがかくん、と肩を落とした。

「な、なるほどね……これがミィが言ってたやつか……」

「だが付き合ってくれというのは嘘ではない。サツキ、キミに頼みたいことがある」

「はあ……いいよ、分かった、何でもいい、あたし付き合う」

一気にしょぼくれたサツキであった。

そうして、ミルクを飲み終えた俺はパンケーキを食べ終えたサツキを連れて、二階の宿にある自分の部屋へと向かった。

そして扉の前まで来ると、サツキが頬を赤らめもじもじとする。

「あ、あのさウィル。男が自分の部屋に女を呼ぶってことの意味、分かってるか？」

「……？　キミは俺が、この情事を許可されていない宿で、真っ昼間から自室に女を連れ込んでいかがわしい行為に及ぶような人間だとでも思っているのか？　だとするならさすがに俺の人間性に対する誤解が甚だしいから、その誤解を解くための議論を申し込みたいところなのだが」

「あ、はい、ごめんなさい。あたしが間違ってました」

サツキが真顔で謝ってきた。分かってくれたようなのでよしとする。

そうなったところで、俺は早速、部屋の扉を開ける。

俺に誘導され、サツキが中へと入ろうとするが――

「お邪魔しま――って、なんじゃこりゃあ⁉」

部屋の入り口でサツキが叫んだ。部屋の中の雑然とした様子を見て、唖然としている。

部屋の中には、俺が布形成（クロスフォーム）の呪文（じゅもん）で作った「布」が所狭しと積まれていた。足の踏み場がないどころか、ベッドの上にもうず高く積まれていて、およそ人の入るような場所ではない。

「うむ。サツキ、キミに頼みたいものというのはこれだ」

「え、何この大量の布、どっから現れたの？　っていうかこれをどうすんの？」

「俺が魔法で作った。これを縫製職人（ほうせいしょくにん）のところまで運んでもらいたい。労賃は払う。俺一人では骨が折れる」

「はあ……いや、いいけどさ……」

そうして俺とサツキは、布の山を背負って眠れる小鹿亭を出て、街の職人通りの縫製職人のところまで運んだ。

布は一枚で上着一着、あるいはズボン一着を作れる程度の大きさがあり、それがトータルで百枚程度。全部をいっぺんに持つと上級騎士が身につけるような全身甲冑（フルプレートアーマー）以上の重さがあり、なおかつ重さ以上に嵩張（かさば）るため、大層運ぶのが大変だった。

それを縫製職人の工房の倉庫へと運び、対価として俺は金貨四枚を受け取った。飛び込みなので多少買いたたかれたが、まあこんなものだろう。

そして運ぶのを手伝ってくれたサツキには、労賃として銀貨三枚を手渡す。

「え、こんなにいいの？　ちょっと運んだだけなのに」

「ああ、臨時で手伝いを頼んだ分、多少色をつけた。俺よりも多く運んでくれたのもあるしな」

　サツキは命気（オーラ）を操る能力に長（た）けており、それによって身体能力を高めることで男の俺よりもよほど多くの量の布を軽々と持つことができた。

　命気（オーラ）を操る能力は上級クラスの戦士（ファイター）にとっては必要不可欠の技術であると聞くが、サツキはすでにその技能を持ち合わせているということだ。

「へへっ、ラッキー♪　……でも魔術師（メイジ）ってのは、あんな布を作るとかもできんのか。職人が買い取ってくれたってことは、しばらくしたら消えちゃうとかでもないんだろ。魔術師（メイジ）ってすげぇんだな」

「ああ、魔素（マナ）の糸によって編み込まれた布だが、具現化してしまえば実体として定着し、魔法消去（ディスペル）の呪文でも消すことはできない。――サツキは百二十年前に起こった『衣服革命』を知らないのか？」

「百二十年前？　んなもん知るわけねぇじゃん。あたしまだ十六だぜ。そんなのひい婆（ばあ）ちゃんだって生まれてねぇよ」

　なるほど。本を読む習慣のない人間というのは、そういった認識になるのか。

「百二十年ほど前に、冒険者が古代遺跡から布形成（クロスフォーム）の呪文書を発見したことにより、人類の衣服文化が革命的に進化したんだ。それまで布はすべて手織りで、衣服一着は金貨数十枚もの大金をはたかなければ手に入れられないものだった。それが今のように銀貨数枚で最低限の衣服を手に入れられるようになったのは、すべてこの呪文が発見されたおかげだ」

「……へぇー。何だか分かんねぇけど、すげぇんだなその魔法」

「ああ、非常に社会的価値の高い呪文だ。サツキが着ているその着物だって……ん？

待て、サツキが着ているそれは、ひょっとして手織りの天然ものか？」

　基本的に今市場に出回っている衣服のほとんどは、魔術師（メイジ）が布形成（クロスフォーム）で作り上げた布を材料として作られている。

　だが俺は天然ものの綿織物を一度だけ見て触ったことがあり、サツキの着ているそれは、よく見るとそのときに見た天然ものを彷彿（ほうふつ）させる外観だった。

「あー、どうだろ、分かんね。刀（カタナ）と一緒で、絶対になくすなって言われたけど」

「ふむ……ちょっと失敬」

　俺はサツキの衣服に鼻を近づけ、その匂（にお）いを嗅（か）いでみる。

　その結果、やはり以前に嗅いだ天然ものの匂いであると確信した。

「なっ、あっ……な、何して……」

　ふと見ると、体臭を嗅がれたとでも勘違いしたのか、サツキが顔を真っ赤にしていた。

「あ、いや他意はない。やはり天然もののようだ。非常に高価な品だ。大事にしたほうがいい」

「うっさい！　ああもうどっちなんだよ！　ウィルのバカ！」

　サツキは何やらとても怒っていた。

が、すぐに何かに思い至ったかのように考え込み、それから俺に質問をぶつけてくる。

「……あれ？　でもそしたらウィル、冒険者なんて危険で実入りの悪い仕事しなくても、これで十分食っていけるんじゃね？　なんで冒険者やってんの？」

核心を突いた、鋭い質問だった。

俺は慎重に言葉を選び、サツキに自身の考えを説明する。

「そうした生き方を否定するつもりはないが、俺個人としては、毎日布を作って売る生活をする人生にあまり魅力を感じなかった、ということになるな」

「はあ、人生かぁ……。ウィルってこう、いつも難しいこと考えてんだな」

別に難しいことを言ったつもりはないのだが、そう結論づけられた。

この娘はもう少し難しいことを考えたほうが良いのではないかと思う俺であった。

＊＊＊

冒険者という仕事は、望む日に望むクエストを見つけられるとは限らないものだ。

冒険者ギルドにクエストを探しに行っても、自分たちの冒険者ランクに見合った適切なクエストが、常に掲示板に貼り出されているとは限らない。

そうした事情もあり、俺たちのパーティが次のクエストを受領したのは、ゴブリン退治のクエストを終えてから三日後のことだった。

「――アンデッド退治？」

朝のトレーニングを終えて汗だくの状態で外から戻ってきたサツキが、濡らして絞った布で汗を拭きながら食堂のテーブルにつく。胸元から着物の内側にまで手を入れて拭いているあたり相変わらず目の毒であるが、注意したところで聞かないのでもはや無視するよりほかはない。

ちなみにそのテーブルには、先に俺とミィ、シリルの三人が着席していた。三人で冒険者ギルドに行って、適切なランクのクエスト――すなわちEランクのクエストを物色してきたところだった。

「はいです。この街から半日ほど歩いたところにある村が、いつの間にか壊滅していて、そこでゾンビが大量発生しているらしいです。交易商人の皆さんが困るので、全部退治してきてほしいとのことなのです」

「怖っわ！　何それ怖っわ！　原因分かってねぇのかよ」

ミィの説明に、サツキが率直な感想を漏らす。

それに対し冷静な分析を付け加えるのはシリルだ。

「村が壊滅していた、っていうこと自体は、モンスターに襲われたなり何なり原因はいくらでも思いつくわ。問題はそこにアンデッドが発生していることのほうね。アンデッドに襲われて滅びたのか、何らかの原因で命を落とした村人がアンデッド化したのか」

シリルはそこで紅茶を一口すすり、それからミィとサツキに聞かせるように、さらなる分析を口にしてゆく。

「アンデッドの発生原因として考えられるのは、大きく二つ。一つは自然発生、もう一つは魔術によるもの。自然発生のほうは、神官(ホーリーオーダー)によって適切に弔(とむら)われなかった死体が稀(まれ)にアンデッド化する、それ以上の具体的な条件は不明。魔術によるものは、邪神官(エビルオーダー)が使う奇跡と、魔術師(メイジ)が使う禁忌魔術の二種類が存在する――で、合っているかしら？」

　そこまで言ってシリルは、俺のほうへと視線を向けてきた。

　アンデッド退治の専門家である神官(ホーリーオーダー)として、アンデッドに関してはしっかりと勉強をしているのだろう。的確な知識と言えた。

「ああ、概(おおむ)ね俺の認識と合致する。付け加えるとすれば、自然発生時の条件には様々な学説があって、特定条件時に頻出することを発表している論文もあるというぐらいだが、その辺りは俺もしっかり学んだことはないな。魔術都市レクトールに戻って学院の図書館を漁(あさ)れば、論文を見つけることはできるだろうが……」

「ウィルの話、ときどき難しすぎて分かんねーな。でもつまりアレだろ、要するに、何が原因かは分かんねーってことだろ？」

　サツキにバッサリと要約された。

「……まあ、概ね間違ってはいないが。ただ可能性として、ゾンビを作り出している何者か――邪神官(エビルオーダー)か魔術師(メイジ)の存在は、想定の範囲内に置いておくべきだろうな」

「なら最初からそう言ってくれよー。難しいこと言われても分かんねぇよー」

サツキは駄々をこねた。

それを見た俺とシリルが、同時にため息をつく。

そのシンクロ具合に気付いて、シリルがくすっと笑い、俺に向かって普段見せない類の人懐っこい笑みを浮かべてくる。

「苦労を分かち合える人がいるって、素晴らしいことね」

「まったくだ」

「えっ、なに？　ちょっと待って、なんで二人でいい雰囲気出してんの？」

サツキが、俺とシリルとをきょろきょろと見て困惑していた。

それを見て、またシリルがくすくすと笑う。俺も自然と、笑みがこぼれていた。

だが思わぬ攻撃は、その場にいたもう一人から来る。

「――ん？　なぁに、ミィ？」

シリルの神官衣の裾を、くいくいと引っ張る獣人の少女。

彼女は可愛らしい猫耳をぴょこぴょこと動かしつつ、上目遣いでシリルに言った。

「……シリルも色惚けしますか？」

「は……？」

シリルが頬を赤く染めて、固まった。

「な、何でそうなるのよ。ただ普通に話をしていただけでしょ？」

「なんかそんな気がしたです。ミィの勘は結構当たるです」

ミィはそれだけ言って、話は終わったとばかりに、二階へと上がっていってしまった。

その後ろ姿を口をパクパクとさせながら見送っていたシリルだったが、やがてこほんと一つ咳をして、

「あの子の勘違いだから、気にしないで。分かっていると思うけど、一応ね」

俺に向かってそう言ってきた。

なので俺のほうも、自らのスタンスを明言しておく。

「ああ。こちらにもそのつもりはない」

「そ、そう。……って、そう断言されると、それはそれで少し悔しいわね。意地でも振り向かせてやろうかって思えてくるわ」

自信家らしき牙と闘争心が、神官の少女の奥底に垣間見えた気がした。

困った、なぜそうなる。

「えっ？　えっ？　ちょっと待ってシリル。……本気？」

「さあね、どうかしら。ただ一つだけ言っておくと、私、結構負けず嫌いなの」

慌てるサツキにシリルはそう答えて、また紅茶を一すすりした。

＊＊＊

俺たちは、仮受領していたアンデッド退治のクエストの受領を確定すると、最低限の

準備を整えてから、早速問題の村へと向かった。

　ゾンビが大量発生しているというその村までは、街を出て、森を貫く街道を半日ほど歩いていけば到着する。朝食後に出立したから、着くのは夕方か、あるいは日暮れ過ぎになるだろうか。

　さて、そうしてしばらく街道を歩いていた俺たちだったが、

「そろそろ腹減ってきたな。どっかでメシにしようぜ」

「あそこの岩が、木陰になっていてちょうど良さそうです」

　日が真上に昇る頃に、ちょうどいい具合の腰掛け岩を見つけたので、そこで休憩して昼食をとることにした。

　サツキ、俺、シリル、ミィの四人が横並びで岩に腰掛け、思い思いの昼食を取り出す。

　俺が荷物から取り出したのは、出掛ける前にパン屋で買ってきたサンドイッチだ。

　包みを開けると、野菜や肉など色とりどりの具材が挟まれたパンが、切った断面を上にして収められていた。いい具合に食欲をそそる見栄えだ。分量もまあまあり、これで銅貨五枚は、なかなかのコストパフォーマンスと言えるだろう。

　俺はサンドイッチを一つ手に取り、それにかぶりつく。案の定、美味い。嚙めばじゅわっと広がる肉の旨みと、瑞々しいシャキシャキの野菜、それにソースの甘みとが絡み合って、期待を裏切らない納得の味であった。

「――――んでさ、そのゾンビってやつは、どんぐらい強いんだ？」

ふとサッキが、そんなことを口にする。そして俺と同じようにサンドイッチへとかぶりつくと、「うんめーっ！」などとうなりつつ、幸せそうに口をもぐもぐとさせる。

ちなみにこの娘、パン屋で俺がそれを買ったのを見て、同じものを購入したのである。それを嬉しそうに俺に見せてきたのだから、他意はあるのだろう。

まあそれはさておき、俺はサツキにゾンビの強さに関して説明をする。

「通常のゾンビのモンスターランクはIだな。ゴブリンがHランクだから、格としてはゴブリンよりもワンランク下だ」

「……へ？　ゴブリンより弱いの？　なんだ、楽勝じゃん」

サツキはごくんとパンを飲み込んでから、そんな言葉を口にする。

ゾンビというモンスターは、平たく言うと「動く死体」である。耐久力は高いが動きが鈍重で、知能は極めて低く、生者を見ると盲目的かつ闇雲に襲い掛かってくる。さらにたいていのケースでは、武器も持っていない。冷静に戦えるならば、武器を持った一般市民程度でも、そう大きな危険なく勝てる相手であると言われている。

ただしそれには、当たり前の前提条件がある。

一対一、あるいはそれ以上の好条件で戦えるのであれば、という前提である。

ミィがサツキの楽観に対して、その点を指摘する。

「とはいえ数が問題です。もし村ひとつの住人が全部ゾンビになっているとしたら、百体を超えるゾンビがいてもおかしくないです」

「うげっ……そりゃウザいな……」

「それに弱いって言っても、数は脅威よ。もし凌(しの)ぎきれずに数の力で押されてやつらに組み伏せられでもすれば、そのままのどを噛みちぎられておしまいでしょ」

「こ、怖いこと言うなよシリルぅ……」

ミィに続きシリルからの指摘もあり、調子に乗っていたサツキがどんどんしょぼくれていく。ころころとテンションの変わるサツキの様子は、見ていて和むものがある。

「ま、少なくとも、ゾンビの群れの中に無策で飛び込むのは御免ね。意外と厄介な相手よ。それに――」

そう言ってシリルは、俺のほうに視線を送ってくる。

「アンデッド相手じゃ、魔術師(メイジ)お得意の眠り(スリープ)の魔法は通じない。ゴブリンたちのようにはいかないわ」

「まあ、そうだな」

俺は素直にうなずく。確かに、眠り(スリープ)の呪文が効かない分、アンデッドという分類のモンスターが魔術師(メイジ)にとって厄介な存在であることは間違いない。

「とは言え戦力外ということにはならないから、そこは安心してくれ。初学者レベルの魔術師(メイジ)ならばいざ知らず、導師(ウィザード)レベルならばアンデッド相手でも手の打ちようはいくらでもある」

最もシンプルな話、火球(ファイアボール)の呪文を叩(たた)き込めば話は早い。

ゴブリンたちを相手にしたときには隠密性が必要だったのと、場合によっては洞窟崩落の危険性もあると思って使用は避けたのだが、今回は別段、家屋破壊を禁止されているわけでもなし、問題はないだろう。

俺がそんなことを考えていると——

「は……？　導師、ですって……？」

俺の言葉を聞いたシリルが、目をぱちくりとさせていた。

おっと、そういえば、それはまだ伝えていなかったか。

「ああ。魔術師でも間違いではないから言及はしていなかったが、俺は導師の称号を持っている」

「ん……？　なにシリル、その導師っての凄いの？」

サツキが横から口を挟んでくる。

するとシリルは、はぁとため息をついて答える。

「凄いわよ……。神官で言ったら司祭級——って言っても分からないか。えぇっと……と、とにかく凄いのよ」

シリルは語彙が少々残念なことになっていた。

なおシリルが言っている司祭というのは、神官の中でも特に高位の実力者に与えられる称号だ。そして司祭の称号を持った神官は、街の神殿の神殿長、あるいはそれに匹敵する地位に就いているのが一般的である。

「まあ、ウィリアムの実力を見たら、導師(ウィザード)だって言われたほうがむしろ納得はするけれど……。でもウィリアム。どうして導師(ウィザード)の称号を持っている人が、冒険者なんてやっているのよ。おかしいじゃない」

シリルは納得いかないと言った様子で、そんなことを聞いてくる。

俺はそれに対し、これまで幾度となく繰り返した反論を行う。

「おかしくはない。俺は奴隷(どれい)ではないのだから、職業選択の自由を持っている。その自由の発露の結果として冒険者という職業を選ぶのは、何ら問題のある行為ではないはずだ」

「う、うぅん……まあ、それはそうなんだけど……。うぅーん……うん、まあ、あなたの言う通りね」

シリルはまだ釈然としない様子だったが、ひとまず理解はしてくれたようだ。

そしてそんなことよりも、今はアンデッド退治のほうに意識を向けるべきだろう。

「しかしキミの言う通り、魔術師(メイジ)はアンデッドと相性が悪いのも確かだ。アンデッド退治は、神官(ホーリーオーダー)のシリルのほうが専門だろう」

「……まあ、それはそうね」

神官(ホーリーオーダー)は神から特別に加護を授けられた者たちであると言われている。

その加護は一般に「奇跡」と呼ばれ、魔法に似た超常現象を引き起こすことができる。

奇跡の行使には魔素(マナ)を必要とするあたりも、魔術師(メイジ)が使う魔法とよく似ている。

なお、神官(ホーリーオーダー)が使う奇跡の最たるものと言えば、何といっても癒しの術である。この奇跡の存在があるため、冒険者は神官(ホーリーオーダー)を積極的にパーティに加えたがる。

また神官(ホーリーオーダー)のほうも、どういうわけか冒険の過程で加護の力が増したという前例が多いため、修練の一環として冒険者を始める者が多いと聞く。

そしてもう一つ、癒しの術と並ぶ奇跡の代表例としてあげられるのが、アンデッド撃退のための奇跡である。

亡者退散(ターンアンデッド)をはじめとしたアンデッド撃退のための奇跡は、アンデッド退治の際には頼もしい力となってくれるだろう。ゆえに神官(ホーリーオーダー)は、アンデッド退治のスペシャリストと呼ばれることもある。

「でもそうは言ったって、実際に百体とかいう数がいたら、私一人じゃさばききれないわ。何らかの援護がほしいところね」

食事を終えたシリルは、親指の先についたソースをぺろりと舐めつつそう言ってくる。

「わかった。援護という性質のものになるかどうかは分からんが、検討しておこう」

「なぁに、大丈夫だって。あたしもいるし、楽勝楽勝」

テンションを取り戻したサツキがカラカラと笑うのを見て、俺とシリルがまた、同時にため息をついた。

「サツキは少し、二人の爪(つめ)の垢(あか)を煎(せん)じて飲んだらいいと思うです」

ミィはそう毒を吐きつつ、水筒の水をこくこくと飲んでいた。

＊＊＊

それはすでに日の落ちた、夜のことだった。

目的地である村へとたどり着いた俺たち一行は、早速仕事にとりかかっていた。

いや「俺たちは」というのは、厳密には適切ではないかもしれない。現段階でアクションを起こしているのは、俺一人だからだ。

その一つ目のアクションを終えた俺の後ろで、シリルとサツキが言葉を交わし合う。

「ねぇ、サツキ」

「うん」

「あなたの気持ちが、少しわかった気がしたわ」

「だろ？」

「ええ。……あれは、理不尽だわ」

俺はそんな二人の会話を右から左へ聞き流しつつ、自分の前方、燃え盛る村の様子を注視していた。

そこにはバラバラに飛び散った、あるいは燃え上がって黒焦げになりすでに動かなくなったゾンビたちのなれの果てが、多数転がっていた。

それは俺が撃ち込んだ、火球（ファイアボール）の呪文が及ぼした結果であった。

――俺たちが夕暮れ過ぎに村にたどり着いたとき、そこには案の定、途方もない数のゾンビたちの姿があった。当初は総勢で百を超えるのではないかという数のゾンビたちが、夜の帳（とばり）が下りた村のいたるところで、無軌道に蠢（うごめ）いていたのである。

　ゾンビたちは、村の入り口付近にたどり着いたばかりの俺たちの存在を見つけると、俺が掲げるたいまつの明かりに向かって、一斉に、しかしゆっくりと近寄ってきた。

　ゾンビは短距離であれば、普通の人間と大差ないほどの速度で襲い掛かってくることもあるが、一定以上距離が離れているうちは、かなりゆっくりと移動してくるものだ。

　そこで俺は、ゾンビの群れをある程度まで引きつけたところで呪文詠唱を開始し、火球（ファイアボール）の呪文を放った。

　放たれた灼熱（しゃくねつ）の球状エネルギー体は、群がってきていたゾンビの密集度が一番高い地点へと狙（ねら）い通りに着弾し、そこで大爆発を起こした。

　そこにいたゾンビたちは、あるいは頭部や手足がちぎれて吹き飛ばされ、あるいは燃え盛り、あるいは黒い炭のようになった。

　その数、トータルで二十体ほどか。

　その結果が、今俺たちの目の前に広がっている光景であった。

　なお村が燃え盛っていると言っても、火球（ファイアボール）の爆炎が及んだ近隣二件ほどの廃屋（はいおく）が燃え上がっているだけで、村全体が燃えているわけではない。一発の火球（ファイアボール）が及ぼす爆炎の影響範囲はせいぜいが直径十メートル程度といったところで、当然ながら村全体を焼き尽くすような威力はない。

ただ、生者と見ると群がってくるゾンビたちを一網打尽にするには、その程度でもそれなりに有効だ。特におびき出さずとも密集してくれるのだから、こんなに簡単な仕事はない。

俺は一発目の火球(ファイアボール)を放ってからしばらく待って、またほど良くゾンビたちが集まってきた頃合いを見計らって、二発目の火球(ファイアボール)を放った。

火球(ファイアボール)は再び大爆発を起こし、さらに二十体ほどのゾンビたちが吹き飛んでゆく。

「……あたしたち、出番あるかな」

「さあ、ないんじゃないかしら」

「ミィはゾンビとなんて戦いたくないので、大歓迎です」

三人の少女が、思い思いの感想を漏らす。

完全に見物人状態の彼女たちに、俺はあらかじめ情報を提示しておく。

「火球(ファイアボール)の呪文は魔素(マナ)の消費量が大きい。限界まで振り絞れば五発まで撃てるが、いざというときのために魔素(マナ)はある程度残しておきたい。よって四発が使用可能なリソースと考えると、あと二発だ。最大効率で叩いても、どうしても二十体から三十体程度は残るだろう。俺ができる『援護』はそこまでだ。そこから先はシリルたちに任せる」

「あ、そ……。わかった、任されるわ」

シリルが呆(あき)れたように肩をすくめながら言う。

火球（ファイアボール）の呪文は、導師（ウィザード）が使う魔法の中でも最も単純であり、それゆえに使い勝手がよい攻撃呪文の一つである。

ただそれなりに高位の呪文であるため、魔素（マナ）の消費量が大きいのが難点だ。眠り（スリープ）の呪文ほど気安く多用できるものではないため、その点において少々厳しい部分はある。

「やはり魔術師（メイジ）は、アンデッドとは相性が悪いな」

「ソウデスネー」

棒読みで同意してくるサツキの前で、俺は三発目の火球（ファイアボール）を放ち、次のゾンビたちを薙ぎ払ったのだった。

＊＊＊

四発目の火球（ファイアボール）を放つ。

それが的確にゾンビの群れを吹き飛ばしたのを確認すると、俺の仕事はひとまず終了だ。

残ったゾンビの数は、当初の目論見（もくろみ）通り三十に満たないほど。その三倍ほどの数のゾンビの骸（むくろ）が、あちこちの地面に折り重なりつつ転がっていた。

「よし、あとは任せる」

俺はそう言って下がり、サツキとシリルの二人にバトンタッチをする。

下がり際に俺が手を差し出すと、まずはサツキが、次にシリルが手を合わせてきた。

「おう、任せて」

「サツキと二人掛かりでこの数が処理できなかったら、さすがに名折れよね」

着物姿の少女と神官衣の少女が、炎に照らされた闇夜の中、ゾンビたちに向かって進んでいく。その向こうからは、蠢く亡者たちが彼女たちへと迫ってきていた。

俺は二人の背中を見送りながら、ミィの隣に立って見物の列に混ざる。

獣人の少女は、特に動くつもりはなさそうだった。

「ミィが行っても足手まといです。首を切っても心臓を突いても死なない相手とか、やってられないです」

特に何かを聞いたわけでもないのだが、ミィはそんなことをつぶやく。

シリルも理知的だが、この娘もなかなかに合理的な考え方をする。

「シリルの実力はどうなんだ？　サツキの腕はゴブリン退治のときに見せてもらったが」

「戦士(ファイター)としての腕は、最低限の訓練を積んでいる程度で、ミィと大差ないです。アンデッドと戦うところはミィも見たことないです。でもああやって向かって行くなら、多分大丈夫です。シリルはサツキと違って無謀なことはしないです」

そんなことを話しているうちに、二人の少女とゾンビたちとが戦闘距離に入っていた。

サツキが前に立って刀(カタナ)を構え、その後ろでシリルが祈りの言葉を紡いでいる。

あれは神聖語(ホーリーワード)だろう。魔術師(メイジ)が魔法語(ルーンワード)で魔法を発動させるのと同じように、神官(ホーリーオーダー)

も神聖語(ホーリーワード)で奇跡を発動する。

「――亡者退散(ターンアンデッド)！」

シリルが鎚鉾(メイス)を天に掲げ、凜(りん)とした声を放った。

同時に、彼女の周囲に光の輪が現れたかと思うと、それが一気に外へと拡大していく。

すると、その光になでられた亡者たちのうち、六割か七割ほどの数が、バタバタと倒れて動かなくなった。

残ったゾンビの数はおよそ十ほど。そこにサツキが疾風(しっぷう)のように駆け込んでゆく。

その後ろのシリルは、奇跡の行使を終えると、あとはサツキとゾンビたちの動きとを注意深く観察していた。万一サツキに危機が訪れたら、助けに入るつもりなのだろう。

「……大したものだな」

「どっちがですか？」

「シリルだ。亡者退散(ターンアンデッド)の奇跡は、術者の力量と対象の力量との差が相当に大きくないとなかなか効力がないと聞く。あれだけの数をまとめて無力化できるというのは、かなりの実力者なのだろう」

「ほえ、そうなのですか」

「ああ。対象がゾンビという最下級のアンデッドであることを差し引いても、侍祭(アコライト)級の実力は持っていると推測できる」

侍祭(アコライト)というのは、神官(ホーリーオーダー)の中でも一定以上の実力を持った者に与えられる称号で、

それだけの実力を持っていれば、街の神殿で副神殿長を任されるほどだ。

また、シリルの強みはそればかりではない。

「判断も的確だ。あの程度の数まで減らせば、あとはサツキに任せたほうがリスクが低いというのをよく分かっている」

「ですね」

事実サツキは、俺とミィがこうして話している間にも、目にも留まらぬ動きでゾンビたちを次々と両断して回っている。縦横無尽というのはああいったことを指すのだろう。

しかしそんな最中、俺の隣にいた獣人の少女が、ひょんなことを言いだした。

「けど、ミィはちょっと嫉妬しているです」

「む……？」

何を言いだすのかと興味を向ければ、ミィの口から出たのはこんな言葉だった。

「サツキとシリルはウィリアムに認められたです。でもミィの仕事は地味なので、認められることはないです。今だって何だかんだ理由をつけてサボってるように見えるです」

それは意外な言葉だった。この淡白でサバサバしたように見える少女が、そのようなことを気にしているとは思わなかった。

そもそも俺は、このミィという少女の盗賊としての仕事ぶりには真っ先に感心をしていたのだが――そうか、口に出して言わないと伝わらないこともあるものだな。

俺はそう思い、その評価をミィに告げることにした。

「それは誤解だ。俺はミィの仕事を高く評価している。ゴブリン退治での洞窟探索における目端の利かせ方には脱帽したし、聞き耳のスキルや、落とし穴を発見した観察眼など、技量においてもかなりの水準と見ている」

俺が自分の感じたことをそのまま口に出していくと、ミィは俺のほうをまじまじと見て、目をまん丸くした。

物はついでと、俺は彼女に関して思っているところを、さらに口にしていく。

「それにシリルもだが、眠ったゴブリンを始末して回るなどといった汚れ仕事を率先して行い、それに文句一つ言わないというのは、高い人間性の為せる業だ。また雑用も率先してこなしている。物事を円滑に進めるための潤滑油の役割を自らこなしてくれているミィには、常々感謝をしているところだ」

「あ、あうあう……」

ミィは俺の話を聞くにつれ、感極まったという表情になって、口をパクパクとさせる。

大げさな、とも思ったが、彼女の先の口ぶりからするに、自分の仕事を認めてもらったことがあまりないのかもしれない。

「……にゃ、にゃるほど。これがサツキやシリルの色惚けの原因なのですね。にゃあああっ……これは破壊力高いです……」

ミィは頬を真っ赤に染めて恥ずかしそうにしていた。

そうこうしていると――

「うっし、終わったぞー」

サツキとシリルが、ゾンビたちを倒し終えて戻ってきた。

少なくとも、見える範囲のゾンビはすべて、完全に動かなくなっていた。

「さすがだな。二人とも、大した手際だ」

「まぁねー♪　もっと褒めて褒めて」

「あなたに言われると、嫌味を通り越して本心に聞こえてくるから不思議だわ」

「そ、それじゃあ、討伐証明部位をさっさと回収して、こんな陰気な場所からはおさらばするです」

戻ってきた二人と入れ替わるように、ミィがそそくさと倒れたゾンビたちのほうへと向かう。

ああいった雑用も、ミィが率先して手際よく行ってくれているのだ。

だが今回は、あまりにも数が多い。

一人では大変だろうと、俺も手伝おうと思った――そのときだった。

＊＊＊

「うっ……！」

その声を上げたのは、サツキだった。

何事かと見ると、サツキは苦しげに頭を押さえ、地面に膝（ひざ）をついていた。

その闇夜の炎に照らされた着物姿の少女には、「何か」がまとわりついていた。

それは青白い半透明の姿をした、サツキとは別の裸身の少女の姿であるように見えた。

その姿は、ありていに言うと「少女の幽霊」だった。

「なっ……!?　まさか——ゴースト!?」

サツキの近くにいたシリルが、そう叫んでサツキの傍（そば）からバックステップで離れる。

そして腰の鎚鉾（メイス）に手を伸ばそうとして——しかし間違いに気付いて、その手を引っ込める。

「違う、ゴーストは物理攻撃じゃ倒せない……。でも、私が使える奇跡じゃ……」

神官（ホーリーオーダー）の少女はそう言って、悔しそうに歯噛（はが）みする。唐突に現れた脅威に対し、彼女は為（な）す術（すべ）を持たないようだった。

俺としても、突然何事が起こったのかと驚かざるを得ないところだ。

だが慌てたところで事態は改善しない。俺は努めて冷静に、学院時代に頭に叩き込んだ知識の中から、ゴーストというモンスターに関するそれを検索することにした。

アンデッドモンスター、ゴースト。未練や恨みを残して死んだ魂が、浄化されずに地上に残ったもの。肉体を持たない存在ゆえに物理攻撃で倒すことはできず、それは魔法の矢（マジックアロー）や火球（ファイアボール）などの物理的なダメージを与える魔法でも同様だ。

ならば神官（ホーリーオーダー）の亡者退散（ターンアンデッド）ではどうかというと、あれは肉体を持ったアンデッドの負の力を浄化する奇跡であって、精神体であるゴーストには効力がない。

その一方で、ゴーストの側もこちらに対して干渉する能力はほとんど持たないのだが
──しかしながら一つだけ、極めて厄介な能力がある。

憑依。対象に取り憑いて、その肉体を乗っ取ってしまう能力である。

それにしてもこのゴースト、突然どこから現れたのかとも思ったが、精神体であるゴーストには、移動面での制限はほとんどない。空を飛んで頭上から忍び寄るなり、地中を通り抜けて地面の下から襲い掛かるなり、いくらでも方法はある。

さてそれはともあれ、この事態をどうしたものか。

火球の呪文をすでに四回行使した俺に、残された魔素は少ない。

ならばひとまず──

俺は様々な選択肢を脳内で検討した結果、一つの呪文の行使を決定する。

呪文詠唱を開始。

「うぐっ……うあああああああっ！」

「サツキ！　サツキ、しっかりするです！」

苦しむサツキと、彼女に寄り添って揺さぶるミィ。その二人の姿を悔しそうに見つめるシリル。

やがて、サツキが叫び声をあげるのをやめる。さきほどまでの苦悶の声が嘘だったかのように、ぴたりと静かになる。サツキにまとわりついていたゴーストは、吸い込まれ

るように消え去っていた。

「さ……サツキ……？」

ミィがおそるおそる呼びかけると、四つん這いになって苦しんでいたサツキが、ゆらりと立ち上がる。

そして――

「――うふっ、うふふふふっ……あっはははははは！」

その着物姿の少女は、夜空に向かって両腕を広げて、狂ったように笑い始めた。

「すごい！　すごいわこの体！　この力ならあいつらを殺せる！　ぶっ殺せる！　皆殺しにできる！　待っていなさいゴミども、いますぐ殺しに行ってあげ――」

「――眠り」

「ふにゃん」

哄笑をあげていた少女が、ぱたりと倒れた。

一発で効いてくれたのは僥倖だった。

「ミィ、ロープを出してくれ。縛る」

「あ……はいです」

ぽかんとした様子のミィが、それでも荷物からロープを取り出し、サツキをぐるぐる巻きに縛りつけた。それも、サツキの命気による筋力増加も考慮に入れて、絶対に逃げられないように三重のロープで厳重拘束する。

これでよし。

あまりにも唐突に現れた難事だったから対応に困ったが、これでひとまずの脅威は去ったと言えよう。俺は次のステップへ移行することにした。

＊＊＊

眠らせてロープで拘束したサッキ――今の状態をサツキと呼んでいいのかどうかは定かではないが、便宜上そのように呼ぶ――は、ひとまずそのままの状態で、村から少し離れた場所まで運ぶことにした。

俺はシリルと二人掛かりで芋虫状態のサツキを運搬し、村から少し離れた場所にある街道脇の草むらへと寝かせる。

そして俺たちはそこで焚き火をしつつ、休息がてらサツキの目が覚めるのを待った。

「んっ……」

しばらくすると、サツキがゆっくりとそのまぶたを開く。

ロープでぐるぐる巻きの芋虫状態で、草むらに転がされた格好のままでの覚醒だ。

「えっ……私は、一体……」

サツキは周囲をゆっくりと見渡し――やがて、焚き火の前の俺と視線が合った。

「目が覚めたか。気分はどうだ？」

「……っ！」

サツキは俺の問いかけに応じることなく、暴れ出そうとした。

しかし芋虫状態で転がされているので、ろくに動けない。

「落ち着け。まずは話だ。お前はあの村にいたゴーストだな？」

「……そうです」

サツキは観念したのか、すぐにおとなしくなり、返事をしてきた。口調が普段のサツキのそれとまるで違う。

俺はさらなる質問を、その少女にぶつけていく。

「お前はサツキの体に憑依して、何か自分の目的を果たそうとしている。そうだな？」

「……はい。この体の持ち主、サツキさんっていうんですか？　すごい力ですね。この力があれば、あいつらをぶっ殺せる。――お願い、見逃して。私はあいつらを殺さなきゃいけない」

サツキは目に憎しみを宿しながら、そう訴えかけてきた。

俺はその少女に向かって、淡々とこちらの意見を述べる。

「残念だが、それはできない」

「――どうしてよ！　私たちがこんな目に遭って！　それでどうしてあいつらがのうのうと生きていていいのよ！　ふざけるな！　この世界には正義も神も存在しないの⁉」

その言葉に、近くの木に背を預けて様子を見ていたシリルが、ピクリと反応する。

「……随分な言い草をしてくれるわね。そもそもあなたが言っている『あいつら』って、何者なのかしら？」

シリルは光と正義の女神アハトナに仕えていると言っていたから、思うところがあるのだろう。

芋虫状態のサツキは、体と視線を動かして、シリルのほうを見る。

「……山賊です。それ以外に言いようがありません。粗暴で、暴力的で、最低のクズどもです。突然村の近くに棲みついて、そして私たちからすべてを奪った。村のみんなを殺して、女には乱暴をして、村の全部を略奪した。私だって、何度も何度も——あんな奴ら人間じゃない！　モンスターと一緒よ！　ぶっ殺して、八つ裂きにして、はらわた引きずり出して、何度も何度も串刺しにして殺してやる！」

少女の憎しみの言葉を聞くにつれ、シリルの目がスッと細められていく。

近くで話を聞いていたミィは、悲しそうに首を横に振っていた。

ゴーストというのは、現世への強い未練や、強い恨み、憎しみを持ったまま死んでいった者がなると言われている。それ以上の条件は、ゾンビの自然発生条件と同じくいまだはっきりとは解明されていないが、彼女はその条件に合致してゴーストとなったのだろう。

ゴーストはその目的が成就されれば、魂が浄化されて消滅すると言われている。そうなれば、彼女に体の支配権を乗っ取られたサツキも、元の状態に戻ることができるだろう。

　俺はそれを踏まえた上で、目の前の少女にこちらの意見を伝える。

「キミが置かれている状況、それに願望は概ね理解したつもりだ。だが——それでも、キミの要求は呑めない」

　俺のその返答に、少女は目を丸くして、次には悲鳴を上げるように抗議の声をぶつけてきた。

「なっ……なんでよ！　あんたたちもあいつらの味方なの⁉　ふざけないで！　どうして、どうして私たちだけがこんな目に遭わなきゃいけないの！」

「違う。俺たちはその山賊とやらの味方でもなければ、肩を持つわけでもない。俺たちにとって大事なのは、サツキ——つまり、キミが今支配している、その体の持ち主だ」

「……っ！」

　少女が息をのむ。何かを言いたいが言い出せないといった様子だった。

　パチパチと火の爆ぜる音が響く中、俺はさらに、少女に語り掛ける。

「キミたちの村を山賊が襲い、村の人間を全滅させた——そう認識したが、その山賊という連中の人数はどの程度だった？」

「……分かりません。多分、二十人か三十人か、そのぐらいだと思いますけど……」

「そんなところだろうな。百人から成る村を襲撃し全滅させるのだから、最低限の技量と武装を前提にしても、少なくともその程度の人数はいるだろう。——キミはサツキの体の実力をもってすれば、そのすべてを殺せると評価しているようだが、冷静に見れば、両者の戦力は楽観的に見積もっても五分五分といったところだ。山賊の中に手練れがいれば、返り討ちに遭う可能性のほうが高い」

「くっ……！」

サツキの姿をした少女が、悔しそうに唇を噛みしめる。

そしてなお、憎しみに満ちた声で叫ぶ。

「――でも、それでも私は、刺し違えてでもあいつらを、一人でも多く地獄に送らないといけないの！」

「だからそれは俺たちが許容できない。サツキは俺たちの大事な仲間だ。キミの目的のために、勝手に命を奪われては困る」

「……じゃあ」

少女は据わった目で、俺のほうを見つめてきた。

「じゃあ、あなたたちが協力してください。このサツキっていう人が、どうなってもいいんですか」

脅しだった。頭に血が上っていて、手段を選ぶつもりがないのだろう。

だが――

「キミは脅しのつもりかもしれないが、それは無意味だし、俺たちの神経を逆なでするだけで逆効果だ。何故ならこちらには、キミを消滅させるための力がある」

「えっ……？」

「精神破壊（マインドブラスト）という呪文がある。試してみるか？」

精神破壊（マインドブラスト）は、対象の精神に直接ダメージを与える呪文である。

中位の呪文にあたり、俺の今の魔素（マナ）残量では二回の使用が限界。二発ではゴーストの消滅に届くかどうかは、かなり怪しいところだ。

ただ、この呪文は拷問にも使われることがあるもので、犠牲者曰（いわ）く「脳と胸に直接手を突っ込まれて、その中身を同時にぐちゃぐちゃにかき混ぜられるような感覚」なのだそうだ。彼女に向けて一回使ってみせるだけでも、十分に牽制（けんせい）になるだろう。

また、今は二回しか使えなくとも、一晩寝て魔素（マナ）を回復させれば、ゴーストである彼女を消滅させることは十分に可能になる。

いずれにせよ、交渉のアドバンテージはこちらにあると言えた。

「うっ……じゃあ、私はどうしたらいいんですか。このまま……このまま無念も晴らせないまま、滅びるしかないってことですか⁉」

少女は目に涙をためて、そう訴えかけてくる。

知ったことではない——と突っぱねてもよいのだが、俺は少々このゴーストの少女に同情をしていたし、何よりシリルが黙っていなそうな気配を醸（かも）している。そのあたりで面倒なことになっても面白くない。感情的になるよりも、利を取るべきだろう。

俺は少女に、お互いにとっての最良を諭すことにした。

「そうは言っていない。だが脅しで言うことを聞かせようとするなら、こちらも看過はできないと言っているまでだ」

「…………」

「交渉の原則はＷｉｎ－Ｗｉｎ——すなわちキミが得をして、俺たちも得をするという方法だ。そして俺たちは冒険者だ。キミが俺たちに何か頼み事をするなら、十分かつ正当な報酬を用意して俺たちに依頼をするのが筋だ。そしてそれを受けるか否かを決めるのは俺たちだ。自分の要求を満たすために、交渉相手の意志を蔑ろにするな」

「……つまり、お金ですか？」

「ほかに何か、それに代替する利益を提示できるなら、それでも構わないが」

「……いえ。それなら、村の村長の家の裏庭の一角に、金貨が埋められている場所があります。やつらはきっとそれは見つけていないはず。埋められている金貨の量は、百枚はくだらなかったはずです」

　少女は迂闊だった。それを言ってしまっては、こちらが彼女の要求を無視して金貨を持ち逃げする可能性だってある。嘘を言っているとも思えないし、やはり交渉事が得意ではないのだろう。

　とは言え、それをわざわざ言い咎める必要もないと思えた。実際に俺は持ち逃げなどをするつもりはないし、正義の神に仕えているシリルがそれを許すとも思えない。俺たちにとっては、働きに見合った報酬が受け取れるならばそれで問題はないのだ。

それに埋められているという金貨が本当に百枚以上あるのであれば、予想される敵対勢力の強さを考慮しても、報酬額として十分だ。

ただ冒険者ギルドのクエストという形式でないため、冒険者ランクへの功績として反映されないのは難点だが、その点は看過するほかはないだろう。

「——ということなのだが、シリルとミィはどうだ？」

仲間たちにそう聞くと、二人の少女はともにうなずく。

「光と正義の女神アハトナの信徒としても、私個人としても、そんな連中をのさばらせておきたくはないわね。成敗するに異存はないわ」

「ウィリアムが実利も整えてくれたですし、ミィも文句はないです。ただ、ミィは——」

獣人の少女がちらりと、サツキの姿をした少女へと視線を向ける。

ミィの言いたいことは分かる。今の俺たちには、彼女に対する幾分かのわだかまりがある。

よって、俺はもう一つ、少女に要求をすることにした。

「分かった、キミの依頼は引き受けよう。ただし要求が一つある」

「……っ！　は、はい！」

「キミはサツキの体を乗っ取り、自らの目的のために利用し使い潰そうとした。俺たちはサツキの仲間として、キミのその行為を無条件に見過ごすわけにはいかない」

「…………」

「俺がキミに要求するのは、謝罪だ。キミが心からの謝罪をするなら、俺たちも心からキミに協力をするだろう。強制はしないが、悪い話ではないと思う。どうだ？」

俺がそう問うと、少女は芋虫状態のまま、瞳いっぱいに涙をためた。

そして——

「ごめんなさあああい！　ひぐっ……うわあああん！　ごめんなざあああい！」

彼女は泣きじゃくりながら、謝罪の言葉を口にしたのだった。


——その後俺たちは、その場で一晩休みをとった。

そして翌朝に村に行って、村長の家の庭土を掘り起こして、そこに埋められた金貨を確認後、それを埋め直す。

そうしてゴーストの少女が提示した報酬の存在を確認してから、アンデッド退治のクエスト完了を報告するため、都市アトラティアへと帰還したのだった。

＊＊＊

都市アトラティアに帰還した頃には、夕焼け空が広がっていた。

俺たちは街に入ると、まず冒険者ギルドに行ってクエスト完了の報告をし、アンデッド退治のクエスト報酬を受け取った。

そして俺たちは、その日は街で一日休んで、翌日に山賊退治に向かうことにした。

ただそうなると、問題はサッキ——ゴーストの少女が取り憑いたままの彼女である。

眠れる小鹿亭の酒場で、例によってパーティメンバーで寄り集まって夕食のテーブルを囲むのだが、そこでサツキの姿をした少女は、借りてきた猫のようにおとなしくなっていた。

「なんかサツキがいないと、静かすぎて変な感じです」

「そうね。剣の腕と明るいのと騒がしいのだけが取り柄みたいな子だけれど、いないといないで寂しいものね」

ミィとシリルがそう感想を漏らすと、サツキの姿の少女は恐縮したように肩身を狭くしてしまう。

「す、すみません、私のせいで……。でも、その……この会話も、サツキさんに聞こえているんですけど……」

「そうなのですか。サツキは何か言ってるですか?」

「えっと……『ひってー、何だよそれー』って拗ねてます……あ、あとえっと、『あたしのことは気にしねぇで、いまだけは飲んで食って楽しんどけよ』……って、これは私へのメッセージですね。あはは……」

そう言って少女は、瞳に涙をためる。

なるほど、サツキはサツキで、彼女と対話をしているらしい。しかもどうやら、好意的な関係を築いているようだ。サツキらしいというか……どうにも見上げたものである。

「えっ、あっ、ごめんなさい。楽しみます。折角サツキさんの体を借りてるんだから、今を大事にしないとですよねっ」

またサツキが何かを言ったのだろう。少女は自分に向かって言い訳するようにそう言うと、目の前にある肉料理をフォークで口に運んで、涙を流しながら嬉しそうに食事を堪能(たんのう)していた。

俺はその少女に向けて、一つ質問をする。

「キミのことをまだ聞いていなかったな。名前は？」

「あ、えっと、フィリアです。ウィリアムさん——ですよね？」

「ああ。サツキはウィルと呼んでいるがな」

「あはは、いきなりそれは無理かな……あっ、えっ、大丈夫です、ちゃんとウィリアムさんって呼びますからっ」

またサツキが何か言ったようだ。少女が困惑した様子で弁明をしている。

するとそこに、ミィが別な質問を挟んできた。

「ずっと疑問だったですけど、フィリア、です？　フィリアはサツキから出て行ったり、サツキと表に出てくる人格を交代できないですか？」

「あ、はい。私自身が消滅する以外では、この状態からは変われないみたいで……その、すみません」

「いいです。責めてるわけじゃないです。サッキが喜んで体を貸しているなら、ミィがどうこう言うことじゃないです。むしろ騒がしいのが一日ぐらいいないとせいせいするです」

「えっと、あの……さすがに二人からそう言われると、サツキさんもショックを受けているみたいなんですけど……」

そのフィリアの言葉に、ミィがぷっと噴き出し、シリルもくすくすと笑う。俺もなんだか、ほほえましい気分になった。

――それからしばらく、笑ったり騒いだり飲んだり食べたりしながら、四人での――いや、フィリアとサツキを含めた五人での食事を楽しんだ。

そしてしばらくすると、フィリアは酔っぱらったのか、笑い疲れたのか、その場ですやすやと眠ってしまった。

それをシリルとミィが二人掛かりで二階の宿へと連れていき、やがてシリルだけが戻ってきた。

そしてシリルは、疲れたというように、椅子に身を預けて座った。

「ベッドに寝かせてきたわ。ミィも今日はもう寝るって」

「そうか」

俺はシリルの報告を聞きながら、ワインを口に運ぶ。俺は普段、あまり贅沢はしないようにしているのだが、酒だけはそれなりのものを注文することにしている。安物のワインばかりは、どうにも口に合わない。

「……シリル」

「なに？」

「キミの見解を聞きたい。——客観的な『悪』は、存在すると思うか？」

俺がそう聞くと、シリルは少し驚いたような顔をした。

そして彼女は、自分もウェイターにワインを注文すると、あらかた料理の片付けられたテーブルに、寝そべるようにだらしなく身を崩した。

「あなたも意外と酔っている？　珍しいわね」

「どうだかな。……俺は正義とは、基本的には相対的なものにすぎないと考えている。その者の立ち位置、視点によって何が正義であるかは簡単に変わりうる。……しかしな」

フィリアの村を襲ったという山賊——それを悪と断じたい気持ちが、俺の中にどうしても消えずにわだかまっていた。

その山賊たちにだって、そこに身を堕とすまでに何らかの事情はあったのかもしれない。彼らなりに、何か思うところはあるのかもしれない。

しかし、だからと言って——

すると、注文していたワインを数枚の銅貨と引き換えに受け取ったシリルが、身を起こして杯を傾けつつこう言ってきた。

「私はね、ウィリアム、こう考えているの。——正義や悪は、存在するとかしないとか、そういうものじゃない。正義や悪は『私たちがそうだと決めるもの』だって」

「……それは、正義の女神アハトナの教えか？」

「いいえ、違うわ。言ったでしょ、私はそう考えているって。——女神アハトナの教えはこうよ。『汝、正しき正義を追い求めよ。汝の正義は変わり続けるだろう。暗愚は歪んだ正義を肯定する。汝、世を知の光で照らせ』……意味、分かる？」

「何となくな」

「さすがね。——でもね、正義に関してなら、私たちがずーっと考えて来て、一つの答えになんてたどり着いていないんだから。いくら秀才のあなたにだって、そんな簡単に答えを出されてたまるものですか」

そう言って、シリルは俺にふっと近付いてくると——その人差し指で、こつんと俺の額を弾いてきた。……少々、痛い。

「……シリル、キミも酔っているだろう？」

「どうでしょうね。——そろそろ私たちも寝ましょう。二日酔いで山賊に殺されましたとか、お話にもならないわ」

「……そうだな」

俺はシリルのその提言を受けて、自らも席を立ち、二階へと向かったのだった。

＊＊＊

俺たちが山賊退治のために街を出たのは、飲んで騒いだその翌日の夕刻のことだった。館は山賊たちが根城にしているのは、フィリアの村の近くの山林にある館のようだ。館は過去に物好きな貴族が建てたもので、そのまま飽きて打ち捨てられていたところを、山賊たちが占拠して棲みついたらしい。

街を出た俺たちは道中で一泊野宿をし、明け方頃にフィリアの村の近くまでたどり着いた。そこから街道を外れて、館へと向かう山道を進み始める。山道は広くはないがほどほどに整備されており、進むのに大きな苦はなかった。

「このあたりからは連中のテリトリーでしょうね。気を付けて進まないと」

「ですです。突然矢が飛んでこないとも限らないです」

静謐な朝に細い山道を登りながら、シリルとミィが小声でそう注意を飛ばす。

それを聞いてサツキ――フィリアが、緊張した面持ちで腰に提げた刀に触れていた。

俺は情報共有のため、彼女ら三人に自分が使った呪文に関して教えておくことにする。

「弓矢ならば問題ない。矢よけの呪文を行使している。射撃物なら、攻城弩でもなければすべて弾く。俺の周囲五メートルから離れなければの話だがな」

俺がそう伝えると、ミィとシリルが立ち止まって、目をぱちくりさせて俺のほうを見てきた。

「……マジですか」

「マジだ」

「……いつも思うのだけれど、あなたの魔法って、ほとんど反則レベルよね。どこから飛んでくるか分からない弓矢に怯(おび)えずに済むって、どれだけのことだと……」

ミィとシリルからの評価は上々だった。さほど高位の呪文でもないのだが、魔法に明るくない者にとっては十分に驚くべき効果のようだ。

もっとも――

「それも万一のための備えだ。それ以前に認識阻害(インセンサブル)の呪文でこちらの存在を気付かれにくくしている。見張りがよほど注意深くこちらを注視していない限り、俺たちの存在が早い段階で敵に露呈することはないだろう」

認識阻害(インセンサブル)は、範囲内の人物や物を範囲外の者から「認識されにくく」する呪文である。例えば路傍に落ちているただの石ころに注意を向ける者がほとんどいないのと同じように、この呪文の範囲内のものは特別に注意を向けられることがほとんどなくなる。

戦闘中など敵対者を強く意識している段階に至ってはあまり効果がないが、それ以前の段階であれば、隠密行動のための有効な手段となりうる呪文である。

「……相変わらずの、とんでもない慎重さです」

「さすがというか、何というか……」

俺の説明を聞いて、なぜか呆れるミィと、肩をすくめるシリルである。

言い訳ではないが、俺は彼女らに一つ弁明をする。

「これでも先日のアンデッド退治での反省から、魔素(マナ)の消費が大きい呪文の多用は避け、より少ない魔素(マナ)の消費で高い効果を上げられる呪文を選んでいるつもりだ」

「……？　反省ですか」

「反省だ」

首を傾(かし)げるミィに、俺はオウム返しに答える。

一方彼女の横では、シリルが同様に不思議そうな顔をしていた。

「何か大きな失敗をしていたようにも見えなかったけれど。むしろあなたの怪物ぶりに拍車がかかっていたように思えたわ」

「それが失敗だ。不必要にリソースを多く切りすぎた。もう一つ何かトラブルがあったら対応に窮していた。サツキの戦力や神官(ホーリーオーダー)であるシリルの存在も加味すれば、あの局面での火球(ファイアボール)は三発で止(と)めておくべきだった」

「はあ……あれだけのS級トラブルを手際よく解決してなお、結果オーライじゃダメなのね……」

どうにか俺の考えを分かってもらえたようだ。「今更だけどバケモノね」「バケモノです」という二人の会話が聞こえてくるが、気にしないことにする。

ちなみによく勘違いしている者がいるが、「反省」というのは失敗を悔やんだりしょぼくれたりすることではない。次に同じ過ちを犯さぬよう、失敗を糧に自身を改善するための思考が反省である。

失敗をしない人間はいないが、失敗を活かさない人間はいる。その小さな差の積み重ねが、長期的には大きな能力の差となって現れる――そういうものだと俺は思っている。

「あの……」

と、そこで着物姿の少女が、おずおずと挙手をしてきた。

「なんだ、フィリア」

「その、さっきからサツキさんが、『さすがあたしのウィルだ。な、な、すごいだろフィリア?』ってグイグイ言ってくるんですけど……」

俺は頭が痛くなった。

「そうか。『俺はキミのものではない』と、そう伝えておいてくれ」

「あ、はい、聞こえてます。『何だよ何だよ～、フィリアの前でぐらい見栄張らせてくれたっていいじゃんかよ～』ってジタバタしてます」

魂がジタバタするとかあるのか。研究対象としては興味深いが。

――さておき、いまはそのような楽しい雰囲気を求めるべきシーンでもない。

二重の保険をかけてあるとはいえ、ここはほぼ戦地だ。気を抜きすぎるべきではない。

「ともかく全員気を引き締めてくれ。防御を厚くしたせいで気を緩めたのでは元も子もない」

「はいです」

「了解」

「わ、分かりました」

俺の号令に、あらためて警戒を強めるミィとシリル、それに緊張の面持ちで刀の柄をにぎりしめる侍姿の少女。

そうして俺たち一行は、山賊の館へと向かって山道を登っていった。

＊＊＊

山道をしばらく歩くと、木々の合間から目的の館が見えてきた。

俺たちは慎重に近付いていって、ある程度の距離で木々の陰に隠れ、様子を見る。

入り口の門の前には、門番らしき男が一人、槍を手にして立っているのが見えた。門に背を寄りかからせ、うつらうつらと半ば居眠りしている様子である。

「ミィ、行けるか？」

「はいです。あんなのカモです。楽勝です」

俺が聞くと、ミィは自信の笑みを浮かべ、一人で見張りのほうへと向かっていった。

彼女は途中、短剣を腰の鞘から引き抜きつつ、相手の死角を選びながら素早く距離を詰めていく。そして少女はやがて木々の間に消え、俺の目からも見えなくなった。

次にミィが視界に入ってきたのは、しばらくたった後のことだった。

門番の横手から忽然と姿を現したかと思うと、自然かつ素早い動きで滑るように標的に近付いて、相手にまったく気付かれることなく、手にした短剣で門番を始末した。

ミィが門の前で手招きをしてくる。それを受けて俺たちは彼女の元へと合流した。

「さすがだなミィ、見事な手並みだ。頼りになる」

俺がそう賛辞の言葉を向けると、獣人の少女は耳をぴょこぴょことさせ照れくさそうにしていた。それから彼女は、すぐに門の扉を調べに回った。

一方サツキの姿をした少女はと言うと、絶命して倒れた門番を見て息をのんでいた。

「どうした、フィリア。やはりやめるか？」

俺がそう聞くと、フィリアはぶんぶんと首を横に振る。

「そんなわけありません。——あいつらは絶対に許さない。絶対に皆殺しにしないといけないんです」

フィリア——サツキの姿をした少女の目が、しばらく見ていなかった据わったものへと変わる。覚悟も据わったようだ。

——人を殺す、というのは、さすがに考えさせられるものがある。善悪の価値観のレベルと、生理的抵抗感のレベルとがあるが、少なくとも後者に関しては完全にそれを消し去ることはできない。

ゴブリンを殺すというのとはまた一段階違う。同族殺しというのは、やはり一つ胸につかえるものがある。

だがこの暴力はびこる世界で生きていれば、生命を奪うことや失うことに対して過剰にセンシティブになってはいられないのも現実だ。

殊（こと）に自ら同族殺しを平然と行うような山賊どもに対しては、モンスター同様に単純に「敵」として扱うのが妥当であろう。

「分かった。では俺たちも依頼人であるフィリアのサポートをしよう。――ミィ、門の扉は開きそうか？」

扉を調べていたミィのほうへと視線を移すと、彼女は首を横に振った。

「ダメです。向こうから閂（かんぬき）がかけられているみたいです」

石造りの塀と木造の大扉で構成された門は、鍵穴（かぎあな）をどうこうするタイプのモノではなく、盗賊（シーフ）のミィでもこじ開けることはできないようだった。

ならばと俺は、開錠（ノック）の呪文を唱えようとした。

この呪文を使えば、閂がしてあるタイプの門扉であっても、魔法の力でその閂をひとりでに動かして外すことができる。

そう思って、呪文の詠唱を開始しようとしたのだが――

「でも、ちょっと待っていてほしいです」

そう言うとミィは、門扉にあるでっぱりを器用に使ってするすると門をよじ登っていってしまった。

そして塀の上から向こう側に音もなく飛び降りると、普通に閂を外して向こうから扉を開けてみせた。

「お待たせです。どうぞです」

ミィは執事のように、扉の向こうから俺たちを出迎えた。

まったくもって優秀な仲間だ。おかげで魔素を温存することができる。

俺はミィの横を通り際に、その頭に手を置いて何気なしになでる。

「ミィは本当に大したものだな。感心する」

「ふにゃあっ……」

少し称賛がくどすぎるかとも思ったが、問題はなかったようだ。ミィはまさに猫のようになって、猫耳をぴくぴく、尻尾を振り振りしながら照れくさそうになでられていた。

この愛らしさは全世界の男子を虜にしそうだと思いつつ、俺は彼女の頭から手を離す。

「……もう、ミィったら。腑抜けている場合じゃないでしょ」

「にゃっ、そうでした」

シリルから冷たい目とともにツッコミを受けて、ミィが真剣みを取り戻す。

そして俺たちは、門の先にあった中庭を抜け、館の本館へと向かっていった。

＊＊＊

館の本館の入り口までたどり着く。

俺たち四人は、入り口の扉周辺の壁に、ぴたりと背をつけるようにして立っていた。

この館の中に二、三十人ほどの数の山賊がたむろしているのだろうと推測される。

ただなるべくならば、もっと詳細な敵の情報が欲しいところだ。

「……いびき、かしら？」

シリルがぽつりとつぶやいた。

確かに、耳を澄ませば、館の内側から何やらいびきのような音が聞こえてくる。

「多分そうです。聞き耳をしてみるです」

ミィは小声でそう伝えてくると、入り口の扉に耳をつけて聞き耳を立てた。その動作に扉を軋ませる音一つ立てないあたり、さすがの手際である。

「……入ってすぐのところに、何人かいそうです。いびきがいくつか聞こえるです」

ミィのその報告に、俺は小さくうなずいてみせる。

まだ早朝の早い時間だ。この時間であれば寝首を掻けるかもしれないと思ったのだが、どうやら大当たりのようだ。

「でも起きているのが一人もいないかどうかは分からないです。話し声は聞こえないですけど……」

ミィはそう言葉を濁した。

この扉の先に数人の山賊がいる。

その全員が眠っていれば、眠り(スリープ)の呪文を使うまでもなく寝首を搔けるだろうが、何人か起きている者がいれば、展開次第では面倒なことになりかねない。

もし仲間を呼びに行かれて総力戦にでもなれば、その時点で攻略計画はすべて破綻(はたん)してしまう。そうならないよう慎重に事を運ぶ必要があるだろう。

冒険物語などを読んでいれば、山賊というのは典型的なやられ役であり、大したことのない敵のように思えるかもしれない。

だが実際には、人間の山賊はゴブリンなどと比べればよほどの強敵である。モンスターランクで表すなら、ゴブリンよりワンランク上のGランクというのが相場だ。幹部クラスにはもっと腕の立つ者もいるだろう。それが二、三十人もいるならば、到底油断をしていい相手などではない。

なお、フィリアに対してはサツキ一人で山賊全員と五分五分という表現をしたのだが、あれは的確に立ち回って各個撃破を狙った場合の話だ。

真正面から二、三十人もの山賊とぶつかったら、いかにサツキとて為す術なく数の暴力に屈することになるだろう。

「むー、こうなると、全員眠っているほうに賭(か)けて、ミィがこっそり忍び込んでみるしかないかもです」

「どうかしら。それよりは全員で一気に強襲を仕掛けたほうが、結果としてリスクが小さくなるかも……」

ミィとシリルが小声で相談し合い——それから二人の視線が俺のほうへと向く。

「ウィリアム、中の状況が知りたいです。ゴブリンのときに使った魔法の目（ウィザードアイ）というのは使えないですか？」

ミィがそう聞いてくるが、それはいまいち上策とは言い難かった。

「いや、魔法の目（ウィザードアイ）は扉や壁をすり抜けることはできない。どの道この扉を開ける必要がある。それに魔法の目（ウィザードアイ）も比較的高位の呪文だ。あれを使うぐらいならば、このケースならば透視（シースルー）を使ったほうが効果的だろう」

「むぅ、そうですか。なら魔法の目（ウィザードアイ）を使うぐらいだったら、ミィがこっそり覗（のぞ）いたほうが……え、なんです？」

考え込んでいたミィが、俺の後半部の発言に首を傾げた。

「透視（シースルー）を使うと言った。これも高位の呪文だから魔素（マナ）の消費は大きいが、この状況ならば使うだけの価値はあるだろう」

俺はそう答えて、呪文の詠唱を開始した。

透視（シースルー）の呪文は、効果範囲内にある壁などの障害物を無視し、その向こう側を「見る」ことができるようになる呪文である。

呪文の効果範囲はちょうど目の前にある館をすっぽり収納する程度であり——つまりはこの呪文を使うことで、この館内の全容を「見る」ことができるようになる。

俺は呪文を完成させると、館内の内部構造と人員配置を把握しにかかった。

山賊たちがどの部屋に何人いて、そのうち何人が寝ていて何人が起きているのか、起きている者たちは何をしているのか、武器は携帯しているのか――などなどといった情報を確認してゆく。

音声情報などは得られないので完璧な情報ではないが、そうやってひとまず全体像の把握を終了すると、仲間たちに向けて、直近で必要な情報から横流しした。

「この扉の前はホールだ。六人の男がいて、その全員がホールの地面に横たわって眠っている様子だ。酒樽があり、食べカスがあちこちに散乱している。村からの略奪物で日がな一日飲み食いをしているばかりのようだな……いいご身分なことだが、それが仇だ。これならばたやすく始末できる」

そう私感を交えて報告すると、ミィとシリルの二人は、どこか清々しいものを見るような目で俺のほうを眺めていた。

＊＊＊

館の入り口の扉をミィが音を立てないよう慎重に開き、彼女は館の中へと滑り込む。そのあとをシリル、フィリア、そして俺が続いた。

扉を開けた先の景色は、俺が透視の呪文を使って確認したとおりのものだった。

そこは広いホールになっていて、床には六人の山賊たちが眠りについている。ホールにはほかにも、散乱した食べ物や酒樽、木のジョッキなどが転がっていた。

ホールの左手からは、踊り場を設けた折り返し式の階段が二階に向かって延びていた。

またホールの正面や左右には、それぞれ隣の部屋へと繋がる扉があった。

俺はそれらにも一応の視線を向けつつ、ミィとシリルの近くに寄って小声でささやく。

「ミィ、シリル、悪いがいつも通りの手筈で頼む」

「はいです」

「分かっているわ」

ミィは短剣を、シリルは鎚鉾を腰から引き抜き、眠っている山賊たちの退治にかかる。

ここは彼女らに任せるのが適切だろう。武器戦闘の訓練を積んでいない俺では、彼女らほどスマートに事を済ませることはできない。

一方、武器戦闘の技量では最も優秀なサツキはというと、心理面の抵抗が強く、この仕事を任せることができなかった。

ではその心理面をフィリアが肩代わりしている現在はどうだろうか。

俺がその着物姿の少女へと視線を移すと――

――そこで初めて、俺は自らの過ちに気付いた。

俺の視線の先にいた少女は、その瞳に憎悪の色を宿しながら、腰の刀を抜いていた。

そして彼女は、眠っている山賊のうちの一人に向かって歩みを進める。

俺は急いで呪文の詠唱を始めたが、間に合わないことは明白だった。

眠っている山賊の一人の前に立った少女は、刀を振り上げ――

その刃先を、山賊の胸に向けて勢いよく振り下ろした。

「――ギャアアアアアッ！」

「このっ……死ね！　死ね！　死ねこのクズがっ!!」

断末魔の叫び声をあげる山賊。その体に、少女は怨嗟の声とともに、何度も何度も刀を突き立てていた。

「なっ……!?」

「ちっ！　ぬかったです……！」

シリルが驚きの声を上げ、ミィが舌打ちをする。

が、ミィは素早く次の判断をして動き、シリルも少し遅れて動き出した。

「ああ？　なんだ――」

そして眠っていた残りの三人の山賊たちが目を覚まし始めたところで――ようやく、俺の呪文が完成した。

「――、――？」

「――っ、――!?」

声が出ないことに驚く山賊たち。だがそれは、山賊たちに対してのみ起こっていることではなかった。

ぷつっと唐突にすべてが途切れるように、そこで起こっていたあらゆる「声」と

「音」とが消え去っていた。完全な無音がその場を支配する。

俺が行使した静寂(サイレンス)の呪文の効果だ。

この呪文は、効果範囲内のありとあらゆる音声を完全に消し去るという効果を持つ。

その異常さに、その場にいた誰もが戸惑った。寝ぼけ眼(まなこ)で状況を把握しようとしていた山賊たちばかりでなく、それに忍び寄るミィ、恨みの声をあげていたフィリア、それを止めようと向かっていたシリルまでもが、何が起こったのかと驚いているようだった。

だがその中で、すぐに我を取り戻して行動を開始したのはミィだった。

獣人の少女は俺のほうへチラと視線を送り、俺がうなずいたのを見るや、寝ぼけ眼の山賊の一人の死角へと滑り込んで、その首筋を短剣(ダガー)で切り裂いた。こういうとっさの事態への反応の速さ、判断の鋭さはミィが群を抜いている。

さらにミィは、驚いている残り二人の山賊のうち一人の上を猫のような鮮やかな跳躍でくるんと飛び越え、それで山賊の死角を取ると、対応に戸惑った獲物の喉(のど)を背後から掻き切った。

その頃には残った一人の山賊も慌てて立ち上がっていたが、そいつが近くに置いてあった武器を手に取ろうと背を向けたときには、侍(サムライ)姿の少女が尋常ならざる速度でそこに駆け寄っていた。

その少女の刀(カタナ)が、山賊の背を斜めに断ち切る。山賊は深手を負って倒れた。

そしてフィリアは、その山賊の前に立って、再び刀(カタナ)を突き立てる。それでその山賊も、最後にびくりと体を跳ねさせた後に動かなくなった。

その場にいたすべての山賊が沈黙した。

フィリアはと見ると、声なき荒い吐息をしながら、口元には恍惚(こうこつ)とした笑みを浮かべていた。

シリルは俺に向かって、口をパクパクさせながら自分の口とフィリアとを交互に指さしていた。おそらくはフィリアに対して言いたいことがあるが、喋(しゃべ)りたくても声が出せないので困っているといったところか。

ただ、一度使用した静寂(サイレンス)の効果は、所定の効果時間が切れるまで術者自身でも解除することはできない。

一方、静寂(サイレンス)の効果範囲は、今俺たちがいるホール全体を包むほどには広くはない。

俺はジェスチャーで、ホールの奥の隅に移動するよう全員に指示した。

＊＊＊

「あなたね……自分が何をしたか分かっているの？」

ホールの隅で、シリルがフィリアを小声で問い詰める。

周囲の警戒はミィがやってくれているので、俺はフィリアのほうへと注意を向けることにした。

「何って、クズどもを殺しただけですよ？　あなたたちだってやったじゃないですか」

　フィリアはどこか斜に構えた様子で、シリルの問いに答える。

　その発言はメンタル的にも問題があるが、内容的にもシリルの意図を理解したものとは言えなかった。

「そんなことを言っているんじゃないわ。あなたの行為は、私たち全員の身を危険にさらす行為だと言っているの」

「ああ……なんだ、そっちか。――気にしすぎじゃないですか？　皆さんお強いですし、どうとでもなると思いますけど」

「……つまり、態度を改めるつもりはないってことかしら」

　シリルの怒りが、沸点に近付いているのが分かった。

　フィリアがやったのは、俺たち全員が必死に尽力していた「隠密裏に事を進める」という方針を、すべて台無しにする行為だ。

　山賊に断末魔の叫び声を躊躇(ためら)うことなくあげさせ、自らも怒りの声をあげながら憎しみのままに敵を殺す。それをやられてしまっては、このホールにいる以外の山賊にだって異変に気付かれてしまうかもしれない。

「無能な味方は有能な敵よりもタチが悪い」という言葉を残した冒険者がいるが、今がまさにその状況であると言えるだろう。

　そして、このようなときに取るべき対処法は、それなりに明白だ。

俺はシリルを制して、フィリアの前に立った。

「今度はウィリアムさんですか？　さっきからサツキさんがうるさいんですけど、この体にキスの一つでもして黙らせてもらえませんかね？」

フィリアのメンタルは、暗い愉悦に囚われているようだった。感情が悪い方向に転びやすいのは、強い恨みの感情によって支えられているゴーストというアンデッドの特質なのかもしれない。

酒場での一幕はある種の奇跡だったのかもしれないなと思いつつも、俺はフィリアに向かって言葉を紡ぐ。

「フィリア、改めて確認しておきたいことがある」

「はい、なんでしょう？」

「俺たちはこれまで協調関係にあったし、今後も山賊退治を終えるまで協調関係を続ける余地がある。俺はそう思っているが、キミはどうだ？」

「…………」

フィリアが黙った。

それから少しして、彼女が口を開く。

「……それ、脅しですか？」

「利害関係の再確認だ。キミが俺たちの生命を脅かすなら、俺たちはキミとの協調関係を断つという選択肢を検討せざるを得ない」

「…………」

フィリアは再び黙り、うつむいた。

今のフィリアの性質は、一言で言うと「甘え」だ。

自分に与えられる利益は当たり前のものと考え、多少のわがままを言っても許されると思っている。

そうした者に対して理で諭す説教をしても、概ね意味はない。「自分は悪くない」の一点張りで、自らの殻に閉じこもるであろうことは火を見るより明らかだ。

だがそうした者でも、自分が受ける直接的な危険や不利益に対しては、鋭敏に反応する。どんな善人も悪人も、自分が不利益を受けることは嫌がり、真剣に対策を検討するものだ。

つまり、無能な味方が厄介であるなら、味方でなくしてしまえばいいということだ。

「……ごめんなさい、もうしません」

フィリアはたっぷり時間をかけて考えた後に、ぽつりとそう言った。

「ああ、分かった。だが二度目があったら、協調関係の維持はもはや不可能だ。よろしく頼む」

「……はい」

俺の念押しに、力なく小さくうなずくフィリア。

暗く、重苦しい雰囲気になってしまった。

だがこれはやむを得ないことだ。俺は必要なことを言ったまでのことで、背に腹は替えられない。

　こんなときサツキがいれば場を和ませてくれそうだが——などと益体（やくたい）もないことを考えていると、ふとフィリアが俺のローブの裾をつかんできた。

「あの……」

「なんだ」

「サツキさんが、さっきとは違う意味でうるさいんですけど、どうにかなりませんか？『うぉおおおっ、ウィルかっけぇえええ！　あの状態のフィリアを改心させるとかマジすげぇえええっ！』とか、私の中でお祭り状態なんですけど」

「…………。……ひとまず言っておくと、キスはせんぞ」

「ダメですか」

「ダメだ」

「ちょっと残念です」

　そう言うと侍（サムライ）姿の少女は背を向け、その先にあった壁に向かって手をあてて寄りかかり、もう片方の手を自分の胸に当てた。そして、

「……いいじゃないですか。っていうかこれ多分サツキさんのせいですよ。体が好き好きって言いすぎてるんです。それが私に移っちゃってるんですから、ちょっとは自重してください」

フィリアは胸の奥のサツキと話しているのか、何やらぶつぶつと独り言をつぶやいていた。

＊＊＊

その後俺たちは館のあちこちの部屋を攻めて回り、それらの部屋に散らばっていた山賊たちを次々と退治していった。

幸運なことに、ホールでの叫び声はほかの部屋の山賊たちには伝わっておらず、俺たちの隠密行動はなおも功を奏し、部屋ごとの各個撃破をすることに成功していた。

フィリアも説得以降は勝手な行動はせず、衝動を抑えて俺たちに協力していた。

そうして討伐を続けていった結果、ついに残す部屋はあと一つとなった。

二階の謁見室（えっけんしつ）――山賊の首領と思（おぼ）しき人物がいる部屋である。

透視（シースルー）で見たときには、玉座に似た権威的な座椅子にふんぞり返った首領らしき人物のほかに、七人の山賊がそこにいたと記憶している。

俺たちはその謁見室の扉が見える廊下の角の先で、身を隠しながら最後の作戦会議をしていた。

「ウィリアムさん……お願いがあります」

その作戦会議で、フィリアが俺に向かって真っすぐな瞳で訴えかけてきた。

「なんだ、フィリア」

「あの最後の部屋だけは、私にやらせてほしいんです」

そう言うフィリアの真っすぐな瞳。

その奥には、憎しみの感情によるどす黒い濁りが垣間見えていた。

俺は一つ、ため息をつく。

「もし俺たちがそれを断ったら、キミはどうする？」

「……やりたくはないですけど——ウィリアムさんたちをこの場で殺してから、あのクズどもを殺しに行きます」

やはり予想通りの答えが返ってきた。

俺はシリル、ミィとも視線を交わし、彼女らがうなずくのを確認すると、フィリアに向かって返答をする。

「分かった、認めよう。だが戦力計算は必要だ」

「はい」

「サツキの体を持つフィリアの戦闘能力、それとあの部屋の山賊の総合戦闘能力とを比較すると、おそらくはほぼ互角か、ややフィリアのほうが不利といったところだろう。強襲に成功すれば多少有利に戦えるだろうが、その程度だ。とても盤石とは言い難い」

「…………」

フィリアが押し黙る。

だがサツキの身を必要以上の危険にさらすのは避けなければならないから、この言及は必要だ。

「……つまり、だからやっぱり私一人には任せられない、ということですか？」

フィリアの目つきが鋭くなる。

睨みつけるようなその視線を受け止めながら、俺は言葉を返す。

「落ち着け、そうは言っていない。――素の実力で不足ならば、魔法でキミの能力を強化するまでのことだ。全身の力を抜いて、魔法を受け入れろ」

「えっ……？　あっ……は、はい」

俺は指示に従って全身を脱力させたフィリアに向かって、補助魔法を立て続けに掛けていった。

初級の補助魔法である魔力武器、それに上級の補助魔法である物理障壁と加速を行使する。今の魔素の残量と効果効率を考えれば、これが最も有効かつリスク管理とのバランスが良い強化構成のはずだ。

――ところでこの間、フィリアの魔法受け入れ態勢が整ったときに、俺の中で一つの魔が差していた。

ここで眠りの呪文を使えば、わがままを言うフィリアを黙らせることができるのではないか。その方がサツキの身を余分な危険にさらすことなく、より低いリスクで山賊たちを退治することができるのではないかという考えが、俺の脳裏に一瞬だけよぎったのだ。

　だがその方法を取れば、フィリアが目を覚ましたときにどういった反応を示すか予想が付かない。想(おも)いを果たすことができなかった彼女は怒り狂い、憎しみに身を任せてサツキの体で俺たちを殺しにくるかもしれない。

　では眠らせた後に精神破壊(マインドブラスト)の呪文でフィリアの精神を崩壊させるか——といったことまで考えたところで、俺の中の倫理観が赤色信号を灯(とも)した。

　それはやってはいけないし、やりたくもない。

　精神破壊(マインドブラスト)を数回余分に使うことによる大きな魔素(マナ)消費の不利もある。わずかなリスク差と天秤(てんびん)にかけるのは論外であると判断して、その考えは切り捨てていた。

「私も祝福(ブレッシング)の奇跡を。気休め程度だけれど、ないよりはマシよ」

　一方でシリルも胸の前で手を組み、神聖語(ホーリーワード)による呪文を唱えていた。

　発動した奇跡の輝きは、フィリアだけでなく俺たちにまで降り注いだが、実質的に重要なのはフィリアへの効果だ。

　補助魔法で多重的に強化された侍(サムライ)姿の少女の体は、淡い金色の光に包まれていた。それがやがて、少女の体に吸い込まれるように消えてゆく。

「よし、あとはキミ次第だ、フィリア。——行ってくるといい」

「——はい！」

　少女は決意を込めた瞳とともに返事をし、目的の部屋の扉へと視線を向けた。

＊＊＊

「じゃあ――行ってきます」

魔法の援護を受けたフィリアが、廊下の角を抜け出し、その足が地面を蹴った。

ひゅっと、風のような速度でその場から消え去った。

「えっ……？」

それを見ていたシリルが、きょろきょろと辺りを見渡す。

「うそ⁉　もうあんなところに」

フィリアはすでに、目的の部屋の前にいた。

今の彼女の敏捷性は、普段のサツキと比べても比較にならないほどだった。

そしてフィリアは、俺たちがそうして見ている間にも扉を開き、疾風のように中に躍り込んでいく。

「ギャアアアアッ！」

「な、何だ⁉　どうした――うぎゃあああっ！　腕が、腕があああっ！」

部屋の中から早速、阿鼻叫喚の叫び声が聞こえてくる。

「な、何だったですかあの速さは……。ミィでも目で追いかけるのがギリギリだったです。ひょっとしてあれもウィリアムの魔法のせいですか……？」

ミィのおそるおそるの問いかけに、俺はうなずいてみせる。

「ああ、加速(ヘイスト)は対象の敏捷性を倍増させる呪文だ。サツキの場合は元が優秀だからな。常人から見れば桁外(けたはず)れと映るだろう」

「も、もうほとんど超人クラスね……」

シリルが唖然(あぜん)としながら、そんなことをつぶやく。

「超人クラスか、妥当な表現かもしれん。敏捷性だけを三ランク分格上げするような呪文だ。今のフィリアは敏捷性だけならAランク戦士級の超人に匹敵するだろう。——さて、俺たちも行くぞ。ないとは思うが、万一の場合には援護をしてやる必要がある」

「わ、分かったわ。……本当にないとは思うけれど」

俺たちがそうして話している間にも、部屋の中からは山賊たちの悲鳴が立て続けに聞こえてきている。フィリアが部屋の中の山賊たちを全滅させるのも、時間の問題だろう。

俺とシリル、ミィの三人は、件(くだん)の部屋のすぐ前まで移動する。

するとそのとき、

「ひっ、ひぃっ！　た、助けてくれ……！」

一人の山賊が、慌てて部屋から飛び出してきた。

だが——その山賊の背から刃(やいば)が突き刺さり、逆側へと突き抜けた。

「あ……がっ……」

「……何を逃げようとしてるんですか、このクズが」

山賊の背後から刀(カタナ)を突き立てているのは、空色の着物姿の少女だった。

だがその着物も、ポニーテールの黒髪も、きめ細やかな肌も、その全身が真っ赤な返り血で染まっている。

少女が刀(カタナ)を引き抜くと、その山賊は前のめりに倒れる。

だが彼女はそれで終わりにしない。倒れた山賊の背中に、再び刀(カタナ)を突き立てた。

「――ギャアアアアアッ！」

「ほら、お前たちだってこうやって、お父さんや、お母さんや、お姉ちゃんや、みんなを殺したんだ！　だったらお前たちも苦しんで死ね！　こうやって！　こうやって！」

フィリアは刀(カタナ)を引き抜いては、何度も何度も男の背中に突き立てる。

だがそこに――

――ガキイイイイン！

目の前の殺戮(さつりく)に夢中になっていたフィリアの背後、部屋の中から現れた別の山賊が、少女の頭に手斧(ハンドアックス)を振り下ろしていた。

「なっ……!?」

しかしその口からは、驚きの声が漏れる。

彼が振り下ろした手斧(ハンドアックス)の刃は、フィリアを守る力場に弾かれ、跳ね返されていた。

物理障壁(フォースフィールド)の呪文の効果だ。

「ちっ……」

フィリアは一瞬にして身を翻し、手斧を持った山賊を切り捨てた。

魔力武器の輝きを宿した刀は、その一刀で山賊の体を両断する。

泣き別れになった上半身が落下し、下半身が倒れた。大理石の地面に赤い液体が広がってゆく。

フィリアはその死体を乗り越え、部屋の中へと入っていく。

「ひっ……な、何なんだこの女……ば、バケモノか……！　お、おいやめろ！　俺を殺すな！　俺の背後に誰がついているのか分かっているのか⁉」

部屋の奥から男の声が聞こえてくる。

だがその命乞いの中に、気になる言葉があった。

――背後？　この山賊のバックボーンに、何者かがついているのか？

だがその俺の疑問とは無関係に、事は淡々と進んでいく。

「そんなの知らない。私はお前たちをこの手で殺せれば、ほかはどうだっていい」

「く、来るな、来るなって言ってんだろ……！　……くそっ、こうなったら……こ、殺してやる！　――うぉおおおおっ、死ねぇっ！」

フィリアと中の男とのやり取りが聞こえてくる。

男のほうは、おそらくは山賊の首領だろう。

俺は入り口脇から、部屋の中を覗ける場所まで移動する。

するとその先には――

「が、はっ……！」

戦斧（バトルアックス）を振り上げた髭面（ひげづら）の大男が、その姿勢で固まり、口から吐血している姿があった。

その大男の懐には、小柄な着物姿の少女の姿があった。

彼女は首領の左胸に、彼が着ている鎖帷子（チェインメイル）をものともせず、刀（カタナ）を深々と埋め込んでいた。

がらん、と首領が持っていた戦斧（バトルアックス）が取り落とされる。

だが――

「――っ⁉」

「が、ぐっ……お、女ぁ！　俺だけでは死なんぞ！　貴様も道連れにしてくれる！」

首領はフィリアの背へと、その太い両腕を回していた。

フィリアも死に際の男がそんな動きをするとは思っていなかったのか、反応が遅れてまんまと捕まってしまっていた。

「ぐはははっ！　死ね、小娘ぇ……！」

首領は少女を絞め殺そうと腕に力を込める。その毛むくじゃらの剛腕で、少女の華奢（きゃしゃ）な体など容易（たやす）くへし折れると思ったのだろう。

だが――

「なっ……ば、バカな……ビクともせん、だと……⁉」

物理障壁（フォースフィールド）による力場に阻まれ、首領の太い腕による締め付け攻撃は、フィリアに何のダメージも与えられていなかった。

また単純な腕力で言っても、命気込み(オーラ)のサツキの力があの男のそれにそう劣るとも思えない。事実、フィリアは男の締め付けからするりと抜け出して、同時に首領の胸に突き立てた刀(カタナ)を引き抜いていた。

「がはっ……！」

胸から血をどくどくと溢(あふ)れさせ、よろよろと前のめりになる首領。

そこに——

「——はっ！」

フィリアが裂帛(れっぱく)の気合とともに、刀(カタナ)を横薙(よこな)ぎに一閃(いっせん)した。

閃光のような一刀は見事に首領の首を捕らえ、その首を飛ばした。

首がなくなった胴体のほうも、やがてどさりと倒れ込む。

——そうして、すべてが終わった。

謁見室には、いくつもの山賊の死体と血だまりが広がっている。

その部屋に一人立っているのは、血濡れた刀(カタナ)を手にした着物姿の少女だけだ。

部屋の奥の窓から、朝日が差し込んでいる。

穏やかな朝の時間は、こんなときにも平等に訪れていた。

＊＊＊

謁見室の奥の窓からは、朝日が斜めに差し込み、光の帯を作り出している。

その前に立つ侍(サムライ)の少女の姿は、全身を返り血に染めながらも、どこか幻想的だった。

彼女はゆっくりと脱力し、刀(カタナ)を取り落とす。からんと、床に落ちた刀(カタナ)が音を鳴らした。

少女は自分の両手を見る。彼女は血に染まったその手を眺め、呆然(ぼうぜん)としていた。

「――終わったか、フィリア？」

俺がそう声を掛けると、少女はびくりと震えた。

背を向けていた彼女は、俺のほうへと振り向く。

「……はい。これで終わったん、ですよね」

はにかむような、しかし怯えているようにも見える表情。

見れば少女の体は、青白くぼんやりとした光を放ち始めていた。

俺は何も答えられなかった。

それはミィとシリルも同じで、ただただ彼女の姿を見守るばかり。

そうしていると、少女がぽつりとつぶやく。

「あ、はい。あはは……死後の世界とかって、本当にあるんですかね？　――でも、分かりました、サツキさん。私、死んでも楽しくやりますから……サツキさんも、頑張っ

て……」

サツキが何か言ったのだろう。フィリアは答えつつ、着物の袖で涙を拭う。

だが少女の涙は、とめどなく溢れ出てくるようで、拭いたそばからまたぽろぽろと頬を伝って流れていた。少女はそれでも頑張って拭いていたが、途中からどうしようもないと思ったのか、涙を拭うのをやめた。

それから俺たち三人のほうへと向いて、いっぱいに泣き濡らした顔でこう言ってきた。

「皆さん……ありがとうございました。あんなにわがままを言って、皆さんにも危害を加えようとしたのに、それでも、優しくしてくれて……ぐすっ……」

少女がまとう青白い光が、輪郭を大きくしていく。

それはサツキの体から、何かが出ていくかのようだった。

──いや、「何か」も何もあるまい。

それはサツキの体から、フィリアの魂が抜け出ていく姿に違いなかった。

「あの酒場の夜、一緒に食べて、飲んで、お話しして、笑って……すごく楽しかったです。さようなら……本当に、ありがとうございました……！」

そう言ったが最後、フィリアの魂はふわりとサツキの体から浮き上がり──そして上から透き通るように、消え去っていった。

あとに残ったサツキの体が、支えを失ってどさりと崩れ落ちる。

そこにミィとシリルが慌てて駆け寄って、シリルが抱き起こし、ミィが声を掛ける。

「サツキ！　大丈夫ですか⁉」

「……あ、ああ……わりぃ、ちっと疲れちまっただけだ。……けどフィリア……行っちまったんだな……」

抱き起こしたシリルの腕の中で、自分の体を取り戻したサツキは、力なくそうつぶやく。

そして彼女は俺のほうへと顔を向け、こう言ってきた。

「なあ、ウィル……もっと、どうにかなんなかったのかな。あたしさ……ずっとフィリアと話してて、あいつにはもっと幸せになってほしいって、ずっと思ってて……ほかに……何かなかったのかな……？」

サツキの瞳には、フィリアだったときの名残（なごり）なのか、そうでないのか、涙がいっぱいにたまっていた。

だが俺は、そのサツキに向けて首を横に振る。

「少なくとも俺の知る限りでは、一度死んでゴーストとなった者を人間として蘇（よみがえ）らせる方法はない。――これが最善の結果だ」

「そっか……」

山賊たちによって村が滅ぼされた時点で、すべての悲劇は確定していた。

俺たちは一介の冒険者であり、世の中の理不尽な出来事、悲しい出来事のすべてをなくすことなんてできはしない。

俺たちにできるのは、自分自身の人生をより良く生きることだけ。それ以上の何かは、行き掛けの駄賃程度に考えるべきだ。

……そう、割り切るべきだ。

「サツキが回復したら帰ろう。……あまり長居したい場所でもない」

俺は周囲の死体と血だまりを見渡し、そう提案する。

三人の仲間たちもうなずいて、サツキが少し回復すると、彼女に肩を貸しつつ血塗られた謁見室をあとにした。

——その帰り際、俺は透視（シースルー）の効果によって見つけていた執務室らしき部屋へと立ち寄り、そこにあった資料箱を漁った。

箱には鍵が掛かっており、さらには毒針の罠（わな）までもが仕掛けられていたが、いずれもミィが手際よく解除してみせた。

そして資料箱の中から目ぼしい資料を拾い上げて荷物袋にしまうと、俺は仲間たちとともに館を後にした。

その後フィリアの村に立ち寄って村長の家の庭から報酬の金貨を掘り出すと、それも荷物袋にしまい込んで——そうして俺たちは、都市アトラティアへと帰還したのだった。

Is it odd that I become
an adventurer even if I graduated
the witchcraft institute?

第三章

どんな出来事があろうとも、日常はまた始まる。

山賊退治を終えて都市アトラティアへと帰還した俺たちは、また食べて、飲んで、騒いで、そして寝た。

俺も普段はあまり飲み過ぎないようにはしているのだが、昨日はまた少し酔って、シリル相手にどうでもいい論陣を張った記憶がある。

非日常を、日常で洗い流す。

冒険者にとっての休息とは、そういった意味もあるのかもしれない。


俺は翌朝に目を覚ますと、まずは身支度を済ませてから、朝の日課である魔素測定(マナメジャー)の呪文(じゅもん)を行使した。

これは自身の魔素(マナ)の量を測る呪文で、学院でも最初期に習う呪文の一つである。

「この数字……やはり、魔素総量(マナキャパシティ)が伸びているのか」

俺は呪文の効果によって得た数値を見て、ここ数日抱いていた仮説を確定的なものとして認識する。

冒険者を始めてからこちら、どうも俺自身の魔素(マナ)の総量が増え続けている気配があった。誤差の範囲である可能性も考えていたが、今日の数値を見るに、どうもそうではなさそうだ。

魔素総量(マナキャパシティ)は、その日その日の体調などによっても多少変化するものだ。その日の調子によって最大で上下一割ぐらいまでは変化しうるから、前日と比べて多少値が伸びたとしても、それが自身の魔素総量（マナキャパシティ）の有意な増加であるとただちに考えてしまうのは早計であると言える。

ただ冒険者として活動を始めた日の朝に一〇五ポイントであった俺の魔素総量（マナキャパシティ）が、翌日の朝には一〇九ポイント、その翌朝が一〇八ポイント、それから一〇九ポイント、一一二ポイント、一一三ポイント、一一一ポイントと来て、今日が一一七ポイントである。これはそろそろ有意な魔素総量（マナキャパシティ）の増加であると認識して良いのではないだろうか。

そもそも魔素総量（マナキャパシティ）は、先天的な差もあるが、トレーニングによっても伸ばしうるものだ。魔素（マナ）を限界近くまで使ってから十分な休息をとることによって魔素総量（マナキャパシティ）が伸びるというのは、学院の教科書に書かれているレベルの常識だ。

ただ、それによる魔素総量（マナキャパシティ）の増加には、通常「頭打ち」が存在する。トレーニングを始めた頃にはぐんぐん伸びる魔素総量（マナキャパシティ）も、やがて伸び幅が小さくなり、トレーニングを始めて三年ほどもたった頃にはそれ以上伸びが見られない頭打ちの状態になる。

俺も当然その域にあって、本来ならば魔素総量（マナキャパシティ）の有意な増加はもはや見込めないはずだった。だというのにこのような現象が起こっていることは、非常に興味深い。

ただこうした事象にも、心当たりはある。

過去の冒険者が記した記録の中には、冒険を積み重ねることにより能力が飛躍的な成長を遂げたとする例が少なくないのだ。俺の場合もそのケースに該当すると考えれば、前例はある話だ。

　しかし逆に、冒険者を続けていても別段大きな能力の成長は見られなかったという反証となる記録も多い。

　この辺り具体的な原因はよく分かっていないが、俺の場合はたまたま「成長するほう」の条件に合致したのだと考えるべきだろう。

　まあいずれにせよ、その辺りの原因を解明するには情報が少なすぎる。また追々何かがつかめたら、探っていくことにしよう。

　俺は測定した魔素総量(マナキャパシティ)を、自分で用意した記録用紙に記入し、それを丸めて紐(ひも)で留めて荷物袋にしまった。

　ちなみにだが、この記入に使用している紙も、魔法によって生み出されたものだ。製紙(クリエイトペーパー)の呪文は、布形成(クロスフォーム)の呪文と並び、今日の社会になくてはならない存在となっている。

　いくらかの局面ではいまだ伝統的に羊皮紙などを使っているケースもあるが、基本的には、記録用紙としては魔法によって生み出された「紙」が使われるのが一般的だ。

　例えば、冒険者ギルドで冒険者登録に使われる羊皮紙も、無駄なコストであり紙を使うべきだという声も強くなってきていると聞く。

　伝統と情緒を重んじる者たちが反発しているのでいまだ羊皮紙が使われているが、それも時間の問題で、いずれはあれも紙に取って代わられることになるのだろう。

俺はそこに幾ばくかの郷愁のようなものを感じながら、朝食をとるため自室を出て階下の食堂へと向かったのだった。

＊＊＊

「おっはよーウィル。なぁ、見て見てこれ」

俺が食堂に下りていくと、ほかの三人はすでにいつものテーブルに集まっていた。

そのうちの一人、サツキが俺を呼び、胸元にあるものを見せつけてくる。

俺は自分もいつもの席につくと、サツキが見せびらかすそれへと視線を向ける。

「それはEランクの冒険者証か」

サツキの胸元で輝くそれは、青銅製の小さなプレートだった。よく見るとその表面にはサツキの名前が彫られている。

サツキは紐のついたそれを、ネックレスのように首から下げていた。

「ふふーん、そういうことだ。まだFランクのウィルは、あたしのこと『お姉ちゃん』って呼んでくれてもいいんだぜ」

えへんと得意げに胸を張るサツキである。なお発言の意味はだいぶ分からない。

「Eランクになって、サツキのバカさ加減に拍車がかかったです」

「そうかしら。元々こんなものだと思うけれど」

ミィとシリルの二人は、いつも通りに淡々と朝食をとっていた。

彼女らの胸元にも、サツキと同様に青銅製の冒険者証が光っている。

サツキたち三人は、前回のアンデッド退治のクエスト達成により、冒険者ランクがFからEへと昇格していた。ランク自体はクエスト達成の段階で上がっていたが、新しい冒険者証を受け取ったのが今朝ということなのだろう。

なお彼女らは、俺とパーティを組む前の段階で、クエストを一つこなしているとのことだった。ゆえに俺よりも一歩早くEランクへと昇格したのだ。

俺もああいった冒険者証は持っているが、まだFランクのため普通の銅製だ。

冒険者証は冒険者ランクによって素材が異なっており、かつその素材に応じた着色が為されている。それを見れば冒険者ランクが一目でわかるというわけだ。

それにしても、パーティで俺一人だけ冒険者ランクが低い状態というのも、少し落ち着かないものだ。

その心情を一度、ジョークとして表現しておくのも面白いかもしれない。

俺はそう考え、サツキの発言に乗ってみることにした。

「ではサツキお姉ちゃん。ちょっとそこのバターを取ってもらえるか」

俺はウェイトレスに頼んで運んできてもらった朝食に手を付けながら、サツキに向かってそう要求する。

だがそれを聞いたサツキの反応は、奇異なものだった。

「ふひゃあっ」

サツキは変な声を上げて、ぶるりと身を震わせた。

そして椅子に座ったままどたばたと暴れだし、そのまま椅子ごと後ろに倒れた。

「や、ヤバい！　ヤバいってこれは！」

起き上がったサツキは、そそくさと倒れた椅子を元に戻し、そこに座り直した。

何故か顔を赤くして、ハァハァと荒い息をついている。

「いえ、ヤバいっていうより……」

「どっちかって言うと、おぞましいです……」

一方のシリルとミィは、逆に顔を青くしていた。いまいち反応がよく分からないが、反響は過去のシリルのジョークの中で最高であったと言えるかもしれない。

俺がそんなことを考えていると――気を取り直したシリルが、真剣な顔で別のことを聞いてきた。

「――それはそうとウィル、例のアレはどうするか決まったの？」

「ああ、アレか。……やはり考えなしに官憲や権力スジに渡すのは避けたいところだな」

「……やっぱりそうよね。……うちの神殿も、正直言って上の人たちは信用しきれないっていうのがあるのよね」

俺とシリルがそんな話をしていると、不思議そうに話を聞いていたサツキが、得心がいったというようにポンと手を打ち口をはさんできた。

「ああ、アレってアレか。あの山賊どもの館にあった、資料箱の中に入ってた紙だろ。あの箱、何であんなに厳重に鍵が掛かってて、罠まで仕掛けられてたんだろうな。確かあの辺を治める領主の名前が書かれて、ふがが っ」

サツキの軽い口を、ミィがとっさに手でふさいだ。

ミィはすぐに周囲を見回し、特に注目を浴びていないことを確認すると、ホッと安堵の吐息を漏らす。

それからサツキの口を解放して、彼女に向かって詰め寄った。

「バカですか⁉ サツキは本当にバカなんですか⁉」

「……な、何だよ。あたし何かまずいこと言った？」

「言ったです！ こんな公共の場で大声で喋っていいような内容かどうか、ちょっとは考えるです！」

「あー……あたしあのときぐったりしてて、紙に何書いてあったかちゃんと読んでないんだよな」

「……分かったです。ちょっとミィが説明するですから、大きな声出さないで大人しく聞くです」

「お、おう」

サツキはミィの様子に気圧されながらも、話を聞く姿勢を見せる。

サツキへの説明はミィに任せるとして、俺は件の書類の扱いについてあらためて検討することにした。

　山賊の館の執務室にあった資料箱。その中には、いくつかの当たり障りのない書類に混じって、より重要な書類――数枚に渡る「任務通達書」が入っていた。

　そして、そこに記されていたのは驚くべき内容だった。

「なっ……！　じゃあそのゴルダート伯爵が、山賊たちにあの村を滅ぼせって指示を出したってのか⁉」

　ミィの説明を受けたサツキが、小声で驚きの言葉を発している。

　それを受けたミィが、口元に人差し指を立てて、それ以上喋るなと促す。サツキはそれに、無言でこくこくとうなずいていた。

　――そう、あの書類に書かれていたのは、まさにその内容だ。

　何月何日に村を襲撃し、村の人間を皆殺しにすること。事が済んだ暁（あかつき）には、相当額の金貨、もしくは土地及び農奴を与える。追って連絡を送るので待て。

　そういった内容の記述とともに「ゴルダート伯爵」の名が記され、ゴルダート伯爵家の名に誓って約束を守ることが示されていた。

　そして俺は、資料箱の中からその一連の資料を回収し持ち帰ってきていた。

　ゴルダート伯爵という名は、この近隣のとある一帯を治める領主のそれである。

　この都市アトラティアから一日半ほど歩いた場所にある都市ゴルディア、及びその周辺の数十ほどの村は彼の領地で、滅ぼされたフィリアの村も、かのゴルダート伯爵の統治する領土であった。

だが領主が自らの統治する村を滅ぼすというのは、筋が通らない話でもある。

通常、伯爵位を持つ貴族の領地は国王から預かっているものであるが、伯爵は領地に対する徴税権を持ち、徴収した税の一定割合を自らの懐に入れることができる。

仮にゴルダート伯爵が悪徳領主であったとしても、自らの財源をむざむざ捨てるというのは通常では考えにくい。

ほかにもいろいろな点で、疑問が尽きない内容の文書である。その記述を鵜呑みにせず、様々な可能性を検討するべき内容ではある。

だが──

「……それが本当だとしたら、許せねぇ。フィリアはそいつのせいで……」

サツキの目に、怒りの感情が宿っていた。

俺はそのサツキに向かって、同意を示すためにうなずいてみせる。

「ああ、俺もサツキと同意見だ。……だが現状では、情報が少なすぎる。それに何より
──俺たちは一介の冒険者だ。正義の味方ではない」

「……っ！　何だよウィル！　じゃあこのまま知らないふりしろってことかよ！」

俺の言葉を聞いて、激昂したサツキがテーブルにバンと手をつき、立ち上がった。

テーブルの上の食器類が揺れる。

食堂にいた人たちの注目がサツキと、俺たちのテーブルに集まった。

「……サツキ、静かにして。はらわたが煮えくり返っているのは、何もあなただけじゃないわ。私が信仰する神が何を司っているかは知っているでしょ」

シリルが紅茶に口をつけながら、サツキを睨みつける。

それを受けサツキは、不承不承と言った様子で再び席についた。

周囲の視線が、ちらちらとこちらを見る程度に弱くなる。

俺はそれを確認し、サツキに説明する。

「俺も先にも言った通り、サツキと同意見だし、サツキのその感情にも共感できるつもりだ。だが事は単純ではない。まず事実確認が先決だし、例の記述内容が事実だったとしても、慎重に動かなければ潰されるのはこちらだ。社会的手段を視野に入れて検討する必要がある」

「……分かったよ、あたしが悪かった」

サツキは少し納得がいかないという様子で、それでもどうにか先の発言を謝ってくる。

俺は彼女に向かってうなずきつつ、もう一言を付け加える。

「それに、これも先にも言ったが――俺たちは冒険者だ。正義と信念のためにタダ働きをするのも少々不健全だろう。何か活動をするならば、それを報酬に換えるべきだ」

俺がそう言うと、サツキはぱちくりと目を瞬かせた。

「は……？　報酬に換えるって、え、どうやって？」

「その点に関しては、俺に一応の考えがある。うまくいくかどうかは分からんがな」

「はあ……。報酬って、自分で作れるもんなんだ……」

そんな呆(あき)れた様子のサツキを横目にしつつ、俺は朝食へと取り掛かった。

＊＊＊

さて、社会戦にとって重要なのは、何よりも情報だ。まずはゴルダート伯爵に関する情報を集めることから始めるべきだろう。

俺は朝食を終えると、自室へと戻る。

そして荷物袋から大きめの手鏡を取り出して台の上に固定すると、魔術師(メイジ)の杖(つえ)を手にして呪文の詠唱を開始した。

行使する呪文は、通信系呪文の交信(コンタクト)である。

この呪文は専用の鏡同士を魔法で接続するもので、これにより両者の映像と音声を伝達することができる。鏡にはそれぞれアクセスナンバーが定められており、俺は対象となる鏡の番号を思い浮かべながら呪文を完成させた。

すると台の上に固定した鏡に、その情景が映し出される。

そこは魔術学院の研究室の一つだった。

机の上には多数の本が無造作かつうず高く積まれており、今にも崩れて倒れそうだ。

その机の一角だけがどうにか片付けられていて、その前の椅子に一人の老人が座り、何かに取り組んでいた。

　彼は机の上の紙に書き物をしては、頭をかき、書いたばかりの紙をくしゃくしゃに丸めて放り投げる。研究室の床には、そうして投げ捨てられた紙屑が、あちこちに落っこちていた。

　俺は一つため息をつき、鏡に向かって声を掛ける。

「教授、お久しぶりです。相変わらず整理整頓や片付けは不得手のようで」

「……ん？　──おおっ、ウィリアムか！」

　書き物に没頭していた老人は、顔を上げて、鏡越しに俺のほうへと視線を向けてくる。

　今、研究室にある鏡には、俺と、俺がいる部屋が映されているはずだ。

「はんっ、以前から言っておろう。ワシは片付けないのではない。これがベストの配置なのだ。こうして資料がすぐ手の届くところに置かれている環境こそが、研究者にとって最も望ましい状態なのだよ」

　そう言って老人は机の上に積み上げられた本を、ポンと手で叩く。

　すると──

「──うおぉっ！」

　ドサドサドサッ。机の上に積まれていた本の山が崩れ、一斉になだれ落ちた。

　もうもうとホコリが舞う。俺は相変わらずの教授の姿に苦笑した。

「ケホッ、ケホッ……そ、それで何の用じゃウィリアム。そろそろ冒険者に飽いて、仕事の口利きでもしてほしくなったか？　ワシの助手の席ならいつでも空いておるが」

「いえ。飽きるも何も、まだ冒険者としては入り口に立ったばかりです。それよりも教授に一つお聞きしたいことが」

「何じゃ、言ってみい」

「はい。学院の出身者で、ゴルダート伯爵の元に宮廷魔術師として赴任した者がいれば、教えていただきたいのです」

　俺は教授にそう頼み事を持ちかけた。

　なお宮廷魔術師という呼称は、狭義では国王の側近として仕える魔術師（メイジ）を指すものだが、広義では王侯貴族の側近として仕える魔術師（メイジ）を総称したものとなるため、こうした使い方も決して間違いではない。

「……ほう？　ちょっと待っておれ」

　教授は部屋の脇にあった本棚の前まで行って、そこから一冊の分厚い書物を取り出して、持って戻ってくる。

　そしてペラペラとページをめくり、一つのページでその手を止めた。

「あったぞ。ちょうど三年前の卒業生に、ゴルダート伯爵のところに赴任した者が一人おる。名前はアリス・フラメリア――いや待て、こいつは確か……」

　教授は持ってきた本を机に置き、再び本棚へと向かう。

　そして別の一冊の本を持ってきて、またそれをめくり始める。

「あった！　やはりそうじゃ。アリス・フラメリア——死霊魔術分野で卒業論文を提出した異端児じゃ。卒論のタイトルは『下級アンデッドの自然発生条件に関する考察』。だが学院で暗黙裡に禁忌とされている死霊魔術に関わるものゆえ、論文はまともに評価されずじまいだったと聞いておる。……っと、それでウィリアムよ、お主は何故そんなことを聞いてくる？」

そこで我に返った教授が、俺に向かってそう聞いてきた。

一方の俺も、少し驚いていた。

ゴルダート伯爵に関する情報を得るために彼の宮廷魔術師に接触を図ろうと考えていたのだが、思わぬ情報が転がり込んできた。

一気に事の全貌が見え始めた。これは思わぬ拾い物だ。

「いえ、少々看過しがたい問題に直面したので、その情報をと思ったのですが……教授のおかげで一気に事の全体像が見えてきたように思います」

「ほうほう。何だか知らんが、役に立ったのであれば何よりじゃ。今度酒の肴にでも構わん、その話、話せる段階になったらワシにも教えてくれ」

「はい。このお礼はいずれ。それでは教授、失礼します」

「うむ。頑張れよ」

俺は精神集中を切り、交信の呪文を終了させた。

鏡が元通り、俺と俺の部屋を映し出すものへと変化する。

……さて、これはどうしたものか。

期待していた情報窓口そのものが、かなりの確率で黒であることが判明した。

俺は想定していたロジックを組み替え、自身の次の行動について再検討をしてゆくことにした。

＊＊＊

教授との交信(コンタクト)を終えると、俺は仲間たちを呼んで、自分が得た情報を提示した。

そして今後の計画を説明すると、彼女らとともに街を出た。

今は王都に向けて、三人の少女とともに街道を歩いている。

よく晴れた青空の下、午前中のほど良い日差しのもとでの旅路であった。

「でさウィル。いまさらなんだけど、一つ聞いていいか？」

ふと前を歩いていたサツキが、俺のほうを振り返り聞いてくる。

「ああ。何だサツキ」

「あのさ――あたしたちって、何で王都に行こうとしてんの？」

「本当にいまさらだったです……」

サツキの横でミィがため息をついた。

見ればシリルも、呆れたというように肩をすくめている。

「いやぁその、なんつーか……話が難しくて、途中から聞いてなかったというか……」

サツキが歩くペースを落として俺の横に寄りながら、たははとバツの悪そうな笑顔を見せてくる。

俺としてはそんなに難しい話をしたつもりはなかったのだが……まあ、理解できなかったのであれば仕方がないので、一から説明しなおすことにしよう。

「では、まずアリス・フラメリアという人物についてだ。彼女は三年前に魔術学院を卒業し、ゴルダート伯爵付きの宮廷魔術師になった。ここまでは大丈夫か？」

「あ、うん、その辺は覚えてる。確かそいつの『ソツロン』とかいうのが、アンデッドについて書かれたものだったんだろ。──三年前に卒業したってことは、ウィルより三つぐらい年上だとして、今二十歳ぐらい？」

「おそらくはな。歳をとってから魔術学院に入学する者もいるから、断言はできないが」

「ふーん。けどそんな歳で貴族の側近になれるんだな。魔術師ってやっぱすげぇのな」

俺はそのサツキの感想を聞いて、なるほど面白い見方だと感じた。

確かに、市井の二十歳にも満たない若造が権力や政治の中枢にほど近い場所に立てるというのは、なかなかに稀有なことなのかもしれない。

魔術学院で様々な勉強をした魔術師は、領地運営などに関する助言役、補佐役としても適任である。また、当然ながら魔法が使えるため、様々な状況下で役に立つ存在だ。

ゆえにある程度経済的に余裕のある貴族であれば、自分の手元に宮廷魔術師の一人ぐらいは確保しておくのが一般的である。

そして、有能かつベテランの魔術師（メイジ）となればすでにどこかの貴族に仕えているのが普通であるため、その手の人材として主に狙（ねら）われるのは、学院を卒業したばかりの若い導師（ウィザード）ということになる。

「――で、そのアリスって宮廷魔術師が一体何だってての？　そいつが黒幕？　そいつ斬（き）りゃいいの？」

サツキの思考回路は、今日もシンプルだった。

善か悪かの二元論。気持ちの良い人柄ではあるのだが、少し心配にもなる。

「その辺りはまだ分からない。だがアリスが元凶である可能性は高いな」

「んー……でもさ、だったらそのアリスとゴルダート伯爵を倒しにいくんじゃねぇの？　ゴルダート伯爵領って、こっちとは逆方向だろ？　アリスって王都にいんの？」

そのサツキの発言には、シリルが呆れた様子で突っ込みを入れてきた。

「……サツキ、あなたね。まさかとは思うけれど、貴族の屋敷に物理的に殴り込みをかけるつもりだったんじゃないでしょうね？」

「そんなことをしたら、ミィたちは下級冒険者から一躍、お尋ね者に大変身です。殴り込みとか、普通に考えて犯罪です犯罪」

ミィもシリルに追従する。

だがサツキは、依然として納得いかないといった様子だ。

「……えー、でもさぁ。犯罪っつったら、そのゴルダート伯爵とかアリスとかだってフィリアの村の人たちを山賊に殺させたんだろ。超犯罪者じゃん」

「だから、そいつらがそれをしたという確信と証拠がないです」

「証拠って、あの山賊の館にあった紙じゃダメなの？」

「ダメとは言い切れないが、それを誰に渡したらどういう結果になるか、ということは考えておく必要がある」

俺がミィのあとを受けてそう説明すると、サツキはぐしゃぐしゃと頭をかきむしった。

「あー、もう！　やっぱり難しくて分かんねぇ！」

「……これ以上はサツキには無理そうね。まあいいんじゃないの？　サツキが考えなくても、うちには頼れる参謀がいるわけだし」

シリルがそう言うと、頭をかきむしっていたサツキがぴたりと動きを止めた。

「だな。よし、考えるのはやめ！　そういうのはウィルたちに任せた！」

そう言ってサツキは、あっはっはと笑った。

俺としてはやはり苦笑を禁じ得ない気分ではあったが、確かにシリルの言うとおり、これ以上サツキに説明しても詮無いだろうとは感じる。

と、そう考えていると、今度は当のシリルが疑問をぶつけてきた。

「でもそれはそうと、大丈夫なのウィリアム？」

「大丈夫とは何がだ？」

「王都に出向いたところで、私たち一介の冒険者の言うことを信じてもらえるかしら、っていうこと。ウィリアムの導師の地位や私の侍祭の地位を出せば、話ぐらいは聞いてもらえるかもしれないけれど……」

なるほど。その点に関しては、まだシリルたちにも話していなかったか。

「ああ、そこに関してはおそらくどうにかなるだろう。王都には知人がいる」

「王都に知人？　……その口ぶりからすると、有力者に渡りをつけられるだけの人物っていうことよね？」

「まあ、そういう言い方をすればそうなるな」

俺がそう答えると、シリルは大きくため息をつく。

「……はあ。相変わらず凄いのねウィリアムは。容姿端麗、能力は頭抜けていてその上に人脈まで。どこの物語に出てくる王子様よあなた？」

「別に人脈は俺が築き上げたものというわけでもない。たまたまその『王子様』のポジションにいる人物が、知り合いにいるだけだ」

「ふぅん、王子様が知り合いにね……。――って、何ですって？」

本当のところを言えば、もう一つ人脈の筋はあるのだが、そちらはできる限り頼りたくない相手だ。まずは別の筋に渡りをつけることにしよう。

＊＊＊

都市アトラティアを出発して、街道を歩くこと二日と半日。

三日目の夕方に差し掛かった頃に、俺たちは王都グレイスバーグへと到着した。

市門をくぐり、賑やかなストリートを通って、一路王城へ。

サツキたちは途上、物珍しそうにストリートの様子を見回していた。

「もうすぐ露店も店じまいの時間だってのに、こう賑やかなのはさすが王都だよな」

「そうね……。これはちょっと田舎者気分になるわね」

「ミィも王都に来るのは初めてです。ちょっとドキドキしてるです」

そう思い思いの感想を述べる少女たち。俺は彼女らの様子を見て、一つ得心する。

「そうか、キミたちは王都に来るのが初めてなのか」

そう確認すると、サツキが胸を張って答える。

「まあ、あたしはよその国の王都なら行ったことあるけどな。――ウィルはこの王都、やっぱ初めてじゃねぇの？」

「ああ。幼少期はこのグレイスバーグで暮らしていた」

「へぇー！　じゃあウィルって、この大都会で生まれた都会っ子なんだ」

「いや、厳密に言えば生まれは魔術都市レクトールなのだがな。父親の仕事の都合で、幼い頃にここに越してきた。以後十三歳になってレクトールの魔術学院で寮生活を始めるまでは、ずっとこの街で過ごしていた」

「ふぅん。ちなみに親父さんは仕事、何してんの？」

「この王都グレイスバーグの宮廷魔術師だ。いまはその師団長として働いているはずだ」

「――はぁっ⁉　王都の宮廷魔術師団長ですって⁉」

シリルがすごい反応で食いついてきた。口をぱくぱくとさせ、二の句を継げずにいる様子だ。

そのシリルの様子に、サツキが首を傾げる。

「んー、何それ、すげぇの？」

「凄いわよ！　だってまず、王都の宮廷魔術師っていう時点で、導師級の魔術師の中でも特に生え抜きの超凄腕集団なのよ？　その中でのトップって……つまりこの国の全魔術師のトップってことじゃない！」

そう言ったシリルは、青い顔をして震えていた。

それにしても、どうもシリルは人間の能力を過剰に重要視する傾向があるように思う。自身がそれなりに有能であり、競争心や自尊心のようなものが強いせいなのかもしれないが……。

俺はそのシリルに向けて、自身の見解を述べる。

「まあ、俺の父親が魔術師として極めて優秀な能力を持っていることは認めるがな。それが直ちに人間として優れていることを示すわけではない。言うほど大した人間ではないぞ、あの男は」

　俺がそう所感を述べると——

　サツキ、シリル、ミィの三人の視線が、一斉に俺に集まった。

　少女たちの目は一様に、奇異なものを見たというようにまん丸になっている。

「……何だ。俺は何か、おかしなことを言ったか？」

「いやぁ……ウィルが誰かを悪く言うのって、初めて聞いた気がすんだけど」

「ですです」

「そうよね。私もびっくりしたわ」

「…………」

　……そうだろうか？

「……いや、気のせいか、たまたま口に出していなかっただけだろう。例えばフィリアの村の人々を皆殺しにした山賊たちは許せないと感じていたし、ゴブリン退治の際には内心でサツキの陰口だって叩いた記憶がある」

「うぅん、それはそうなのだけど……何て言うのかしらね、私怨みたいとでも言えばいいのかしら。ウィリアムらしくない気がするのよね。らしいなんていうのが私たちの勝手なイメージなのは分かるけれど」

「…………」

……私怨、私怨か。

どうだろう。ないとは言い切れないが、別段恨んだり憎んだりしているわけでもないと思う。

強いて言うならば、俺は父親のことが——あの人物のことが好きではないが。

「ねぇ、ウィル……」

「ん……？　何だサツキ」

ふと気付くと、サツキが俺の傍らで、俺のローブの裾をくいくいと引っ張っていた。

彼女のほうを見ると——黒髪ポニーテールの少女はその瞳に涙をため、いまにもうるうると泣き出しそうな顔になっていた。

「あたしの陰口って、何……？」

「………」

言葉に窮した俺は、困って頭をかくしかなかった。

その後シリルが仲裁をしてくれて事なきを得たが、しばらくサツキはしょんぼりとしたままだった。


さてそうこうしているうちに、俺たちは王城の前にたどり着いた。

王都グレイスバーグは街自体も高い市壁に囲われているが、その街の中にある王城は、重ねて高い城壁に覆われている。

さらにその城壁の周囲は深い堀で囲われており、正門へはその堀の上を渡した跳ね橋を渡っていかなければならない。

俺たちは大型の馬車が渡れるほどの広い跳ね橋を渡り、その先にいる門番へと用件を伝える。

俺が魔術学院の卒業生であることを示す紋章入りのメダリオンを見せ、面会したい人物の名前を出すと、門番は奥にいた伝令らしき若い兵士に何かを伝えた。

そして兵士が奥に向かって走っていくと、門番は俺たちに、この場でしばらく待つように伝えてきた。

そうして、門の前で待つこと数分。

伝令に走った兵士が戻ってくるとともに、もう一人、俺が見知った人物がこちらに向かって駆けてきた。

「わぁ、本当にウィルだ！　久しぶり、元気だった？　……って、そっちの子たちは？」

輝くような銀髪のショートカットに、少年的な凛々しさを持ちながらも華やかな笑顔。

腰に剣を提げ、王族でも男子が着るような衣服に身を包んだその人物こそ――

俺の幼馴染みにしてこの国の第一王女、アイリーン・グレイスロードであった。

＊＊＊

「こんなところで立ち話もあれだから、ひとまず僕の部屋に行こう。ついてきて」

アイリーンはそう言って、俺たちを城門の内側へと招き入れた。

それから城館までの中庭を先導して歩き始める。それに俺が追従し、さらにサツキ、シリル、ミィの三人がおそるおそるという様子でついてきた。

そのうちシリルが、少し小走りをして俺のすぐ横につく。

「……ね、ねぇウィル。あの人、本当に王子様なの……？　確かにカッコいいけれど、男にしては顔も声も体格も可愛すぎる気がするのだけど……」

シリルが耳打ちするようにして、俺に向かって囁いてくる。アイリーンに聞こえないようにとの配慮だろう。

ただ俺は特に内密に話す必要性を感じなかったから、普通の声量で返答する。

「いや、彼女――アイリーン・グレイスロードはこの国の王女だ。あの格好と『僕』という一人称は、言わば彼女の趣味だな」

「えっ……やっぱりそうなの？　でもウィリアム、王都の知り合いは王子様だって言っていたじゃない」

「そうだったか？　俺は『王子様のポジションにいる人物』としか言った覚えがないが。

今回の相談事に関して言えば、立ち位置的にはどちらでも似たようなものだろう」

「そ、それはそうかもしれないけれど……はぁ、あれで王女様なの……」

シリルはいまいち納得がいかない様子だった。

まあ無理もないだろう。あれを王女と言って初見で納得する者は、そうはいまい。

「彼女は幼少の頃よりやんちゃ娘でな。俺は家でゆっくり本を読みたいと言っているのに、彼女に無理やり連れ出されて一緒に街中を駆けずり回らされたり、この中庭で木の棒を使って剣士の真似事をやらされたりしたものだ」

「ふふっ。ウィルは男の子なのに、剣はからっきしだったよね。僕の全戦全勝」

俺が特に声を潜めずに話していたためか、前を歩いていたアイリーンが顔だけを後ろに向けて話に参加してくる。

対して俺は、アイリーンに向けて不満の感情を隠さずに言葉を返す。

「キミが強すぎたのもあるだろう。今思えば、キミのあの子供離れした動き、あの当時から命気を使いこなしていたんじゃないのか？　あれはほとんど虐めだったぞ」

「ははっ、正解。僕も騎士たちに混じって訓練を始めてから、命気っていうものがあるんだって初めて知ったよ」

身体能力を強化する命気は、通常は高位の戦士が専門のトレーニングの末に身につけるものだと聞くが、中にはそうした訓練を受けることなく半ば素質だけでそれを使いこなす者もいる。

言わばそれは「天才」とでも呼ぶべき存在なのだが、アイリーンはまさにその天才に該当する資質の持ち主であった。彼女が一国の王女という立場にあってなお今の奔放(ほんぽう)ぶりが許されているのは、その才能ゆえなのであろう。

彼女は俺より一個年下だから今はまだ十六歳のはずだが、風のうわさで聞いたところによると、その若さにして、王族を警護する近衛(このえ)騎士にも引けを取らないほどの恐るべき剣の腕前だという。

そもそも騎士という存在自体、高度の専門訓練を受けた戦士(ファイター)の中のエリートである。その訓練には命気(オーラ)の扱いに関するものも含まれており、それに加えて十分な実戦経験をも積んだ熟練の騎士であれば、その戦闘力は平均でCランク冒険者の水準に匹敵すると評価されている。

さらに王族を警護する近衛騎士ともなれば、その熟練の騎士たちの中でも選(え)りすぐりの実力を持った者たちであり、冒険者の水準で言えばBランクに匹敵するはずだ。

その近衛騎士にあの歳で比肩すると言わしめるのだから、まさに「末恐ろしい」という表現がぴったりくるのが、騎士としてのアイリーンという少女の才能であった。

だが一方で、それを聞いて一人不敵な笑みを浮かべる少女がいた。

その少女——俺の横を何気なしに歩いていたサツキは、挑発をするような口ぶりでその言葉を発した。

「……へぇ、じゃああんたはさしずめ『姫騎士様』ってわけだ。あたしと同じぐらいの歳で命気(オーラ)を使いこなせるってやつには、久々に会った気がするぜ」

　それはちょうど、アイリーンが城館の前にたどり着いたときのことだった。

　彼女は扉に手をかけようとして――その手を止めて、後ろへと振り返る。

「ふぅん……。キミのその格好、知ってるよ。教練書で見たことがある。確か東国の剣士で、侍(サムライ)とか言うんでしょ？」

「おーおー、知っててくれたか。そりゃ嬉(うれ)しいね」

「で、その口ぶりだとキミも結構やれる口なのかな？　――何なら僕と手合わせしてみる？　そこの中庭なら、格好の場所だと思うけど」

　アイリーンがその表情に獰猛(どうもう)さを垣間(かいま)見せつつ、騎士たちの訓練場になっていると思(おぼ)しき中庭の一角を指し示す。

　そして一方のサツキも、血の気の多さでは負けていなかった。

「おう。あたしもちょうど、あんたとやってみたいと思ってたトコだ。ちょっとツラ貸せやお姫様」

　そうして瞬く間に手合わせをすることになってしまったアイリーンとサツキ。

　その少女たちの姿を見て、ミィとシリルの二人は呆れたという顔になっていた。

「王女様、脳筋です……」

「サツキ並みの脳筋ね……」

　彼女らの感想に、俺も大きくうなずく。

どうにも俺の周りには、血の気の多い女子が集まる傾向にあるようだ。

＊＊＊

王城の中庭の一角。騎士たちが訓練に使う広場に、今は二人の少女が向かい合って立っていた。

片方は銀髪ショートカットの王子様的ルックスの少女。

もう片方は黒髪ポニーテールの着物姿の少女だ。

「はい、これ使って。真っすぐな形状の木剣しかないけど、使い慣れてない武器だから負けましたって言い訳にできていいでしょ」

アイリーンは広場の脇に置いてあった木剣の束から二本を手に取ると、そのうちの一本をサツキに投げて渡した。

それを片手で受け取ったサツキは、気に食わないという顔でアイリーンを睨みつける。

「はっ、泣かしてやるよお姫様。そっちこそ負けたときの言い訳を今のうちに考えとけ」

そう言ってサツキは、受け取った木剣を構えて立つ。

背筋を伸ばし、正眼に剣を構えたその姿は、やはり惚れ惚れするような美しさだった。

そして一方のアイリーンも、サツキの正面に剣を構えて立つ。

サツキが木剣を両手で構えて真っすぐに立つのに対して、アイリーンは片手で剣を持ち、左半身を前にした半身で構えていた。アイリーンも普段は盾を使うのだろうから、実際のところ武装の不利はお互い様というところか。

　俺とミィ、シリルの三人は、その二人の様子を少し離れた横合いから見守っていた。

俺の左右にミィ、シリルが立っている形である。

するとミィが、俺のローブの裾をくいくいと引っ張りこう聞いてきた。

「わりとどーでもいい戦いではあるのですけど——ウィリアムはこの勝負、どっちが勝つと思うですか？」

何だかんだと言って、ミィもそれなりに興味があるようだった。

俺はそれに対し、少し考えて答える。

「サッキには悪いが、勝負にならんだろうな」

「……お姫様、そんなに強いの？」

ミィとは反対側にいるシリルが、俺を覗き込むようにして聞いてくる。

それに対し俺は、対峙している二人の剣士から視線を外さずに答えた。

「ああ。——あれは王国きっての怪物だ」

そして実際、結果はその通りになった。

俺が合図を任され、「始め」の声を上げた、その次の瞬間のことだった。

「なっ……！」

十歩分ほどあった距離を瞬く間に詰め、身を低くしてサツキの懐に潜り込んだアイリーンが放った、すくい上げるような一撃。

サツキはそれに反応して、バランスを崩しつつ受け止めるのが精一杯だった。

そして一拍の後には、サツキが手にした木剣は宙を舞っていた。

「反応したのは褒めるよ！　でもさ！」

「――おわっ⁉」

アイリーンはさらに、剣を持っていない左手でサツキの右腕の袖をつかむと、同時に足を引っかけてサツキをあおむけに倒した。

そして自らも覆いかぶさるようにして倒れ込み、サツキを押し倒すようにして彼女の首筋に木剣を当てた。

「……っ！」

「ふふっ、僕の勝ちだね」

一足遅れて、宙を舞っていたサツキの木剣が、からからと音を立てて地面に落下する。

あっという間の勝負だった。

アイリーンは立ち上がると、自身の衣服についたホコリをはたく。

「――さて、それじゃあ今度こそ僕の部屋に案内するよ。ついてきて」

そしてサツキの木剣も拾い上げて元の場所に戻すと、敗れたサツキを置き去りにして城館のほうへと歩いていった。

「……くそっ！」

残されたサツキは、その場に座り込むと、作った拳で悔しそうに地面を殴った。

――だが、強者は自分より上がいるのを知ることによって、より高みを目指すようになることも多いものだ。

今はアイリーンに軍配が上がるが、サツキも傑物だ。一年後にどうなっているかは分からない。

「サツキ、行こう」

「……ああ」

俺が手を差し伸べると、サツキは声を震わせながらも俺の手を取った。

その様子を見て、俺はこのサツキという少女が、これからまだまだ強くなるであろうことを確信していた。

＊＊＊

アイリーンに連れられて城館の中へと入り、階段を上って三階へ。

そこから少し歩いた先の一室の前で、彼女は立ち止まった。

「ついたよ、ここが僕の部屋。中に入って待ってて、爺やにお茶を淹れるように頼んでくるから」

そう言って扉を開いて俺たちを中に押し込むと、アイリーンは俺たちを置いてぱたぱたと廊下を駆けて行ってしまった。

仕方がないので、俺たちは彼女の言うとおりに中で待たせてもらうことにした。

通された部屋は、あまりきらびやかな調度品などはない、落ち着いた雰囲気の空間であった。ベッドやソファ、テーブル、衣装入れなどの家具はどれもしっかりとした質の良いものだ。

だが落ち着いた雰囲気の空間だと言っても、そこに案内された俺たちが直ちに落ち着くというわけでもない。

俺は三人の少女とともに、しばらくそこで手持ち無沙汰な時間を過ごした。

すると少ししたときに、アイリーンとの手合わせ以降ずっとうつむいて一言も喋らずにいたサツキが、ついに口を開いた。

「……はあー。——いやあ、負けちったわ。お姫様強いのな。あっはははは」

そう言って笑ってみせたサツキだったが、いつものようなからっとした笑顔ではなかった。

その笑顔には、どこかガラス細工のような、何かの拍子にすぐに砕け散ってしまいそうな繊細さを感じた。

俺は一つため息をついて、サツキを諭す。

「サツキ、無理はするな。泣きたいときには泣くことだ。胸ぐらいは貸すぞ」

俺がそう言って、子供をあやすようにサツキの頭にぽんぽんと手を置くと、少女の作り笑顔は一瞬で崩壊した。

俺を見つめるその瞳に涙がたまり、泣き出しそうな顔になる。

だが――サツキはすんでのところで踏み留まり、着物の袖で涙を拭くと、もう一方の手で俺の手を撥ねのけた。

「……ヤダ。もうすぐあいつ戻ってくんだろ。あいつの前で弱いところは見せたくねぇ」

「そうか、わかった」

サツキはどうやら、アイリーンを自らのライバルと定めたようだった。あれだけの差を見せつけられてなお立ち向かおうという気概には、素直に感心するところだ。

そしてしばらくすると、アイリーンが戻ってきた。

「お待たせ～！　――ってなんだ、立って待ってたの？　そこにソファあるでしょ。座って待っててくれれば良かったのに」

彼女は紅茶と茶菓子が人数分乗せられたお盆を持ってきていて、それを数人掛けのソファの前のテーブルに置くと、手早く配膳を始める。

「無茶を言うな。キミは客人を何だと思っている。そういうところはまったく変わっていないいな」

「あはは、まあそう言わないでよウィル。ささ、みんな座って座って」

マイペースなアイリーンはこちらの言うことなど意に介しもしない。

俺はため息をつきつつ、勧められたソファへと腰を掛けた。俺の仲間たちもそれに追従し、俺が座った横長のソファへと横一列に腰掛ける。

「それで今日は何の用事なの？　僕に相談したいことがあるってことだけど」

全員が着席したのを確認して、早速本題を切り出すアイリーン。彼女自身の席は、俺たちの対面だ。

俺は荷物袋から件の書類を取り出し、丸めて紐で留めてあったそれをアイリーンへと手渡す。

「……これは？」

「俺たちが山賊のアジトで見つけたものだ。その山賊たちは、近隣のとある村の住人を皆殺しにしていた。この国の中での出来事だ」

俺がそう説明すると、アイリーンの目がスッと細められた。

「読ませてもらってもいいかな」

「ああ」

俺の返事を確認してから、アイリーンは留め紐をほどいて、丸まっている紙を開く。そして、そこに書かれていることに目を通してゆく。

読み進めるごとに、アイリーンの表情が険しくなっていった。

そして一通りを読み終えると、その紙を元通りに丸めて紐で結ぶ。

「ウィル、届けてくれてありがとう。これはお父さん——国王にも見てもらいたい。いいかな」

「ああ、よろしく頼む」

「うん、ありがとう。……それにしても許せない。この国の中で、僕たちの目の届かないところでこんなことが起こっていたなんて。一体何が目的で……」

アイリーンは、その拳を強く握りしめる。

俺は彼女のその様子を見て、こういうところも変わっていないなと安堵した。

一般に国の運営は、国王がその国土すべてを直接統治しているわけではない。

国王が貴族に領土の一部の統治権限を委譲し、それを受けた貴族たちがそれぞれに与えられた領土を運営するという間接統治の形をとっている。

そして国内の貴族の総数は、小領主まで含めれば実に四桁を数える。

結果として、国土全体に対する国王の統括力はそう大きなものではなくなる。大枠はコントロールできても、個々の領土内部の出来事のすべてを把握することなどは到底できはしない。

そして国土全体の村落の数はといえば、総数にして五桁近くにも及ぶ。

国内の村が一つ滅びたとしても、その地の領主がそれを隠そうとすれば、そんな「些細な情報」が国王の元まで届かない可能性は十分にあると言える。

また仮にその情報が届いたとしても、村の一つなどは国の統治者にとっては数万分の一の「数字」としてしか捉えられないのが普通だ。

懐が痛むことを嘆く者は幾多あれ、アイリーンのように一人一人の人間のことを思って憤ることができる王侯貴族というのは、そう多くはないだろう。アイリーンの性質は、王侯貴族としては特殊なものだ。

そしてだからこそ俺は、彼女にならこの情報を託せると考えた。性格等々いろいろと問題はあるものの、彼女は俺にとって信用に足る人物の一人であると言える。

――と、俺がそんなことを考えていると、俺の横からシリルが、アイリーンに向けて質問をぶつけた。

「あの、失礼ですけど……私たちが嘘をついている可能性は考えないのですか？」

そのシリルの指摘は、もっともなものだった。

領主が自らの領土を滅ぼすなど話の筋が通っていないし、余人がにわかに信じがたい話であることも間違いない。

そしてだからこそ、せめても組織の下部でにぎりつぶされないよう、古くからの知人であるアイリーンのところに持ってきたのである。

一方、シリルにそう聞かれたアイリーンは、虚を衝かれたというように目をぱちくりとさせる。

「ああー……確かにそうだね。僕も見ず知らずの人からこの情報を届けられたら、真っ先にそれを疑ってたかもね。でもウィルが持ってきたんだからそれはないよ。僕はウィルのことは昔からよく知ってる。この男はそんなやつじゃない。一見冷たく見えるかもしれないけど本当は結構熱いやつだし、何よりそういうくだらない嘘はつかないよ」

どうやら相手のことを信用していたのは、俺のほうばかりではなかったらしい。

アイリーンとの思い出は気分の良いものばかりではないが、やはり彼女は俺の良き友人なのであった。

＊＊＊

それはとても唐突な提案だった。

「あ、そうだ！　せっかくだからウィル、うちで一緒に晩御飯食べていってよ。仲間のみんなも一緒に。うん、それがいいよね」

件の書類を国王にも見せるという話をしていたら、アイリーンが何故か突然そんなことを言いだした。

そして彼女は、俺たちが何かを言う前に、

「みんなの分の夕食も用意するように、爺やに頼んでくるね」

と言って、そそくさと部屋から出て行ってしまった。

そうして、俺たちがぽかんとしているうちに話はあれよあれよと進んだ。

気が付くと俺たちは、王城での晩餐を避けられない状態にまで追い込まれてしまっていた。アイリーンのこういうときの行動力は、恐るべきものがある。

俺たち四人は、アイリーンの部屋から移動させられ、客室で待たされることとなった。

そして、間もなく夕食時かというとき。

俺たちが待機していた客室の入り口の扉の外から、アイリーンの声が聞こえてきた。

「じ、爺や、やっぱり無理！　ね、やめよ？　僕やっぱり着替えてくるよ」

「なりませぬ、姫様。狙った獲物を射落とすためには、臆してはいられませんぞ」

「そんな狩りっぽく言ったって、無理なもんは無理だよぉ！」

「ほほう。姫様は勝てる確証のない戦いからはお逃げになるのですな。おいたわしや」

「むっ……そ、そんなことないよ。分かったよ。行けばいいんだろ行けば」

アイリーンと話しているのは、彼女付きの執事の老人だろう。何の話をしているのだかは分からないが、相変わらずアイリーンを見事に手玉に取っているようだった。

などと、俺がのん気なことを考えていると――客室の扉がバンと、勢いよく開いた。

「お待たせ！　晩餐の準備ができたよ！　さあ行こうウィル！」

扉の向こうから姿を現したアイリーンは、つかつかと俺のほうに向かってきた。

そして俺の手を取り、そのままの勢いで俺を引っ張って、客室を出て行こうとする。

「アイリーン、その格好……」

「んっんー、何かな！　僕って王女だから、こんな格好でも全然不思議じゃないよね！」

そう勢いで押そうとするアイリーンは――きらびやかな、純白のドレスを身にまとっていた。いかにもお姫様然としたプリンセスドレスである。

しかもわりと露出度の高いものだ。彼女の白いうなじ、露出された肩や背中などを見

て、俺は不覚ながら少しドキッとしてしまった。こうして見ると、アイリーンもやはり女子なのだなと思う。

「……わりと似合うな」

「ひぃいいいいいいっ！」

俺がぽつりと感想を漏らすと、アイリーンは悲鳴をあげながら俺の手を離し、部屋の隅っこへと逃げた。

そして、角でガタガタと震えるように小さくなる。

「……ごめんなさい僕なんかがこんな格好してごめんなさい、分かってる、分かってるからお世辞だって分かってるからそれ以上言わないでぇえええっ！」

「……いや、別に世辞というわけでもないのだが」

「ぎゃあああああっ！　聞きたくない聞きたくないウィルに殺されるぅうううう！」

アイリーンはついには、ドレス姿のまま床をのたうち回り始めた。

はしたないことこの上ないと思うが……一体こいつは何をやりたいのだろう。

「サツキ、あっち方面でもライバルみたいですよ」

「ぐぬぬ……アレがちょっと可愛いって思っちまう自分がムカツク……。あざとすぎっていうか、アレ絶対天然だよな？」

「天然って、サツキがそれ言う？　人は自分のことは分からないものなのね……」

俺の後ろではミィ、サツキ、シリルの三人が、こちらもいまいち分からない話をしていた。彼女らの間では通じる何かがあるらしい。

そして一方のアイリーンはというと、ようやく少し落ち着いたのか、すっくと立ち上がっていた。

「すーはー……お、落ち着けぇ、落ち着けぇ僕。そうだ、深呼吸だ。どうせあの鈍感は気付かないんだから、気にすることないんだ。ちょっとワンチャンあるかも？　っていうこのぐらいの押し押しでちょうどいいんだ。おっけー、大丈夫、僕はやれる、やれる子だぞ」

何やらぶつくさ言っているのは気になるが……。

そして彼女は再び俺のほうへと向かってくると、目の前に立ってこう言ってきた。

「ウィル。取り決めをしよう」

「あ、ああ。何のだ？」

「これから晩餐が終わって僕と別れるまで、僕の容姿に関する言及は禁止だ。可愛いだとか綺麗(きれい)だとか言っちゃダメだし、ましてその逆は絶対にダメ。言ったら僕死ぬからね。分かった？」

「……キミが何をやりたいのだか、よく分からんのだが」

俺がそう突っ込みを入れると、アイリーンは顔を真っ赤にして、あわあわとした様子を見せる。

だが次には首をぶんぶんと左右に振り、それからずずいと詰め寄ってきて、俺より少し低い目線から人差し指を俺の鼻先につきつけて、こんなことを言ってきた。

「い、いいの！　ウィルは僕の言うことに『はい』って答えればいいの！」

「……お、おう、分かった。ただし特に意図せず出てしまう場合もあるかもしれんから、それは容赦してくれ」

「うん、まあ……それぐらいだったら。――で、でもでもっ、それでも悪く言うのはダメだよ？　僕死ぬからね？」

「分かった。その条件ならのもう」

幼少期と変わらず強引なことこの上なかったが、特にこちらにとって大きな不利益になるような内容でもないし、夕食をご馳走になる立場だから多少のわがままは聞いてやることにした。

そうして俺たちは、そんなおかしな様子のアイリーンに連れられ、食堂へと向かったのだった。

＊＊＊

城の食堂は広い。

庶民の家が丸々一つ収まるのではないかと思うほどの広大なスペースに、二十人ほどが列席できる規模の長大なテーブルが置かれている。

そのテーブルには、色とりどりの料理が盛り付けられた大皿がいくつも用意されていて、それに加えて今もなお、執事やメイドたちが配膳を続けている最中だ。

この光景、幼少期に何度かアイリーンに食事に誘われた俺は見慣れているが——

「ふえぇ……なんじゃこりゃ」

「す、すごいです……」

アイリーンと俺のあとについて食堂に入ったサツキとミィが、感嘆の声をあげる。

その隣のシリルも、声にこそ出さないものの、緊張してカチコチになっている様子が見て取れた。

「あ、あのさ、いまさらなんだけど、何であたしたちこんなすげぇとこで晩飯食うって話になってんの？」

「わ、私に聞かないでよ。全部ウィリアムの仕業でしょ」

「ミィはなんだか、とんでもない人とパーティを組んでいる気がしてきたです……」

何故か彼女らの中では、事が俺への評価にすり替わっているようだった。

この状況は単に俺がアイリーンの友人であるという事実その一点から生じているものであり、強いて言うならばそのアイリーンの気まぐれが原因であると思うのだが……。

「えっと、ウィルは僕の隣だからここね。仲間のみんなはそっちに座ってくれるかな」

ドレス姿のアイリーンが、テキパキと各自の座席を指示してくる。さすがの彼女をもってしても、「適当に座って」というわけにはいかないのだろう。

俺と三人の少女は、指示された椅子に着席する。アイリーンはそれを見て満足げにうなずき、自らも俺の隣の席についた。

それからアイリーンは、対面に座らせた三人の少女を見て、俺にそっと耳打ちをしてくる。

「それにしても、みんな可愛いよね。あんな美少女ばっかりどうやって引っかけたのさ。……っていうかウィルって、その、なに……女の子に興味とか、結構持ち始めてたりするの？」

「いや、それはまったく関係ない。たまたま条件が合致するパーティメンバー候補として、彼女たちに出会っただけだ」

「だ、だよねー、ウィルだもんね。……ちなみに意中の子とかいたりするの？」

「だからそういった関係とは無縁だ。……いや、自意識過剰を恥じずに言えば、実際のところ約一名から言い寄られているような気もするが、ただ仮にそうだとしてもこちらにそのつもりはない。男女の関係になれば冒険者として活動を続けることが困難になる」

「うわぁ……さすがウィルだ、理性のバケモノ。っていうか、えっと、色々と意外だな……でも少し安心もしたかも。それならまだ僕にも……」

「安心した？　何故だ」

「う、ううん、何でもない。こっちの話」

アイリーンは頬を赤く染め、手をぶんぶんと振って話を切る。相変わらずこういうところはよく分からんやつだ。

一方、その俺たちの様子を見て、サツキ、ミィ、シリルの三人も何やら内緒話をしているようだった。あちらはあちらで、俺やアイリーンに話せないこともあるのだろう。

と、そのとき——

「——おお、ウィリアム！　しばらく見ないうちに大きくなったな」

食堂の入り口のほうから、通りの良い精悍な声が聞こえてきた。

俺は声の主を認め、立ち上がって会釈をする。

「お久しぶりです、アンドリュー王。このたびは晩餐にお招きいただき、ありがとうございます」

「はっはっ、例によってうちの愛娘のわがままだ、恐縮することはない。——そちらの絶世の美女三人は、ウィリアムの連れであるという冒険者だな？」

食堂の入り口から朗々たる声とともに現れたのは、アイリーンの父親にしてこの国の王、アンドリューであった。

アンドリュー王は体格の良い筋骨隆々とした偉丈夫で、精強という様が国王の服を着て歩いているような印象だ。

アイリーンと同じ色の銀髪は短く切り揃えられており、その目つきは朗らかな様子を見せながらも、その奥にはこちらを射抜くような鋭さを秘めている。

年齢は確か三十代の後半ほどであったと記憶しているが、最後に会った五年ほど前と比べても一向に衰えの気配が見えない。

サツキ、ミィ、シリルの三人は、その人物の到来に慌てて席を立ち、礼をする。サツキに関しては、シリルに尻を叩かれて無理やり、という様子ではあったが。

「別にそう堅苦しくしなくていいぞ。ほかの貴族連中の前ならいざ知らず、今日は娘の友人を招待したホームパーティにすぎん。俺相手には無礼講で構わんよ」

そう言って国王アンドリューは上座の席にどっかりと腰を下ろす。そして「座ってくれ」というので、俺たちも席に腰を下ろした。

＊＊＊

「お父さん、食事の前にこれを見てほしいんだ。ウィリアムたちが、この国内の山賊のアジトで見つけたものだって」

アイリーンが立ち上がって、国王アンドリューのもとに例の紙束を手渡しにいった。

アンドリュー王は席に座ったままそれを受け取って、中を検(あらた)める。

読み進めていくにつれ、王の目つきがより鋭利なものへと変わってゆく。

そして一通りを読み終えると、不快そうに鼻をふんと鳴らして紙束をアイリーンに突き返した。

「騎士アイリーンよ」

「えっ……あ、はい」

アンドリューが威厳に満ちた声で呼びかけると、虚を衝かれたという様子のアイリーンが慌てて背筋を伸ばす。

わざわざ「騎士アイリーン」と呼んだのは、親子としてではなく、国王と家臣という立場を示してのものだろうか。

「この書状を持ってきた者が、虚偽を申し立てていることはないのだな」

「えっと……は、はい。ウィリアムは僕の信頼できる友人で、少なくとも僕たちを陥れるような嘘をつくとは考えづらいです。それはお父……国王もご存じのはずです」

「ああ、お前の言うとおりだ。――ならば騎士アイリーンよ、この件はお前に一任しよう。外部の人間を雇うなりしても構わん。俺の国の中で舐めた真似をする豚を許すな」

「――は、はい！」

アイリーンがそう返事をしたのを確認すると、アンドリューは俺のほうへと向いて、ニヤリと口の端を上げる。

「ウィリアムとその仲間も、ご苦労だった。これをアイリーンのところに持ち込んだのは見事だ。下っ端の役人にでも渡せば、与太話と思って握りつぶされたやもしれん。あとで金一封を渡そう。働きに対する正当な報酬として受け取るがいい」

「はい、ありがとうございます」

「よし。――では堅苦しい話はこのぐらいでいいだろう。あとは晩餐の時間だ。美味い酒と料理はたっぷりと用意してある。存分に楽しんでくれ」

遅れていた王妃も食堂に到着したところで、アンドリュー王がそう宣言した。

豪勢な晩餐が始まった。

＊＊＊

「いやぁ、それにしてもびっくりしたよ。まさか僕の任務になるとは思ってもいなかった。あー、どうしよう……」

俺の隣の席で食事しているアイリーンが、ぽつりとそんなことをつぶやいてきた。

健啖(けんたん)な彼女は、そう不安事を漏らしながらも、もりもりと食事をしているわけだが。

一方の俺は、芳醇(ほうじゅん)な香りのワインを楽しみながら、彼女へと言葉を返す。

「そうか？　こうなるであろう可能性については想定できただろう」

「えっ、そうなの？」

「ああ。陛下の性格を考慮に入れれば、十分に想定の範囲内だ」

豪放なアンドリューは、可愛い我が子をほどよく千尋の谷に突き落とすタイプだ。

アイリーンに経験を積ませるために適度な難関だと判断すれば、積極的にそこに放り込んでいくであろうことは想像に難くない。

「ぶー。しょうがないじゃん。だって僕、ウィルみたいに頭良くないし」

「まあ得手不得手があるのはやむをえんが」

「でもどうしよう〜。プランが浮かばないよぉ〜！　僕にウィルみたいな頭の良さがあればなぁ〜」

そう言ってアイリーンは頭を抱えてしまう。

それを聞き、俺は大きくため息をつく。

「アイリーン。キミは少し人を使うというやり方を覚えるべきだ。陛下はさっき、キミに任命する際に何と言っただろう」

「……え、何かあったっけ？」

「『外部の人間を雇うなりしても構わん』だ」

「ああ、そういえばそんなことも言ってたね。それが何——あぁーっ！」

アイリーンがガタッと立ち上がり、大声を上げる。使用人たちまで含めて、食堂にいた全員の目がアイリーンに集中した。

「あ、ご、ごめんなさい。何でもないです、あはは……」

アイリーンは取り繕うようにパタパタと手を振って、肩身を狭くしながら着席する。

「……それってつまり、ウィルを参謀として雇えってこと？」

「俺の耳には、陛下が選択肢の一つとしてそれを提示しているように聞こえたが」

「そ、そうなんだ……。何だよ、お父さんもそうならそうと、はっきり言ってくれればいいのに」

「それも含めてアイリーンに考えさせようというのが一つ、それと陛下のことだ、そこまで深く考えていないというのがもう一つだろう。組織で誰かの下につくなら、上の人間の性質は計算に入れるべきだぞ」

「ウィルは相変わらずすごいなぁ……」

アイリーンは思考を放棄したようだった。俺はやれやれと思い、肩を竦める。

と、そこに――

「おうウィリアム。我が愛娘をしっかり教育してくれているようだな」

アンドリュー王が杯を片手に、俺たちの席のほうへと歩み寄ってきた。

そして俺の隣、アイリーンとは反対側の空席に、どっかりと腰を下ろす。

食卓マナーはどこへ行ったのか。無礼講と言っていたが、一番無礼講をしたいのはこの人のようだ。

そしてアンドリューは俺の肩に腕を回し、アイリーンに聞こえないように小声で俺に話しかけてくる。

「何ならウィリアム、教育ついでにうちの娘を嫁に貰う気はないか」

突然、突拍子もないことを言ってきた。

「……ご冗談を」

「本気だ。あれは誰に似たのかじゃじゃ馬だが、俺の可愛い愛娘だ、ろくでもない男にくれてやるつもりはない。だがそれでは嫁の貰い手がなさそうだ。お前ならば申し分ないし、娘もお前のことを好いている。考えておけ」

「はあ……」

アイリーンが俺のことを好いているというのは、嫌われていないという程度の意味だろうが……。

それにしても、アイリーンと男女の関係になどと、考えたこともなかった。

ふと横を見ると、純白のドレス姿のアイリーンが、不思議そうに小首を傾げてこちらを見ていた。

――可愛い。

そんな感情が、不意に俺の中に湧き上がってくる。

だが――

「……いえ、大変ありがたいお言葉ではあるのですが、俺はこれから冒険者としてやっていこうと思っています」

俺はアンドリューに、そう言葉を返した。

するとアンドリューは、意表を突かれたという顔をして、次には大声で笑い始めた。

「がははははっ！　そうか、お前にとってはそれが一番大事か！　相変わらず面白いヤツだ！　だが分かるぞ、己の腕一つで立ちたいというその気概！」

そう言って、俺の背中をバシバシと叩いてきた。力強いアンドリューの殴打で、俺はゲホゲホと咳込んでしまう。

「――ではウィリアム、あの三人の美女がお前の女ということか」

アンドリューが再び耳打ちをしてくる。その視線の先にいるのは、テーブルをはさんで向こう側にいるサツキ、ミィ、シリルの三人だ。三人は俺とアンドリューの視線に気付き、不思議そうな顔をしていた。

俺は首を横に振り、言葉を返す。

「いえ、彼女らは冒険者仲間です。……そして陛下、『三人が』という言い方は、不貞行為を前提にした物言いです。感心いたしかねます」

「……お前、硬いなぁ。いい女を見たら全員抱きたくなるのは、男の甲斐性だろうが」

「それは奥方様にお伝えしてもよろしいでしょうか」

「すまん、俺が悪かった。勘弁してくれ」

アンドリュー陛下は、平謝りした。

「――だが娘の話は本気だ。今すぐにとは言わん、考えておけ」

そう言ってアンドリューは俺のもとを離れ、今度はサツキたち三人のほうへ向かっていって彼女らと話し始めた。

自由すぎる国王というのもいかがなものだろうかと、ふと考えさせられるのであった。

＊＊＊

その後、食事会は相応の盛り上がりを見せた。

歓談をし、美味い酒と料理に舌鼓を打った俺たちがやがて身も心も満腹になった頃、その晩餐はお開きとなった。

そして俺たちは食堂を出て、城からお暇するため廊下を歩いていた。

「いやー、食った食った！　美味かったぁ」

「ですです。ミィもこんなにおいしいものをお腹いっぱいになるまで食べたのは、初めてかもしれないです」

「素材そのものは、普段食べているものとそう大差はないのよね。おそらくは細かい調理の仕方なんでしょうけど」

そう言ってほろ酔い気分で満足げに歩いているサツキ、ミィ、シリルの後ろを、俺とアイリーンの二人が後追いする形だ。

俺の隣を歩くアイリーンは、ひょこりと俺の顔を覗き込み、嬉しそうに言う。

「みんなに満足してもらえたようでよかったよ。誘った甲斐があったってものだね」

「ああ、俺も満ち足りたひとときだった。しかし久々に呼ばれて思ったが、城ではいつもあのような豪勢な食事をしているのか？」

「まさか！　あんなのは人を歓迎するときだけで、いつもはもっと質素だよ。まあ料理人の腕はいいから、おいしいはおいしいけどね」

そう答えるアイリーンは、特に着替えたわけでもないからいまだにドレス姿である。

露出度高めのその姿は、酒が入ってほんのり赤くなった肌が妙に艶めかしく、魅入られそうになった俺はつい視線を彼女から外してしまった。

「――んん？　どしたのウィル、顔が赤くなってるよ。お酒のせい？　――あ、さてはこの僕の美貌にメロメロだな？」

そう言ってアイリーンは、うふんとセクシーなポーズをとる。酒を飲んで気が大きくなっているのだろうか。

そしてほろ酔いなのは、何も彼女ばかりではない。俺の口も軽くなっている。

「そうやって誘導尋問的に自爆をするなら約束を破棄して言わせてもらうが、確かにいまのキミの姿は異性として魅力的だ。少し自覚をしろ。キミは女性としても綺麗だぞ、アイリーン」

「ふふん、そうでしょそうでしょ……って、えぇぇぇぇぇぇぇっ⁉」

ただでさえ赤らんでいたアイリーンの頬が、さらに真っ赤に染まった。

驚いたダチョウのような面白い立ち姿をしている。

「……サツキ、あれはピンチですよ。サツキも猛アピールするです」

「ぐぬぬ……でもあの中に入り込んだら、あたしお邪魔虫にしかなんねーし……」

「意外とそういうの気にするのねあなた」

三人の冒険者仲間たちは、その俺たちの様子を見て何やら囁き合っているようだった。

俺は折角だから、彼女たちにも言葉を向ける。

「キミたちもだ。サツキもミィもシリルも、とても魅力的だ。今の俺ほど素敵な女性に囲まれている男もそうはいまい。その点では、俺はおそろしく幸せ者なのだろうな」

俺がそう言うと、冒険者仲間である三人の少女たちも固まった。

三人とも一様に頬を染め、目をまん丸くしている。

「……ヤバい、ヤバいぞ。いまのウィルはかなりヤバい」

「はいです。ヤバいです。あれは天然の女たらしです」

「本音で言ってそうなところがタチが悪いわね……」

少女たちからの評価はなかなか辛辣なものだった。人を褒めることは重要だと認識しているのだが、のべつ幕なしやるのも考えものということか。

——と、俺たちが城館の廊下で、そんなやり取りをしていたときのことだった。

「っと、悪ぃ」

よそ見をしながら歩いていたサツキが、廊下の角から現れた一人の男とぶつかった。

そしてその男の姿を見て、サツキがぽかんとした様子で立ち止まった。

その男は俺がよく見知った——そしてあまり会いたくはない人物だった。

「……親父」

「なんだ、ウィリアムか。何故お前がここにいる」

それは怜悧な目をした男だった。

俺と同じブラウンの髪に、同色の瞳。背格好も俺と同じようなやや長身の中肉で、上質のローブを身に纏っている。歳は今年で四十になるはずだ。

それはすなわち――俺がそのまま年齢を重ねたら、ああいった容姿になるだろうという姿をしていた。

そこでようやく、サツキが我を取り戻す。

「へっ……何？　ウィルの親父さん？　道理で似てると……そういやここで宮廷魔術師やってるって話だったっけ」

「サツキ、挨拶しておいたほうがいいのではないですか？」

「お、おう、そうだな。――ちわっす！　あたしウィルの冒険者仲間やらせてもらってるもんで、サツキっていいます。ウィルのお父さんっすよね。いやぁ、ウィルに似てんなぁ。さすが親子って感じ」

「…………」

俺の父親――ジェームズ・グレンフォードは、その長身からサツキとミィを見下すように一瞥すると、彼女ら二人を無視して俺のほうへと視線を向ける。

「ウィリアム、お前にはもはや期待はしていないが、一応忠告はしておく」

その男は、抑揚のない俺と似た声で、淡々と言葉を紡ぐ。

「付き合う人間は選べ。低俗な者と付き合っていると、己の質も落ちるぞ。日頃から格の高い人間と付き合いをしていれば、自らの意識も自ずと引き上げられる。その逆もまた然りだ――このような者たちと付き合っていると、引きずり下ろされるぞ」

そう言って父親は、俺の返事を待つこともなく俺たちの横を通り過ぎていこうとした。途中アイリーンにだけは一礼をして、カツカツと靴を鳴らして廊下を歩いてゆく。

——だが俺は、それを看過できなかった。

「……待て」

「なんだ、まだ何か用があるのか——」

——ごっ。

俺は父親の顔を、自らの拳で殴りつけていた。

周りの少女たちは、唖然とした様子で事の成り行きを見つめていた。

そして一瞬よろけたジェームズは、しかし倒れることはなく、依然として冷たい目で俺を見てくる。

「……何の真似だ、ウィリアム」

「それはこちらのセリフだ。今の言葉を取り消せ。あんたは自分が何を言ったか分かっているのか」

「……ふん、なるほど。気に入らないことがあれば暴力を振るう。すでに手遅れのようだな」

「気に入らないことがあれば言葉の暴力をばら撒くような男に言われたくはない」

「口だけは達者になったようだが、中身はまるで幼児だな。——アイリーン様、息子ともどもお見苦しいところをお見せして、申し訳ありませんでした。私は陛下に呼ばれて

いるので、これで失礼いたします」

そう言ってアイリーンにだけ頭を下げ、ジェームズはその場を立ち去っていった。

その場に少しの沈黙が流れる。

そして最初に沈黙を破ったのはサツキだった。

彼女は俺の父親を見送ってから、くしゃくしゃと自分の頭をかく。

「あー、なるほど。ありゃあ強烈だ、ウィルが毛嫌いするのも分かる気がするわ。――けどウィル、あたしたちのために怒ってくれてありがとな。ちょっとびっくりしたけど、あたし嬉しかった」

「ミィもです。そしてごめんなさいです。ミィが余計なことを言ったせいです」

サツキに続くようにミィがそう言って、猫耳を倒してしゅんとうなだれる。

だが、それは違う。

「いや、ミィたちは何も悪くはない。あの男が非常識なだけだ。こちらこそ不愉快な想(おも)いをさせてすまない」

「そ、そんなことないです！　ミィもウィリアムが怒ってくれて嬉しかったです」

ぴょこんと猫耳を立てて、そう主張してくるミィ。ひとまず気持ちは晴れたようで良かった。

俺は父親が歩いていった先を見すえながら、複雑な想いを胸に抱いていた。

＊＊＊

アイリーンは城門まで俺たちを見送ると、城館へと帰っていった。

残る俺とサツキ、ミィ、シリルの四人は城門をあとにして、暗くなった王都のストリートを歩み始める。

夜の帳（とばり）が下りる中、ストリート脇の等間隔に配置された街灯が放つ光（ライト）の呪文の灯（あか）りが、幅広の道をほどよく照らしていた。

「いやぁ、にしても王都まで来てよかったよな。金一封ももらえたし万々歳だぜ。これであとは、ナントカ伯爵がきっちり成敗されてくれりゃあ申し分なしだ」

サツキが先頭をぷらぷらと歩きながら、そんなことを口にする。

そこに突っ込みを入れるのは、いつも通りミィの仕事だ。

「ゴルダート伯爵です。あと宮廷魔術師のアリスもです」

「そう、それそれ。……まあホントのトコ言うと、あたしの手でぶっ飛ばしてやりたかったけどな」

「仕方ないでしょう。私たちは一介の冒険者なんだから、貴族なんて相手にできないわ」

「……まあな」

シリルにたしなめられて、サツキが少し声のトーンを落とす。フィリアと体を共有していた分だけ、この件に関するサツキの想いは強いのかもしれない。

俺はその彼女に向けて、一つの方針を提示する。

「その話だがな。俺はこれから、この王都の冒険者ギルドへ行こうと思っている」

「へっ、何で？　──ああそっか。王都からアトラティアに移動するついでに、受けられるクエストがあるかもしれないしな」

サツキが言っているそれは、冒険者がよく使う常套手段だ。

商隊の護衛や荷運びなど、街から街へと移動する際に「ついで」で受領できる簡単なクエストを運よく見つけられれば、それを利用することで報酬面での無駄のない移動が可能になる。そういった意味で、サツキの考えは一般的には妥当なものだ。

ただ今回に限っては、俺が意図しているものはそれではない。

「いや、冒険者ギルドに行くのは『指名クエスト』の受付をするためだ」

「へっ……『指名クエスト』ぉ？　それってアレだろ。高ランクの冒険者パーティが、依頼人から名指しでクエストの依頼を受けるっていう」

サツキのその言葉に、俺はうなずく。

冒険者ギルドにある一般のクエストは、依頼人が冒険者ギルドを通して、不特定多数の冒険者に対して仕事の依頼を提示するものである。そしてクエストの貼り紙を見た冒険者のうちのいずれかが、その依頼を受領するという形になる。

だが例外的なクエストの形式として、依頼人が特定の冒険者やパーティを指定する

「指名クエスト」という制度も存在する。

　これはサッキの言う通り、ある程度以上の信頼と実績を重ねた高位の冒険者パーティに対して提示されるのが一般的であるのだが——

「『指名クエスト』制度に、高ランクの冒険者パーティに限るというルールはない。依頼人が名指しで指名をするという条件さえ整えば成立するものだ。……俺はフィリアが関わったこの件、自身の目で最後まで見届けたいとずっと考えていた。それが叶うかどうかは微妙なところだったが——先ほど、すべての条件が整った」

「えっ……ってことは……」

　俺の言葉に、サツキが振り向く。

　その瞳には、一度あきらめた想いに対する捨てきれない希望が宿っているように見えた。

「じゃあ、あたしたちの手で、最後まで……？」

「ああ、そういうことだ。俺が一人で勝手に話を進めてしまったが、その指名クエスト、受けるということでいいか、みんな？」

　俺は道端で立ち止まり、三人の少女を見渡す。

　すると夜空の下の少女たちは、一様に嬉しそうな笑顔でうなずいた。

「ああ、もちろん！」

「ミィも賛成です！」

「願ってもない話だわ」

少女たちの反応を確認して、俺も一つうなずく。

「では、この件最後のひと仕事を受けに行くとしよう」

俺は仲間たちに向かってそう言って、王都の冒険者ギルドへの道を歩き始める。

顔を上げて夜空を眺めると、そこにある月は穏やかな光を落としながら、俺たちの姿を見守っているようだった。

Is it odd that I become
an adventurer even if I graduated
the witchcraft institute?

幕間

国王アンドリューは、自らの執務室の机の前で難しい顔をして腕を組んでいた。

彼の前の机上には、幾多の書類が山積みになっている。

アンドリューはあまり事務仕事が得意ではない。彼は難しい顔をしながら、援軍が到着するのを待っていた。とりあえず手を動かしてみる気は、あまりないらしい。

するとそのとき、執務室の扉がノックされる。

アンドリューは待っていたとばかりに椅子から立ち上がった。

「ジェームズか！　よく来てくれた、入ってくれ」

アンドリューがそう声を掛けると、「失礼します」と生真面目な声がして、次いで扉が開いた。そして一人の男が執務室に歩み入り、アンドリューに向かって礼をする。

歳は四十がらみ、長身で仏頂面の魔術師姿の男だ。彼は国王アンドリューの側近であり、王国の宮廷魔術師長でもある人物だった。

席から立ったアンドリューは、援軍を歓迎する想いで彼のもとに向かい——そして、怪訝そうに目を細めた。

「ジェームズ、お前その頬の痣どうしたんだ？」

「……いえ、特に問題はありません。そこの廊下で、息子と遭遇しまして」

「おお、ウィリアムと会ったのか！　……と、それでなぜ頬に痣ができる。親子喧嘩でもしたのか？」

アンドリューはそう問いかけながら、ジェームズを部屋へと招き入れる。

そして彼を、自分のものとは別に用意された執務机の前に座らせると、自らの机の上にあった書類の大部分をそちらの机に移した。

ジェームズは眉間にしわを寄せつつも、業務に取り掛かる。

「――喧嘩というよりは、一方的に殴られたというところです。いずれにせよお気になさらず」

「いや気になるだろう。あのウィリアムが殴った？　面白そうな話だな。是非聞かせろ」

そう言うアンドリューは、ジェームズの机の前に立って雑談をする気配しかなかった。

ジェームズは一つため息をつく。

「……まあ、隠し立てをするようなことでもありませんから、構いませんが」

そう言って宮廷魔術師長は、同時に手を動かしながら、先に廊下で遭遇した出来事を自らの主に包み隠さず語った。

自らのための印象操作を一切目論まず、本当に包み隠さず語るあたりがこのジェームズという男の律義さである。

そして、その話を聞いた国王アンドリューは――耐えきれないというように大笑いをした。

「ぶわっはははは！　お前っ……！　それで自分の息子相手に、幼児同然だと言ったのか！　はっはははは！　いや、面白いなお前たち親子は！」

「陛下、それ以上の侮辱はお控え願えますか。度が過ぎれば私も腹に据えかねます」

「いや、すまんすまん、悪気はない。あまりにも面白くてつい、な」

「…………」

ジェームズは憮然とした顔をするが、アンドリューは悪びれた様子もない。

アンドリューは暴君ではないが、高潔な人物というわけでもない。この様こそがアンドリューのありのままの姿である。

そしてその姿を見せるということは、彼が目の前にいる自らの側近を信頼しているということでもあった。

またアンドリューは、ジェームズのもとにずいと寄り、にやりと笑ってみせる。

「――だがジェームズよ。苦楽を共にしてきた大事な仲間を『低俗』なんて言われれば、そりゃあウィリアムだって怒るだろう。そんなもの俺でも殴るわ。むしろそこで黙っていたら逆にないだろう。いや、あれでなかなか熱いところもあるのだな、見直したぞ。さすが我が愛娘の婿候補だ」

「……陛下はアレを過大評価しています。アレはまだまだ子供です」

「そうかもしれん。――だが、これは俺の勘だがな。あのウィリアムってガキはこれからまだまだ伸びるぞ。今は未熟でも、いずれとんでもない存在になる――そんな気がするのだ」

そのアンドリューの言葉を聞いて、流れるように書類処理に動いていたジェームズの手が止まる。

だがまたすぐに、その手は動き始める。

「左様ですか。……私にはそうは思えませんが」

「ほう。ならば賭けるか？」

「いえ、私はギャンブルはいたしませんので」

「……ホント硬いなぁ、お前ら親子は」

「それよりも陛下。少しはご自身でもお進めください」

「お、おう。すまん」

そんな会話をしながら、父親世代の男たちは積み上がった雑務に取り掛かるのだった。

Is it odd that I become
an adventurer even if I graduated
the witchcraft institute?

第四章

すっかり夜闇に包まれた世界で、魔法による街灯で照らされた夜道を歩いた俺たちは、やがて冒険者ギルドへとたどり着いた。

王都の冒険者ギルドは、外観からしてアトラティアの冒険者ギルドとは規模が違う。

俺はギルドの入り口の扉をくぐり、夜だというのに賑やかなギルド内を横切ってゆく。そのあとにシリル、サツキ、ミィの三人がついてくる。

窓口に行くと、そこにいたのは二十代中頃ぐらいと見える男だった。

特に何かの仕事をしている様子もなく、暇そうに自らの髪を弄っていた。

俺は彼に、用件を伝える。

「都市アトラティアで登録をしている冒険者だが、指名クエストが来たら対応してほしい。名前はウィリアム・グレンフォードだ」

俺はそう言って、自身の冒険者証である銅製のプレートを提示した。

すると窓口の男はそれを一瞥し、「ふん」と鼻で笑う。

「あのねぇキミ……この冒険者証を見たところ、Fランク冒険者だろう？　指名クエストっていうのは、キミみたいな初心者のためにある制度じゃないの、分かる？」

彼はやれやれといった様子でそう言って、顎で俺の冒険者証を指し示し、それを持って立ち去れとジェスチャーで伝えてきた。

驚くべき対応だ。まさかこんなところで、こんなよく分からない障害にぶつかるとは思ってもいなかった。

だがこちらとしても、そう言われてはい分かりましたと引き下がるわけにもいかない。

「いや、ルール上は問題ないはずだが」

「はぁ……そりゃルール上はね。でもさぁ……あのねキミ、自分が冒険物語の主人公だって勘違いしがちな年頃なのは分かるけど、もうちょっと常識ってものを弁えたまえよ。ほら、行った行った」

窓口の男は、シッシッと邪魔者を追い払うように手を振る。

すると俺の後ろにいたシリルが、前に出てきて窓口の男に詰め寄った。

「あなたね、仕事なんだからちゃんとやりなさいよ。だいたいウィリアムは、あなたが思っているような勘違いをした新米冒険者ではないわ」

そう言ってシリルは、窓口のカウンターに叩きつけるように自身の青銅製の冒険者証を出した。

だが窓口の男は、それも一瞥しただけで苦笑いをする。

「Eランクね……。キミも美人なんだから、こんなFランクの男などと組んでいないで、もっと上位のパーティに取り入るとかしたらどうだね？　この男にどれだけ惚の字なのか知らないけど、もっと賢く生きなきゃあ」

そう言って窓口の男は、嘲笑うようにため息をつく。

さすがにあまりの発言である。俺は彼に注意をしようと思ったが——

——ぶちんっ。

俺の行動よりも早く、シリルの堪忍袋の緒が切れた音がした——ような気がした。

「あなたね！　ちょっとそこから出て来てここに直りなさい！　小一時間説教してあげるわ！　出てくる気がないなら引きずり出してあげる！」

「どう、どう、落ち着けシリル！　気持ちは分かる！　すげー分かるが落ち着け！」

窓口の男につかみかかろうとするシリルを、サツキが慌てて羽交い絞めにしてストップをかける。シリルはふーふーと鼻息を荒くして受付の男を睨んでいたが、つかみかかるのはどうにか抑えたようだ。

しかしどうにもこの受付の男の性格はひどすぎる。こんな人物を窓口に置くというのは、冒険者ギルドもよほどの人手不足なのか、それともほかの事情があるのか。

だが窓口の男の悪態は、それで終わりではなかった。

「ふん、まったく……。この僕が直々に処世術を教えてあげているというのに聞く耳も持たないなんて、これだから平民は。パパもコネで仕事を寄越すなら、もっとマシな仕事を紹介してくれればいいものを……」

彼は独り言のようにぶつぶつとつぶやく。

なるほど、どうやらこの男は良家のドラ息子といったところか。冒険者ギルドも、有力者のコネでねじ込まれた人材であれば、付き合いの関係上あまり無碍には扱えないのかもしれない。

だがいずれにせよ、最低限の仕事はしっかりやってもらわないと困る。俺は彼に再度の要求をする。

「もう一度言う。ウィリアム・グレンフォード及びそのパーティへの指名クエストが来たら対応してくれ」

「……チッ、しつこいな。分かったよ、万が一そんなものが来るようなら対応してやる。分かったらさっさと帰れ底辺」

そう言って再びシッシッと手を振る窓口の男。

俺はやれやれと思いつつも、三人の少女を連れて冒険者ギルドを出た。

去り際にサツキ、シリル、ミィの三人ともが、男に向けてべーっと舌を出していたのが印象的だった。

＊＊＊

その夜は王都で宿をとって、翌朝。

俺たちが冒険者ギルドに出向くと、窓口にいたのはやはり昨日の男だった。

「昨日伝えておいたウィリアムだが、指名クエストは来ているか？」

俺は窓口の男にそう質問をする。

おそらくだが、指名クエストの依頼は昨夜のうちに入っているだろうと踏んでいたので、朝一番で聞きに来たのだが――

窓口の男は口の端を吊り上げ、こう答える。

「いいや、来ていないね。何だい、昨日中に依頼が入るとでも思っていたのか？　いやはや、現実の見えていない夢見がちな少年というのは、なかなかに恐ろしいものだね」

ニヤニヤとしながらそう謳い上げる窓口の男に、カッとなったサツキが詰め寄ろうとした——そのときだった。

ギルドの入り口の扉が開き、一人の少女が駆け込んできた。

少女は俺の姿を認めて、声を掛けてくる。

「——あ、ウィル！　ごめんねぇ、いろいろ準備に手間取って遅くなっちゃった。今から依頼出すからね」

その少女は、いつもの男装姿のアイリーンだった。

彼女は俺たちの横を通り過ぎて、そのまま窓口の前に立つ。

「指名クエストを出したいんだ。窓口はここでいいかな？」

「えっ……あ、は、はい。——あのぉ……ひょっとして、もしかしてですが……アイリーン姫様では？」

窓口の男が、先ほどまでとはまるで違った態度で対応をする。背筋を伸ばし、緊張したような態度だ。

「うん、そうだよ。でも王家からの依頼っていうよりは、騎士アイリーンからの依頼として扱ってもらったほうがいいかな」

　それを聞いた窓口の男は、目をまん丸にして、あわあわとし始める。

「わ、分かりました。……それで、姫様が我々冒険者ギルドに、どういったご用件でございましょうか」

「うん、さっきも言ったように、指名クエストを出したいんだ。指名する相手は、ウィリアム・グレンフォードとその仲間のパーティ」

　そう言われた窓口の男は、その額からだらだらと脂汗を流す。

　そして俺のほうをちらと見つつ、アイリーンに進言する。

「えっと、その……差し出がましいことを申し上げるようですが、もしその依頼の受注予定者とお互い十分な信頼関係を築いているほどの間柄なのでしたら、当方冒険者ギルドを介さずに、直接本人たちに依頼することもできるのではないかと……」

　窓口の男は、意外にも真っ当な指摘をしてきた。この点に関しては、一般には彼の指摘の通りである。

　指名クエストの制度は、依頼の受注者と発注者の間で面識程度はあっても、お互いに十分な信頼関係が築けているとまでは言い難いときに活用される制度である。

　間に冒険者ギルドを介入させることで、何かトラブルがあった時の仲裁役としてギルドが機能するし、そもそもトラブルが起こりにくくなる。

　そしてその役割が期待される分だけ、冒険者ギルドも仲介料を取れるというわけだ。

　だがそれでも、物事には常に例外が存在する。

アイリーンは退かず、窓口の男に笑顔で答える。

「うん。でもギルドに仲介してほしいんだ。もちろん仲介料は取ってもらっていいし、ルール上は問題ないでしょ？」

「えっと……は、はい、問題はありません」

窓口の男は、平身低頭といった様子で、アイリーンに受け答えをする。

今回アイリーンに指名クエストという形式を取ってもらったのは、王族の国家財務私物化と見られないように、間に公的機関をはさんでおこうという配慮からのものだ。

また俺たち冒険者側にとっては、クエストという形式を取ることによって、冒険者ランク向上のためのクエスト達成回数のカウントに加えられるというメリットがある。実際に俺は、このクエストを達成することでクエスト達成三回目となり、冒険者ランクEへと昇進できることになる。

俺は窓口の男に声を掛ける。

「というわけだ。その指名クエストを受領したい。処理を頼む」

「で、では、そのように処理させていただきます。しばらくあちらでお待ちください」

窓口の男は苦しげにうめくように返事をして、指名クエストの処理を行ったのだった。

＊＊＊

朝と昼の中間ぐらいの時刻。

森を切り拓いた街道を歩く四人の冒険者と一人の王女の頭上には、ぽかぽかとした陽光が降り注いでいた。

「いやぁ、いい天気だね。絶好のピクニック日和だよ」

少年的な旅姿で俺の横を歩くアイリーンが、そんな感想を漏らす。

俺は少し心配になって、彼女に問いかけをする。

「……一応確認しておくが、この旅が王命を受けての任務だということを理解しているのかキミは？」

「あーっ、なんだよそれ！　分かってるよそんなの！　僕だってもう十六だよ、そういつまでも子供扱いされてても困るな！」

アイリーンは俺の指摘に、ぷんぷんと怒った素振りを見せてきた。その仕草がいかにも子供っぽくて、俺としては苦笑を禁じ得なかった。

——アイリーンが出した指名クエストを受領した俺たちは、早速彼女とともに王都を出発し、ゴルダート伯爵領へと向かっていた。

俺たちが受けた指名クエストの内容は、「騎士アイリーンを補助し、彼女の任務達成の手助けをすること」というものだ。非常にざっくりとした内容だが、お互いの信頼関係を前提としたものであるため、こんな程度でも問題はない。

この指名クエストの報酬額は、パーティに対して金貨百五十枚。これに加えて道中の旅費が支給される。

なおこの報酬額は、Eランク三人、Fランク一人の冒険者パーティが受け取る報酬額としては相場の四倍ほどにもなる破格の金額だが、「ごめんね。本当はもっと出したいんだけど、財務に掛け合ってギリギリ納得させられたのがこの額なんだ」とはアイリーンの談である。

さて、そうした具合で指名クエストを受領して、今は雇い主と雇われ人という関係のアイリーンと俺たちだ。

その雇い主であるアイリーンが、ふと俺に向かって聞いてきた。

「それでウィル、どうしたらいいと思う？」

「……どうしたらいいとは、何についてだ？」

「攻め方だよ。ゴルダート伯爵が悪事を働いているっていっても、本当かどうかいまいちはっきりしないじゃない？　ウィルに言われた通り、兵はいらないから予算増やしてよって申請したからなのもあるけど、それでなくてもいきなり屋敷に攻め入って御用だ御用だってわけにもいかないでしょ。どうしたものかなって思って」

そう言って、腕を組んでうーんと考え込む仕草をするアイリーン。なお実際に意味のある思考をしているかどうかは定かではない。

幼少期、一緒に行動していた頃には、何かあると「考えるのはウィルの仕事！」と丸投げされていたことを思い出す。懐かしいと言えば懐かしいが、同時に横暴に振り回されていた記憶までもが蘇り、何とも言えない気持ちになった。

まあそれはさておき。

「どう攻めるか、か……」

俺は顎に手をあてる仕草とともに思考に入る。すでに何度か考えた内容だが、再度の確認だ。ゴルダート伯爵の牙城にどう攻め入るか。

アイリーンが言っている通り、伯爵の屋敷に武力で攻め入って悪党を倒して一件落着というのは、社会的に見てさすがに厳しいものがあるだろう。

王命で動いているアイリーンは、いわば国王の権威の一部を預かっている状態だ。アイリーンが下手を踏めば、それは国王アンドリューの権威や国民からの信頼に傷がつくことになる。

そうした前提の下で、「伯爵が山賊を使って、自らの領土の村を滅ぼしたので成敗しました」というのは、周辺貴族や民衆に向けて説明するときの対外的なストーリーとしては、道理に無理がありすぎる。領主が自らの領地を滅ぼす理由がない。

ゆえに、せめて真相を究明しないことには身動きが取れないというのが現状だ。

そう考えると、取るべき手段は──

「やはりここは、正攻法を取るべきだろうな」

「正攻法っていうと？」

「伯爵の屋敷に平和的に乗り込んでの事情聴取だ。それをすることによってどうなるかは予測しきれないが、竜穴に入らなければ竜卵は得られないという類の案件だろう」

「そっか。じゃあそれで行こう♪」

アイリーンは無邪気な様子でそう言って、俺に笑顔を見せてくる。何だか妙にテンションが高い。

「……何故そんなに嬉しそうなんだキミは」

「えへへ。ウィルとこうやって一緒に行動するのって久しぶりで、懐かしくって」

「気持ちは分からんでもないがな。お互いいつまでも子供じゃないんだ。そもそもキミは王族なのだから、もう少し威厳や品位というものを身につけるべきではないか？」

「ぶぅー、出た出た、ウィルのお説教！　でもウィルの前だからこんなだけどさ、普段の僕って結構、国民とか騎士のみんなからは人気あるんだよ？　『カッコイイ』『凛々しい』『踏まれたい』とかって」

「最後のそれはなんだ、と言及する以前に王女としてどうなんだそれは」

「あーもー、いいじゃん！　折角ウィルと旅してて王女の立場忘れられるんだから、今ぐらい大目に見てよぉ！」

アイリーンはついに、そんなことを言いながら駄々をこね始めた。

一方、その俺たちから少し離れて歩いているのがサツキ、ミィ、シリルの三人だ。

彼女らは三人で固まり、何やら話をしていた。

「ぐぬぬ……あんにゃろう、ちょっと幼馴染みだからって、これ見よがしにウィルと仲良くしやがって……！」

「サツキ、ポジション奪われたですね」

「でもあそこに割り込んで行こうとしないあたり、サツキも意外といい子っていうか」

「だってぇ、入れるスペースなさそうなんだもん……」

「ミィにはサツキが空気を読む基準が分からないです」

……と、そう言った具合で、あちらはあちらでそれなりに楽しそうな会話を繰り広げていた。

俺たち五人はそのようにしながら、ゴルダート伯爵領へと向かう旅路を進めていったのだった。

＊＊＊

それは伯爵領までの旅の道中、二日目の夜にキャンプを張っていたときのことだった。

「むっ……」

「んんっ？　どうかした、ウィル？」

闇夜(やみよ)の森の中で焚き火(たびび)をし、それを五人で囲んだ状態。

俺の隣でぐつぐつと煮込まれた鍋(なべ)からスープを器によそっていたアイリーンが、俺のつぶやきに気付いて疑問の声をあげる。

「いや、警戒に反応があった。人間よりやや大きめの生物が三体だ」

「えっ……警戒って、魔法？　モンスターが近くにいるってこと？」

そのアイリーンの言葉に、俺はうなずいてみせる。

「ああ――と言っても、厳密にはモンスターかどうかは確認できないのだが、その可能性は視野に入れておくべきだ」

警戒は、術者を中心とした半径五十メートルの外周上に、探査の膜を張り巡らせる呪文である。その不可触の魔力の膜を何者かが通り抜けたとき、術者にその情報が伝わるようになっている。

なお、警戒は半ば術者の本能を利用した魔法であり、本能的に「それなりに警戒を要する」と認識する相手のみを識別する。だから例えば、そこら中にいる「ただの蟻」が通り過ぎても、それを警戒が感知することはない。

俺はこの呪文を、旅の道中には常に使っておくようにしている。一度行使すれば半日間持続することもあり、初級の呪文にしてはなかなかに使い勝手が良いのだ。

そして、俺が仲間たちに警告をしてから少し後に、ミィの猫耳がぴくっと反応した。

「……確かにいるです。ゆっくりとこっちに近付いてくるです」

ミィは両手を自らの猫耳に当て、耳を澄ませる仕草を見せる。俺の耳にはまだその音は聞き取れないが、ミィのそれは獣人ならではの聴覚の鋭さと、盗賊としての訓練の賜物なのだろう。

一方、それを聞いたサツキが、刀を手にして立ち上がる。

「ったく、何だか知らねぇけど、飯時に来るなっての。——けど相変わらずウィルの魔法はすげぇよな。ミィの耳より先に気付くなんて」

「いや、警戒は膜を通り過ぎるときにしか情報が来ない。その膜の内側に入った後の動きは検知できないから、結局のところはミィの耳が頼りになるだろう」

俺はそう言って、我知らずミィの頭をなでる。身長的にちょうどいい高さにミィの頭があるからついこの動作をしてしまうのだが、当の彼女はこそばゆそうにしながらも嬉しそうで、特に嫌がっている様子はないのでまあいいかと思っている。

「それにしても、人間より少し大きめって何だろうね」

アイリーンもお椀とお玉を置いて立ち上がり、いつでも剣を抜ける体勢を作る。少しワクワクしたような様子だった。

彼女のように高揚をするかはともかく、何者であるかは確かに気になるところだ。

「ならば見てみるか」

俺は透視の呪文を唱えることにした。

魔素の消費がやや重いとはいえ、出来る限り正確な情報の取得はリスク回避のための最重要要件だ。魔素をケチって予想外の危機に直面する危険性を考えれば、決して高いコストではない。

俺は呪文を完成させ、警戒が示した方角へと視線を向ける。

そして視界を遮る木々を片端から透過していくと、やがてその先にいる生き物が俺の視野に映り込んだ。

それは体長二メートル近くもある、肥満体の亜人種（デミヒューマン）だった。緑色の肌をしていて、頭部の形状は豚のそれに似ている。

それが三体。棍棒（こんぼう）代わりの木の棒を片手に、木々の間を縫うようにしてのしのしと歩いていた。

「オークだな。やはり三体いる。こちらに向かってきてはいるが、それにしては少し方角がズレているな。俺たちの存在に気付いているわけではなく、偶然の鉢合わせと見るべきだろう」

オークは、モンスターランクで言うとFランクのモンスターだ。

腕力や生命力は強いが、動きが鈍重で、アイリーンやサツキのような手練（てだ）れの剣士であれば容易に動きを見切ってあしらえるレベルの相手である。

そうして俺が対象の情報を伝えると、アイリーンが驚いた様子で俺のほうを見てくる。

「ウィルの魔法って、そんなことまで分かるの？　僕には木しか見えないんだけど」

アイリーンは俺が使う魔法のことはほとんど知らない。俺が魔術学院に通い始めた後は、アイリーンと会う機会はほとんどなかったからだ。

「ああ。透視（シースルー）は効果範囲内の任意の物体を透過して、その先を見ることができる呪文だ」

「へぇー……って、えええっ⁉　……そ、それってひょっとして、僕が着てる服とかも透かして見てたりするの……？」

　そう言って、自らの体を抱くようにして身を引くアイリーン。……何を考えているんだこいつは。

「あのな。呪文の効果でそれが可能かどうかで言えば可能だが、そんなことをやるわけがないだろ」

「だ、だよねー。あははっ、僕ってば何言ってるんだろね。あはははは……」

　そう誤魔化すように笑うアイリーンであった。まったく……。

「それはさておき、どうする依頼人どの。あのオークたちはこちらには気付いていないようだから、今のうちに移動すればやり過ごすことは可能だと思うが」

　俺が男装の幼馴染みにそう聞くと、彼女は即断で首を横に振る。

「まさか。僕たちなら難なく倒せるオークでも、戦う力を持たない民衆が遭遇すれば命を奪われる凶悪なモンスターなんだ。こうして遭遇したなら、倒すに決まってるよ」

　そう言ってアイリーンは、腰に提げられた剣をかちゃりと鳴らす。

　そして依頼人がそのつもりであるなら、こちらも否やはない。

　オークはゴブリンなどと同じく、人類と明確に敵対する種族である。

　言語の違いによる意思疎通困難の問題を抜きにしても、友好的な交流を視野に入れるような相手ではない。武力をもって敵対し、殺すか殺されるかという関係になる。

　そしてアイリーンも言っているように、たった三体のオークであっても、戦う力を持たない人々にとっては恐るべき脅威だ。やつらが近くの村でも襲えば、そこで凄惨（せいさん）な殺戮劇（さつりくげき）が起こるであろうことは想像に難くない。

だがそうして臨戦態勢を整える俺とアイリーンの横に、サツキがずいと歩み出てきた。

そして彼女は、アイリーンを挑発するように言う。

「けど女騎士がオークと戦うと、散々な目に遭わされるって聞くぜ。姫さんは下がってたほうがいいんじゃねぇか？」

「何それ？　僕そんなの聞いたことないよ。誰が言ってたの？」

「あー……酒場にいた酔っ払いども」

「何だよ、与太話じゃん。冗談じゃないよ、そんな迷信で引き下がってたら、僕が何のために騎士になったんだか分からないよ。僕は僕の力で民衆を守るために騎士になったんだ。――サツキちゃんこそ危ないから、下がってたほうがいいんじゃないの？」

「はっ、冗談じゃねぇ。あたしだって最強の剣士を目指して旅をしてきて、今冒険者をやってんだ。でかいだけの木偶（でく）の坊（ぼう）相手に、引き下がってなんていられるか」

二人がそんなやり取りをしていると、やがて三体のオークが、木々の間から街道へとのしのしと姿を現した。俺たちからは少し離れた位置だ。

現れたオークたちは、俺たちの存在に気付き――

「――眠り（スリープ）」

俺が放った呪文によって、その巨体のうち二体が崩れ落ちた。

だが残る一体は呪文の効果に抵抗したようで、ぶるぶると頭を振り、それから俺たちのほうへ向かって襲い掛かってきた。

やはりオークほどのモンスターとなると、眠りの呪文では抵抗される確率がそれなりに高くなってくるようだ。ゴブリンと同じというわけにはいかないということだ。一般に強力なモンスターほど魔法への抵抗力が高い傾向にあると言われている。

「あーっ！　ウィルまたそれかよ！　あたしの獲物ーっ！」

「だったら残った一体は早い者勝ちだね！」

「あっ、ちょっ、待てよ！」

文句を言うサツキの横から、アイリーンが猛烈な速度で走り出す。

そして驚くオークが慌てて棍棒を振り上げるのを待つことなく、アイリーンは閃光のようにオークの懐に潜り込むと、その分厚い左胸に剣を深々と埋め込んだ。

さらにはその剣をすぐさま引き抜いて、タン、タンッと地面を二回蹴って後退、そのオークからあっという間に距離を取る。

「やっぱり、生命力は大したものだね」

剣の刃をオークの血で染めたアイリーンは、凶暴さを宿した声でそうつぶやく。

心臓を貫かれ、左胸から噴水のように血を噴き出すオークは、しかしまだ絶命してはいなかった。

半狂乱の様で悲鳴とも雄叫びともつかない声をあげながら、最後の力を振り絞ってアイリーンに襲い掛かろうとする。

「そこどけろっ、お姫様！」

「えっ？　い、いいけど」

アイリーンの背後から、サツキが駆け寄る。

アイリーンはサイドステップで横によけて、サツキがオークの前に飛び込んだ。

――キィン！

刀(カタナ)の鞘走り(さやばし)の音とともに、サツキとオークとが交差する。

オークの向こう側へと抜けたサツキは、振り抜いた刀(カタナ)の血を振り払ってから、腰の鞘にしまった。

対するオークはというと、その腹部の右半分が深々と断ち切られており、そこから臓物と血を溢れ(あふ)出させながら崩れ落ちて、やがて動かなくなった。

そして眠っている残り二体のオークは、アイリーン、シリル、ミィの三人で退治する。

戦闘終了だった。

それからアイリーンは、サツキのほうへと向かっていった。

「ねぇサツキちゃん、さっきのはなくない？　危ないよねあれ？」

「るせぇ。そっちが先に抜け駆けしようとしたんだから相子だ。それに姫さんなら反応できると思ったからやったんだよ」

「信頼してくれてるのは光栄だけどね。もうちょっとチームプレイってものを考えてくれると僕としては嬉しいな」

「ちっ……分かったよ」

二人はすれ違いざま右手をあげて、互いの手の平をパンと打ち合わせる。仲が悪いように見えて、意外と気が合うのかもしれない。

それからアイリーンは、今度は俺のほうへとやってくる。

「それにしても、こんな街道のど真ん中でオークに遭うとはね。……ねぇウィル、最近世界中で魔物の勢力が拡大してるって噂があるけど、本当なのかな」

「ああ、俺も学院にいる頃にそんな噂を聞いたことはあるな。俺が観測できる範囲では何とも言えないが――」

ひょっとすると、世界のどこかで何かが起こっているのかもしれない。

いつだって世界は、俺たちの成長をただ待っていてはくれない。めくるめく変わりゆく世界の中で、俺たちもまた、自らの道を歩んでいくしかないのだろう。

＊＊＊

王都グレイスバーグから出立し、都市アトラティアを経由して旅を続けること都合四日と半日。俺たちの一行は、ゴルダート伯爵の屋敷がある都市ゴルディアへと到着した。

ゴルディアの入り口の市門をくぐったとき、時刻は夕刻。日が山間に差し掛かって暗くなり始めた空の下、俺たちは都市の中央通りを歩いていく。

都市ゴルディアは、規模で言えば中の下といった程度の大きさの都市だ。

都市人口は三千人程度。都市の広さは、西門から東門まで十分も歩けば横断できるぐらいのものだ。

なお、これに都市の周辺にある農村群を加えた総人口二万人ほどの領土が、ゴルダート伯爵領の全貌(ぜんぼう)になる。

「ゴルダート伯爵の屋敷かい？　それならこの先に上流階級の街区があるから、その中で一等大きな屋敷を探すことだね」

「そこがゴルダート伯爵の屋敷なんだね。ありがとうおばさん！」

アイリーンは道端で一人の中年女性を捕まえて目的地の場所を聞き出すと、去ってゆくその女性にお礼を言って手を振った。

それからぱたぱたと駆け寄ってきて、通りの脇で待っていた俺の横につく。

「お待たせ。あっちだって」

「了解だ。……それにしても相変わらず、王族らしからぬフットワークで動くなキミは」

王女の顔など国土全体に知れ渡っているわけではないから、こうして旅姿でいれば、アイリーンが王族だと気付かれることもない。ちょっと容姿が端麗なだけの旅の少女、あるいは少年に見えることだろう。

「それって褒(ほ)め言葉？　それとも貶(けな)し言葉？」

「どちらかというなら褒め言葉か」

「えっへへー、やりぃ！　ウィルに褒められた♪」

アイリーンはそう言って、ぐっと手を握って小さくガッツポーズをとる。そして近くにいたサツキのほうをチラッと見て、思わせぶりにニヤリと笑った。

それに対してサツキは、悔しそうな様子でぷるぷると震えていた。

「ぐぬぬぬぬ……」

「サツキ、落ち着くです。街中で喧嘩はダメですし、喧嘩しても勝てないです」

「分かってるよ！　分かってるけど、あの姫さん腹立つ～！」

「意識されてるだけいいじゃない。ライバルとして認められてるってことでしょ」

「そうだけど！　そうだけどさ～！　あー、もう、うにゃあああっ！」

ミィとシリルになだめられるも、サツキは奇声をあげつつ両手でばりばりと頭をかく。

その様子を、道行く人たちが盗み見ては去ってゆく。

一方アイリーンは、そのサツキたちの様子を眺めながら、こんなことを聞いてきた。

「ところでウィル、ゴルダート伯爵の屋敷には何人で行けばいいと思う？　僕とウィルは最低限として、サツキちゃんたちにはどこかで待っててもらったほうがいいのかな」

そのアイリーンの質問は、これから行う敵地攻略の根幹に関わるものであった。

俺はその点に関し、自らの見解を述べる。

「サツキたち三人を連れていくかどうかは、武力衝突をどれだけ想定するかとイコールになるな。表向き平和的な話し合いを申し込むのに、大人数で押しかけるのは不適切だ。そういった意味では、俺とアイリーンの二人だけで行くのが望ましい。だが――」

ゴルダート伯爵も、自身の身の回りに護衛の数人ぐらいは置いているだろう。話の転び方次第では、その護衛たちと戦闘になる可能性もある。

そして何より――

「――宮廷魔術師、アリス」

「えっ、何？　アリスって確か、ゴルダート伯爵付きの宮廷魔術師だっけ？」

「ああ。そして今回のクエストの、最大障害だ」

敵方に導師（ウィザード）がいることが、本件の何よりの障害だ。俺が使える呪文の大部分を、アリスもまた使うことができるのである。

また、敵に導師（ウィザード）がいることの厄介さは、何も戦闘になった場合にのみ現れるものではない。

例えば、俺が使える呪文の中にはゴルダート伯爵から真相を聞き出すために役立つものが幾つかあるが、アリスがいることでその手段も封じられかねない。

とにかく、宮廷魔術師アリスをどうやって攻略するかが、今回のクエスト攻略の一つの大きなカギになることは間違いない。

俺はそのアリスへの対策の一環として、王都グレイスバーグを出立する際に、学院の教授に交信（コンタクト）をとってアリスの外見情報を得ておいたのだが……。

「アイリーン、可能性としてだが、長丁場(ながちょうば)になることを覚悟しておいてくれ」

「へっ、どうして？　今日はまだ行かないの？」

「それは『見て』みないと分からん。ひとまず伯爵の館(やかた)に行ってみる」

「えっ、ちょっと待って……！　ねぇウィル、何を企(たくら)んでるの？　僕にも教えてよ」

高級住宅街へと続く道を歩き始めた俺を、アイリーンが追いかけてくるのだった。

＊＊＊

街中を歩き、上流階級の住居が立ち並ぶ一帯までやってきた。

アイリーンが、少し先にある一棟の屋敷を指さす。

「ねぇウィル、ゴルダート伯爵の屋敷ってあれじゃないかな？」

見るとその屋敷は、確かに周囲の住居と比べても敷地が広く、門構えも立派なものだった。

「ああ、おそらくはあれだろうな。――さてちょっと行ってくるから、アイリーンたちはここで待っていてくれ」

「えっ、待ってるって……？　僕、行かなくていいの？」

「無論、突入時にはアイリーンの存在は必要だが、まずは偵察だ」

俺はアイリーンだけでなく、同行するほかの三人にも待機するよう伝えると、自らは認識阻害の呪文を唱え、目的の屋敷の近くまで歩いていった。

アイリーンに伝えたように、まず行うのは偵察である。

ゴルダート伯爵やアリスは、まだ俺たちの存在には気付いていないはずだ。このことは、彼らへの直接的なアプローチを仕掛ける前であれば、こちらは一方的な情報の獲得が可能だということを意味する。

ゴルダート伯爵の屋敷と思しき住居の近くまで来ると、門の前には強面の門番が二人、鎖帷子を身につけ槍を手にして立っているのが見えてきた。

門番たちは、屋敷の近くに来た俺の存在には特に注意を払っていないように見える。認識阻害の効果を受けているのだから、そうでなければ困るのだが。

屋敷の構えはと見ると、敷地全体が高さ三メートル近い石造りの塀に囲われていて、厳重な防御態勢であることが窺えた。

あの石塀も、ミィならばどうにかよじ登れるのかもしれないが、少なくとも俺にはあれを登るのは不可能だし、全力でジャンプをして手を伸ばしても塀の上には届かない高さだ。

さて、俺はここでもう一つの呪文を唱える。

魔力感知という呪文だ。

そして俺は呪文の効果を受けて、屋敷の石塀の上、敷地内の空間を眺めた。

「……やはり警戒は張っているか。平時だというのに、用心深いな」

俺の目には、屋敷の敷地内のかなりの広範囲を覆うようにして、赤い半球状の魔力の膜が張られているのが見えた。

魔力感知（センスマジック）は視界内に働いている魔力を「見る」ことができるようになる呪文である。魔力は半透明の赤い輝きとなって、術者の視界に映ることになる。

今の俺の視界に映っている半球状の魔力は、おそらくは屋敷内にいる宮廷魔術師アリスが張った警戒（アラート）の呪文の魔力であると思われる。アリスは屋敷にいる間中、常態的に警戒（アラート）の呪文を使用し、屋敷への侵入者を感知しているということなのだろう。

しかし警戒（アラート）の呪文は、使用人などを含めた屋敷を出入りする者すべてに反応するはずだ。普段からそれをしていては日常生活が「うるさい」ことこの上ないはずだが、それでもそうしているというのは、何とも用心深い話だ。

だがこれで一つ、確定的になったことがある。

それは、アリスが現在、あの屋敷の中にいるということだ。

警戒（アラート）の呪文の感知膜は、術者を中心にした球状に形成されるものだ。効果半径を絞って使うことはできるし、現在アリスが使っているのもその状態だと思われるが、術者中心の球状形成という点は動かせない。

なのであそこに警戒（アラート）の魔力の光があるということは、その術者は現在この屋敷の中にいるということになる。

そして俺が知りたかったのは、まさにその情報だ。

現在アリスが屋敷にいるかどうか、それが知りたかったのだ。

これで、今獲得すべき最低限の情報は手に入ったと言える。

ゆえにこれで帰ってもいいのだが——折角なので、件の宮廷魔術師殿の姿を見ていくことにしよう。

俺は透視(シースルー)の呪文を唱えると、塀や壁を視界から透過し、館の内部構造を確認していく。

「——あれがアリス・フラメリアか」

目的の人物を見つけた。

屋敷の三階の一室で、何やら書き物をしている。交信(コンタクト)で教授から聞いておいた外見特徴と一致しているから、彼女がアリスで間違いないだろう。

ウェーブのかかった赤のロングヘアーが特徴の、二十歳ぐらいの美女だ。遠目から見てもスタイルが良く、着ているローブは体のラインが見えやすくなっていたり、腰元から大胆にスリットが入っていたりと、デザインに大きなアレンジが加えられている。

なお当然だが、彼女が俺の存在に気付いている様子はなかった。

俺はその後、透視(シースルー)の力で伯爵の屋敷の内部構造やほかの構成人員などを確認する。

そうして偵察を完了すると、アイリーンたちの元へと戻った。

「お帰りウィル！　どうだった、何か分かった？」

「ああ。必要な情報はほぼ獲得した」

道端でアイリーンたちが出迎える中、俺はそのまま彼女らを誘導して、高級住宅街から離れる方向へと歩を進める。

その横にアイリーンが付き、質問してくる。

「あれ、やっぱり帰っちゃうの……？　ねぇウィル、どうして今日は行かないの？」

「あとで教える。ひとまず今日は宿を取ろう」

俺は依頼人と仲間たちを連れ、この日の宿を探すべく、暗くなりかけた道を歩いていった。

＊＊＊

俺たちはその夜、宿で全員が夕食と入浴を終えると、アイリーンが自分用に取った比較的大きめの個室に全員で集まっていた。

部屋を照らすのはランプの灯り一つ。

大きめの個室とはいえ五人も入って集まると手狭で、それに女性陣が全員入浴上がりで色気が上がっているのとがあってやや心を乱され気味だが、俺は努めて平静を装って話を始めた。

「さて、聞きたいのは『なぜ今日は事情聴取に行かないのか』だったな」

俺が四人の女子を見渡すと、特にアイリーンがこくこくと首を縦に振る。

それを確認して、俺はその理由を説明する。

「まず端的に言うと、その理由は『アリスがいたから』ということになる」

「……どゆこと？　アリスも一緒にぶっ飛ばすんじゃねぇの？」

サツキがそう言うと、横にいるシリルがその頭をむぎゅっと押さえつけた。相変わらずのサツキ節だ。

「サツキはまずそのぶっ飛ばすという発想を一度置いてくれ。最終的にそうなる可能性はあるが、まず考えるのはそういった方法ではない」

俺のその言葉に、サツキ以外の全員がうんうんとうなずく。サツキが一人、バツの悪そうな顔をした。

「でも、アリスがいたらまずい理由は、ミィも分からないです。アリスも重要参考人なのですから、一緒に話を聞いたほうがいいのではないですか？」

ミィのその疑問には、アイリーンもこくこくと首を縦に振って同意している。シリル一人が考え込んでいる様子だ。

俺は主にミィとアイリーンに向けて、説明をする。

「確かにミィの言う通り、アリスにも話を聞くに越したことはない。だが向こうも木偶の坊ではない。向こうに何か後ろめたいことがあるなら、何らかの妨害手段を考え行使してくる可能性が高い。こちらはそれを計算に入れて動くべきだ」

「えっと、妨害手段って……例えば、何かの魔法を使ってくるとか？」

そのアイリーンの言葉に、俺はうなずく。

「ああ、当然その可能性も視野に入れておくべきだ。そしてアリスは魔術学院を卒業するだけの実力を持った魔術師だ。アリスの能力は俺と大差はないものと推測される。少なくとも俺が使える呪文の八割方までは、アリスも使えると考えておくべきだろうな」

俺がそう言うと、その場にいた少女たちが全員驚きの表情を浮かべた。

サツキがその表情のままに言葉を発する。

「えっ……それって、敵にウィルがいるようなもんってことか……？」

「ああ。ゆえに事情聴取という形での直接対決となれば、こちらの手の内はだいたい読まれるだろうし、向こうもほぼ同じ手が使えるということになる」

「えっと……っていうことはつまり、どういうこと？」

アイリーンが首を傾げる。

俺は彼女に向け、少し丁寧に説明してやる。

「例えば、俺が使える呪文の中には、嘘看破というものがある。この呪文を使えば、相手が嘘を言っているかどうかが、俺には明確に分かる」

「──いぃっ⁉　じゃ、じゃあ、僕が嘘ついたの、全部ウィルにバレてるわけ……？」

アイリーンが額から汗をだらだらと流し始めた。

俺ははぁとため息をつき、アイリーンの額を指先で小突いてやる。

「そんなわけがあるか。よほどのことがなければ隣人相手にそんな呪文は使わん。俺たち学院で学んだ魔術師は、そういった呪文の使用モラルは初年度に真っ先に叩き込まれている。技術的に可能であることと、実際にやることとを一緒くたにするな」

「あ、そ、そうなんだ、あははははっ……ふぅ」

アイリーンは額の汗を拭う。

この時点でこいつが俺に対していろいろと嘘をついていたことがバレているわけだが、まあ人間である以上、嘘の一つや二つはついていて当然だ。気にするようなことではない。

「だがそこから先が問題だ。この呪文は導師級の実力を持った魔術師ならば誰でも使えるものだ。当然ながらアリスも使ってくるだろう。そうするとどうなるか――」

「えっとぉ……お互いに嘘がつけない？」

アイリーンのその答えに、俺はうなずく。

そこにサツキが横から口をはさんでくる。

「でもさ、それ別に問題なくね？　こっちは何も後ろめたいことねぇんだからさ。正直の言い合いになったらむしろこっちのもんだろ」

「ああ、それに関してはサツキの言う通りだ。そしてその点に関しては、『アリスもそう考えるだろう』」

「……ん？」

サツキは首を傾げる。

「つまりアリスの側からすれば、真っ向勝負に出たら負けが確定するということが分かっているわけだ。その場合、アリスの立場ならどうするか」

「あっ、えっ……？　……えっと、えっとぉ……はうぅ」

サツキが頭からぽひゅっと煙を噴いた。

その横にいたシリルが、代わりに答えてくる。

「ええと……逃走する、もしくは事情聴取そのものを拒否する？」

「ああ、その辺りが常識的な手段だろう。そして非常識な手段としては――」

「……誘い込んでおいて、先制攻撃を仕掛けて使者を闇に葬る、ですか」

それを答えたのはミィだった。

俺は彼女にうなずきつつ、補足をする。

「まあ、いずれの手段を取っても追い詰められる状況にあるなら、そういった手を打ってくる可能性もあるといった程度の話で、あくまでも憶測の域を出ないがな。実際にアリスがどういった行動を取ってくるかは、読み切れるものではない」

俺のその説明に、一同がふんふんとうなずく。

ただしサツキだけは、頭から煙を噴いたままぽけーっとしていた。

俺はサツキのことは気にせず、先を続ける。

「だが一方で、確実に言えることもある。それは『アリスさえいなければどうとでもなるだろう』ということだ」

「なるほどね。つまり屋敷にそのアリスっていう宮廷魔術師がいないときを狙（ねら）って訪問して、ひとまずはゴルダート伯爵だけを相手にしようってことか」

アイリーンはようやく納得がいったという様子だった。

「ああ。アリスを正面から相手にするのはリスクが大きい。回避できるリスクは極力回避すべきだ」

「それでアリスに関しては、ゴルダート伯爵の相手をした後で別途対応するというわけね。確かに各個撃破したほうが、対処はしやすいかもしれないわね」

シリルのその言葉に、俺はうなずく。

「そっかぁ……。にしてもよかったぁ、ウィルがいて。僕一人が指揮官として動いてたら、まんまと敵の腹の中に飛び込んでるところだったよ。ありがと、ウィル」

アイリーンはそう言って、俺に笑顔を向けてくる。

「ああ、だがこれからだ。不確定要素も多いし、実践してみなければどうなるか分からん。いざとなれば、アイリーンたちの腕が頼りになるかもしれん。そのときは頼むぞ」

「うん、こっちのほうは任せてよ。どんな敵が来たってたたき切ってあげるよ」

そう言ってアイリーンは、傍らに置いた剣をぽんぽんとたたく。

頼もしいのは結構なことだが、将来こいつが指揮官になったときが少し心配にもなる俺であった。

＊＊＊

翌朝。

俺はアリスの動向を監視するべく、ミィと二人でゴルダート伯爵の屋敷へと向かった。

アイリーン、サツキ、シリルの三人は近所で待機させている。

さらにアイリーンには、街の魔法具店で交信用の手鏡を購入させ持たせていた。俺のほうからの一方通行の連絡しかできないが、急場の連絡には役に立つはずだ。

さて、ミィと二人で伯爵の屋敷に向かった俺は、まず上流階級の街区に入るあたりで認識阻害の呪文を行使した。

この呪文は術者を中心にした半径五メートルほどを効果範囲とするもので、俺とくっついて行動している限りミィにも効果が及ぶ。

そして俺たち二人は伯爵の屋敷の前、正門から少し離れた位置につき監視を始めた。

今日も正門の前には門番が二人いたが、どちらも俺たちの存在を意識している様子はなかった。

「この認識阻害という呪文はすごいです。ミィたち盗賊にとっては喉から手が出るほどほしい呪文です」

ミィがぽつりとそんなことをつぶやく。

俺はそうかと思い、余談としてミィに呪文習得までの筋道を説明してみる。

「認識阻害は中の下といったレベルの呪文だ。魔術学院に入学するか、あるいは適切な教師について半年もみっちり勉強すれば、筋のいい者なら使えるようになるだろう。多少筋が悪い者でも、一、二年も勉強に専念すれば身に付くはずだ」

「ううっ、それはさすがにちょっと……。ミィは勉強があまり得意ではないです。本を読もうとしても、すぐに眠くなってしまうです。……それに勉強するにはお金かかるですよね？　魔術学院だと、四年間で金貨四百五十枚だったですか？　とても払える額ではないです」

「何なら俺が教えるか？　俺に都合のいい時間を使っていいなら、授業料は格安で引き受けても構わないが」

俺がそう聞くと、ミィが目をぱちくりさせて俺を見る。

「えっ……それは手取り足取りということですか？」

「いや、手や足を取ることは滅多にないと思うが」

「密室で二人きりです？」

「まあ、そういったケースが多くはなるだろうな」

「ミィがよくできたら褒めてくれるです？」

「できるようになったら褒めてやるのは、良い教師の素養だとは思っているが」

「そうですか……。ちょ、ちょっと考えておくです」

ミィは何やら頬を染め、もじもじとした。

可愛らしいのは大変結構だが、何を考えているのか。自意識過剰になっても仕方がないので、ひとまず気にしないことにするが。

　さてそれはともかくとして、俺とミィはそのまましばらく屋敷を張り込んだ。

　認識阻害（インセンサブル）の効力は一時間で切れるのだが、その都度魔素（マナ）を消費して効力の延長をかけ、長時間の張り込みに対応する。

　また認識阻害（インセンサブル）には重ねて、魔力隠蔽（シールマジック）の呪文を行使しておく。これは「魔力を隠す」呪文で、これを効果中の魔法に対して行使しておくことで、魔力感知（センスマジック）などによる感知を回避することができる。

　そうして、認識阻害（インセンサブル）の効果延長を何度か繰り返し、持ってきておいた軽食をミィと一緒につまんで、昼食時を過ぎた頃のことだった。

「――動いた」

「え、ホントですか？」

「ああ。――出てくるぞ」

　アリスがようやく屋敷から外出する動きを見せた。俺たちがずっと待っていたのは、この時だった。

　昨夜にミィが街の人からそれとなく情報収集をしたところ、アリスは朝から昼過ぎ頃にかけて外出することが多く、一度外出をすると二、三時間ほどは屋敷に戻らない傾向にあるらしい。その動きを見込んで朝から張っていたのだが、ようやく狙いがヒットした次第である。

　屋敷の居館を出たアリスは、敷地内の中庭を通り、正門まで来る。

そして召使いに門を開けさせると、屋敷の正門を出た。

「いつも通り、二、三時間ほど出掛けます」

「はっ。アリス様、お気をつけて」

自分よりも年配の門番たちに頭を下げさせ、ウェーブロングの赤髪の美女が悠然と屋敷から出てくる。

そして彼女は俺たちのほうへと向かってきた。

「ミィ、体を寄せるぞ」

「ふえっ⁉ な、何故ですか……？」

「認識阻害(インセンサブル)の範囲を狭める。アリスが効果範囲内に入ってくると、こちらに気付かれる」

「な、なるほど、分かったです」

通常、認識阻害(インセンサブル)の効果範囲は術者を中心に半径五メートル程度だが、この範囲内にいる者同士では通常通りに認識されてしまう。アリスが範囲内に入るのを回避するため、効果範囲を狭める必要があったのだ。

結果、アリスは俺とミィのいるすぐ前を、俺たちの存在に気付いた様子もなく通り過ぎていった。

俺はそれを確認すると、ミィに対して念話(テレパシー)の呪文を行使する。

これは術者である俺が、呪文の対象と思念による会話を行えるようになる呪文である。

俺は呪文が発動したことを確認すると、効果の試験も兼ねてミィに語りかける。

『……よしミィ、尾行を頼む。危険を感じたら身の安全を第一優先に、その上で余裕があれば俺に連絡してくれ』

『は、はいです。任せるです』

ミィは思念でたどたどしく返事をしつつ、アリスのあとを追って尾行を開始した。

導師級（ウィザード）の使い手でも、魔法を使えることを除けばただの人だ。駆け出しとはいえその道のプロであるミィの尾行が感付かれることはまずないだろう。

俺は次に、路地裏に入って荷物から手鏡を取り出し、交信（コンタクト）の呪文を使ってアイリーンが所持している手鏡へと通信する。

俺が持っている手鏡に、別の路地裏の姿が映った。

「わっ。び、びっくりした。いきなり映った」

鏡の向こうから、アイリーンがおっかなびっくりこちらを見ている。

その後ろでは、サツキとシリルの二人が同じく興味深そうにこちらを覗き込んでいた。

「アイリーン、アリスが動いた。屋敷の前まで来てくれ」

「う、うん、わかった。すぐに行くね」

「サツキとシリルはその鏡をアイリーンから受け取ってそこで待機。何かあったら動けるようにしておいてくれ」

「おう、分かった。暴れるときは呼んでくれよ」

「そうならないほうが望ましいのだけどね」

三人にそう連絡をして、交信を切る。

――さて、これですべての準備は整った。敵の本拠に攻め入るとしよう。

＊＊＊

「お待たせウィル！　ごめんね、待った？」

呼び出して一分ほどで、アイリーンが俺のもとに合流した。

なお、服装は昨日までの旅姿ではなく、彼女の騎士としての正装である。

「問題ない。想定通り、いやむしろ早いぐらいだ」

「もう。そこは『俺も今来たところ』って答えてくれないと」

「……待ち合わせをするカップルの定例句でもあるまいし。何を言っているんだキミは」

「ぶー。僕だって緊張してるんだよぉ。少しほぐしてくれたっていいじゃない」

「分かった分かった。少しじっとしていろ」

俺はアイリーンの後ろへと回り、その肩を揉んでやる。

「ふひゃあっ。ちょっ、ちょっ……ほぐすって、ふにゃああ……」

「ほら、これで体もほぐれただろう。時間がないんだ、行くぞ」

「う、うん、分かったよ。……はうぅ」

ほぐれるのを通り越して腑抜けてしまった様子のアイリーンだったが、彼女は自分で自分の頬をぱんぱんと叩いて、「よし」と気合を入れなおすと、外向けの凛とした姿を取り戻した。

そして俺とアイリーンは、屋敷の正門へと向かった。

なおこの間に、俺はアイリーンにも念話の呪文をかけておく。これは交渉のサポートと、敵前で内緒話をするためという二つの意図がある。

そうしてアイリーンを前に、俺がその後ろについて門番の前へと進む。

アイリーンは、ぽかんとして彼女の姿に見惚れる二人の門番の前に進み出て、口上を謳い上げた。

「グレイスバーグ王家の騎士、アイリーンだ。このたびは王命にて、ゴルダート伯爵にいくつか質問したいことがあって参上した。取り次いでほしい」

凛々しい声で発せられたその言葉には、普段のアイリーンが見せる隙のようなものは見当たらない。さすがの彼女も、ここ数年の騎士としての修練で外向けの態度を確立したのだろう。

門番たちは慌てた様子で、二人のうちの一人が門を開いて中に入ってゆく。そしてもう一人は、額に汗を浮かべつつアイリーンにこの場で少し待つように伝えてきた。

ちなみにこの間、門番の注意は俺には向いていない。まだ持続している認識阻害の呪文の効果を、俺一人に範囲を絞って使っているためだ。

それでもこの距離ならば通常は認識されてもおかしくはないのだが、容姿端麗のアイリーンが目立ちすぎるせいもあってか、俺の存在はまったくの路傍(ろぼう)の石程度にしか見られていないようだった。

それからしばらく待っていると、中に入っていった門番と一緒に執事がやってきて、その執事がアイリーンとお付きの者——つまり俺を中へと案内した。

俺たちは執事のあとについて、屋敷の居館までの中庭を歩いていく。

『はぁ～、やっぱり緊張してきたぁ……。ねぇ僕大丈夫かな、ウィル？』

アイリーンが思念で俺に語り掛けてくる。

体は前を向いたまま。向けてくるのは意識だけだ。

『しっかりしろ。必要であれば俺が助言をするから、侮られないように背筋だけは伸ばしていてくれ』

『う、うん、分かった。……お願いね、ウィル？』

そのアイリーンの様子に、俺は内心で苦笑してしまう。外見が凜々しくなり剣の腕は無双でも、中身は子供の頃からあまり変わっていないようだ。

だが今回は、事情聴取の大役はアイリーンが主役で行わなければならない。お付きの立場である俺が必要以上に口出しをすれば、何様のつもりだと切って捨てられるだろう。

そして、そのための念話(テレパシー)だ。思念で内密に会話をすれば、対話相手に言葉を聞かれることなく意思疎通をすることができる。

この手段も、アリスが対話の場にいれば事実上封じられていた可能性が高い。腕のいい魔術師(メイジ)が敵対相手にいるというのは、非常に厄介なのだ。

だからこの事情聴取は、アリスが帰ってくる前にケリをつけなければならない。
二、三時間外出するという話だから、すぐに戻ってくるということはないにせよ、あまりゆっくりもしていられない。
俺はもう一つの念話(テレパシー)の効果で、アリスを尾行しているミィへと思念を送る。

『ミィ、そちらはまだ異常ないか？』

『――はいです。アリスは下町のほうに向かっているです。尾行が気付かれている様子はないです』

『分かった。くれぐれも無理はするなよ』

『大丈夫です。ミィは功績よりも命が大事です。それにウィリアムが無謀な行動を褒めないのは知ってるです』

こういう答えが返ってくると安心する。何事も命あっての物種だ。サツキのような猪突猛進(ちょとつもうしん)タイプでない点においても、ミィという人材は信頼できる。

そんなことを考えながら、俺はアイリーンのあとについて屋敷の居館へと足を踏み入れた。

＊＊＊

俺とアイリーンの二人は、執事に連れられ館内の廊下を進む。

俺はこの間に嘘看破(ディテクトライ)の呪文を使っておく。多少廊下で足を止めてぼそぼそと呪文を唱えようとも、認識阻害(インセンサブル)の効果のおかげで、前を歩く執事に気付かれることはない。

そうした下準備も終えると、しばらく廊下を進んだ俺たちは応接室へと案内された。

応接室の前には、腰に剣を提げた荒くれ風の男が一人立っていた。執事はその男へと役割を渡し、一礼して去ってゆく。

男はアイリーンの姿を見てその美貌(びぼう)に驚きながらも、応接室の扉を開いて俺たちに中へ入るよう促した。

『アイリーン、どうだ？』

『え、どうだって、何が？』

『目の前の男の力量だ。見抜けないか？　いざとなれば襲い掛かってくる可能性もある』

『ああ、そういうこと。——全然雑魚(ざこ)だよ。騎士なんかとは比べるべくもない。その辺のごろつきに毛が生えた程度だよ』

アイリーンのその返答に、ひとまず安心をする。その程度のレベルなら、アイリーンであれば束(たば)で相手にできるだろう。

そしてアイリーンと俺は、応接室へと足を踏み入れた。

応接室には中央に低いテーブルが横向きに置かれていて、その向こう側に革張りの座椅子が、手前側には三人掛け程度のソファーが配置されている。

壁には何枚かの絵画が、部屋の隅には観葉植物があり、ほかにも部屋のあちこちに高価そうな調度品が置かれている。権威にこだわる貴族が好みそうな配置だと感じた。

そして部屋には、三人の人間が待ち構えていた。

うち二人の男は武器を携えた状態で、それぞれ革張り座椅子の斜め後ろ左右に一人ずつ立っている。

そしてもう一人は、きらびやかな貴族衣装を身にまとった太った中年男であった。

彼は両腕を広げて、表向き歓迎するような仕草で俺たちのほうに歩み寄ってきた。

「おお！　騎士アイリーンと聞いたのでまさかとは思いましたが、やはりアイリーン姫様でございましたか！　いやぁ、それにしてもご立派に、お美しくなられて――おっと失礼、立ち話も何ですな。ささ、どうぞお座りください」

その太った貴族――ゴルダート伯爵は、そう言ってアイリーンにソファーへ座るよう勧めてきた。

アイリーンはそれに従って三人掛けのソファーの中央へと座る。俺はソファーの手前側、アイリーンが座っている斜め後ろに立った。

俺は念話で、アイリーンに問いかける。

『ゴルダート伯爵とは面識があるのか？』

『えっとぉ……ごめん、正直覚えてない。多分子供の頃にパーティで同席して挨拶したことがある、とかいう程度だと思うんだけど……』

『なるほどな。――ひとまず切り出し方は任せる。適当に攻めてくれ』

『オッケー。やってみる』

そう思念で答えたアイリーンは、ソファーに座った状態で少しだけ身を前に乗り出し、ゴルダート伯爵に向かって口上を切り出した。

「このたびは突然の来訪にて失礼を。伯爵にお伺いしたいことがあって参上しました」

凜とした鈴のような声で、普段になくしっかりとした言葉を発するアイリーン。

「ほう、姫様が私にお聞きしたいことがあると。はて、当方にはとんと心当たりがございませんが」

ゴルダート伯爵は、頬のチョビ髭を弄りながら答える。

その「心当たりがない」という発言に、俺の脳内で嘘看破による警報が明確に鳴った。

先ほどの発言でも多少の反応はあったものの、これほど明確な反応ではなかった。

『アイリーン、伯爵が言った「心当たりがない」は明確に嘘だ。彼には確かな心当たりがある』

『えっと、それってつまりは真っ黒ってこと？』

『別件の可能性もゼロではないがな。ひとまず外堀から攻めたほうがいい。アリスについて聞いてくれ』

『りょ、了解』

俺との打ち合わせを経由したアイリーンが、次にはこう切り出す。

「そうですか。ところでこちらの宮廷魔術師に、アリス・フラメリアという人物がいると伺っております。彼女についていくつかお聞きしたい」

そのアイリーンの言葉に、伯爵のチョビ髭を弄っていた手がぴたりと止まった。

「……ああ、確かにそれはうちの宮廷魔術師でありますな。彼女が何か？　いまちょうど外出中なので、話は戻ってからにいたしますかな？」

「いえ伯爵の口から聞かせていただければ大丈夫です」

アイリーンのその言葉が少し早口になる。焦ったせいだろうが――

俺が見たところ、伯爵がその違和感に気付いた様子はなかった。

安堵（あんど）しつつ、アイリーンに念話（テレパシー）を送る。

『落ち着け、アイリーン』

『はうぅ。ヤバいよ～。僕もう緊張で死にそうだよぉ！』

『大丈夫だ。何なら剣で戦うときのことをイメージしろ』

『……っ！』

俺のその助言は的確だったらしい。

アイリーンの背中からおどおどとした雰囲気が消え、スッと怜悧（れいり）さを帯びたものへと変わった。

「それでアイリーン姫、うちのアリスが何かございましたか。彼女の有能さを聞きつけたから王都の宮廷魔術師として引き抜きたいというのは、ご勘弁願いたいところですぞ」

そう言って伯爵は冗談めかしてハハハと笑う。

だがアイリーンはその笑いに釣られることなく、その存在に静かな冷たさを保ったままだった。

『アイリーン、まずはアリスを落とすぞ。伯爵に「いざとなればアリスをトカゲの尻尾として切り捨てられる」と思わせる方向で攻めてくれ。伯爵を落とすのはその後だ』

『了解だよ、ウィル』

アイリーンから明晰な返事が返ってくる。

アイリーンは頭脳労働が苦手と言っても、それは性格上の問題で、さほど地頭が悪いわけではないというのが俺の認識だ。本来の彼女の実力さえ発揮できれば、細部は任せて問題ないと考えている。

アイリーンは静かに、ゆっくりとした口調で伯爵に言葉を向ける。

「いえ、残念ながら私が聞き及んだのは、彼女に関するあまり良くない噂のほうです。——伯爵、アリスの最近の動向について、しっかりと把握はしていますか？」

そのアイリーンの言葉に、伯爵は自らの二重アゴに手をあて考え込む仕草を取る。

俺はそのアイリーンの話の進め方に、良い攻め方だと感心した。

「監督不行き届き」程度なら、まだゴルダート伯爵が保身を図れる範囲だ。今伯爵の頭の中では、これが何の犠牲もなしに逃げ切れる追及なのか、それともアリスを切り捨てる必要があるのかについて、ぐるぐると回っていることだろう。

そしてたっぷり十秒間ほどの思考の後、伯爵から出てきた言葉はこうだった。

「ふむぅ……言われてみれば、彼女の最近の行動に関してきちんと把握はしておりませんな。アイリーン姫が聞いたというのは、どういった噂なのでしょう？」

その伯爵の言葉に、嘘看破（ディテクトライ）は大きな反応は見せなかった。必ずしも嘘は言っていないといった程度の反応だ。実際にアリスの動向を細かくは把握していないのかもしれない。

「私が耳にしたのは、彼女がこの伯爵領内の村でアンデッドを生み出す実験をしているという話です。それも――大量の村人を虐殺して、というものです」

「何ですと！　アリスが私のあずかり知らぬところでそのようなことを！　とても信じられません……いや待てよ、そう言われてみれば……アイリーン姫、その噂というのは、誰から聞いたのですか？」

この伯爵の発言はほぼ完全に嘘で塗り固められたもので、嘘看破（ディテクトライ）が強く反応していた。

どうやら伯爵は、今の一瞬でアリスを切り捨てる方向に思考をシフトしたようだ。

「伯爵、それは私たちが持つ王宮の極秘情報ルートとなっているため、口外することはできません。ですが確かな筋からの情報です」

「むうぅ、左様ですか……まさかうちのアリス、いやあの女狐（めぎつね）めがそのような真似（まね）を……それが本当であれば、断じて許せることではありません。王家の大事な財産であり、我が愛する領民たちにそのようなことを……まったく許すまじき悪行です！」

ゴルダート伯爵はそう憤った様子を見せ、その拳でテーブルを叩きつける。

だが嘘看破は、彼の怒りの発言が明確に嘘であることを伝えてきていた。

安い芝居だ。

だがこの芝居こそが、ゴルダート伯爵という人物を如実に物語っているとも言えた。

この男は保身のために平気で嘘をつき、他人に罪のすべてをなすりつけ陥れようとする悪党だ。

こちらからそうなるように仕向けたこととは言え、彼に少しでも良心の呵責があるのであれば、今のような演技は出てこないだろう。

『アイリーン、確定だ。今の伯爵の怒りの発言は、すべて明確に虚言だ』

『やっぱりそうなんだ……。僕、こういうやつは許せない。ねぇウィル、僕もうキレていいかな』

思念のみの会話からも、アイリーンの怒りが伝わってくる。

だが舞台をひっくり返すにはまだ早い気もする。

『まだだ。できれば伯爵の動機を引き出したい』

『動機、動機か……』

しかし問題は、それを吐かせるための手立てがいまいち思い浮かばないということだ。

それに関しては彼に吐かせることは断念し、アリスにアクセスするべきかもしれない。

だが、俺がそんなことを考えていると、伯爵のほうからこんなことを提案してきた。

「ですがアイリーン姫。あの女狐、アリスめは宮廷魔術師としての実力は持っている女です。下手に生きたまま捕らえようとすれば、多大な犠牲を余儀なくされるでしょう。アレは二、三時間ほどで戻ると言っておりました。そこで戻ってきたところを狙って、不意を打って殺してしまうべきです。どうか姫、貴女の騎士としての実力を見込んで、ご助力を」

「…………」

アイリーンが押し黙る。

俺もいよいよ目の前の男に対して嫌悪感が増してきた。

口封じ。なるほど、アリスに余計なことを喋られては困るということだろう。

『……ねぇウィル。僕もう限界』

『ああ。俺も感情的なものはさて置いても、この場で平和的に動機を語らせるのは筋が悪いように思えてきた。――アイリーン、目の前の二人の護衛、それに扉の前の一人も同時に相手をして、なおかつ俺を守りながら立ち回れるか？』

『愚問。楽勝だよ』

『そうか――ならば、やってしまってくれ』

『了解！』

アイリーンの弾んだ思念が返ってきた。

＊＊＊

「アイリーン姫、いや騎士アイリーン殿、どうかご助力を。ともに悪逆なる女魔術師(メイジ)を成敗しましょう！」

ゴルダート伯爵はそう言って、その両手でアイリーンの手を取ろうとする。

だがテーブルの上で手を組んでいたアイリーンは、その手をスッと引いて、それから冷めた声で伯爵に向かって言った。

「――戯(ざ)れ言(ごと)もそのぐらいにしなよ、この狸(たぬき)」

「は……？」

呆気(あっけ)にとられた様子のゴルダート伯爵。

一方、ソファーに座っていたアイリーンは席から立ち、その腰の鞘(さや)から剣を引き抜く。

「ひ、姫様⁉　何を……⁉」

伯爵は慌てて椅子から転げ落ち、尻餅(しりもち)をついて必死に後ずさりをする。

一方、伯爵の背後に控えていた二人の護衛も剣を抜き、部屋の入り口の扉前に立っていた男も同様に剣を抜いた。

応接室に緊張が走る。

「ゴルダート伯爵、お前の嘘は全部お見通しだ。こっちにも有能な魔術師がいる。――紹介するよ、僕の幼馴染みで魔術学院の卒業生、ウィリアム・グレンフォードだ」

　そう言ってアイリーンが、背後にいる俺を指し示す。

　ゴルダート伯爵は、目を丸くしてまじまじと俺のほうを見た。

「なっ……メ、魔術師だと……⁉　そう言われてみれば、魔術師のローブに杖、どう見ても魔術師ではないか……！　なぜ、なぜ気付かなかったのだ……ただの側近の者だと思っていた……ぐぅぅっ……！」

　認識阻害の呪文は、姿を見えなくするわけではない。その存在を取るに足らない、どうでもいいものと思わせる効果がある。

　しかしゴルダート伯爵は、この期に及んでもまだ、自身が往生際にあることを認めようとはしなかった。

「いえアイリーン姫、騙されてはなりません！　嘘をついているのはその者です！　おのれ悪辣なる魔術師め、よくも姫様を誑かしおって！　王族に対する偽計、万死に値するぞ！　――おいお前たち、あの魔術師をいますぐ殺せ！」

　そう言って俺を指さし、背後の護衛たちに指示するゴルダート伯爵。

　護衛たちはその指示に応じ、間にある障害物を乗り越え、あるいは回り込んで、剣を手にしたまま俺のほうへと襲い掛かってこようとするが――

　その護衛と俺との間に、アイリーンがスッと割り込んだ。

それに護衛たちが戸惑い、指示を求めてゴルダート伯爵のほうへと視線を送る。

伯爵は苦虫を噛んだような顔をし、それから必死にアイリーンに訴えかけた。

「姫様、そこをお退きください！　姫様はその魔術師に騙されておるのですぞ！」

だが伯爵の言葉に、アイリーンが揺らぐことはなかった。

俺の前に立った彼女は、伯爵に向かって静かな怒りの言葉を紡ぐ。

「いい加減黙れよ悪党。――ウィルが僕に嘘をついている？　それよりもお前の言葉を信じろ？　……ふざけるなよ。それ以上僕とウィルの絆を汚してみろ。法廷に引っ立てる前に、この場でお前の首を飛ばすぞ」

「ひっ、ヒィッ……！　お、おお、お前たち！　ひ、姫はもう手遅れだ、一緒に殺してしまえ！　全責任はワシが負う！　姫の首を取った者には三倍の報酬を出すぞ！」

ゴルダート伯爵は、三人の護衛たちにそう指示を出した。

その指示に護衛たちは互いに顔を見合わせ、そしてアイリーンのほうをちらりと見て、ニヤリと笑い合う。そして護衛の一人が、ゴルダート伯爵にさらなる要求を出した。

「旦那、こんな上物をすぐに殺しちまうってのはもったいねぇ。力ずくでねじ伏せたら、俺たちの好きにしていいってのはどうだ？　事が終わった後にちゃんと殺すからよ」

「そ、そうか、構わんぞ。お前たちの好きにすればいい。ただしちゃんと殺すのだぞ」

それを耳にしたアイリーンは、不愉快そうにペッと唾を吐き捨てる。

「雇い主が雇い主なら、飼い犬も救いようのないクズだね」

だが護衛の男たちは、そのアイリーンの態度にもへらへらとした様子を崩さない。

「へっへっへ……これからその犬の相手をたっぷりすることになるんだぜお姫様」

「騎士様ごっこでこんなところまで乗り込んできちまったのが運の尽きだったなぁ」

「お城の外が怖いところだって、俺たちが教えてやるよ。ひひひっ」

どうやら彼らは、アイリーンのことをよく知らないようだ。

ゴルダート伯爵ぐらいは知っていてもおかしくはない気もするが、今の反応を見るに、知っていても眉唾（まゆつば）ぐらいに思っているのだろう。

「……ねぇウィル」

「なんだ」

「今のうちにシリルさんを呼んでおいてもらえるかな。——僕、ちょっとやりすぎちゃうかも」

「……はぁ、分かった。だがほどほどにしておけよ」

「うん。できるだけ頑張る」

頑張るところが違う気がするが、まあ彼女がこう言うのだから大丈夫なのだろう。

俺は念のため周囲から視線を外さないようにしつつ、荷物袋から交信（コンタクト）用の鏡を取り出すのだった。

＊＊＊

「ぐあああああっ、腕が、俺の腕があああああっ！」

「あぐぅううううっ、脚、脚がぁっ……！」

「かはっ……あ、あっ……」

戦いの決着に、三十秒を待つことはなかった。

アイリーンに襲い掛かった護衛の男たちは、ターゲットである少女の理不尽なまでの強さによって叩き潰され、三人ともが悲鳴とうめき声をあげて床に転がっていた。

一人は利き腕をへし折られ、別の一人は片脚を折られ、最後の一人は男の大事な部分を強打されてまともに声も出せない状態だ。

いずれも命に別状はないと思うが、あの負傷具合では初級の奇跡では癒せないだろう。彼らは法の裁きを受ける前に、多大なペナルティを負うことになったと言えるかもしれない。

そして一方、護衛たちを片付けた当のアイリーンはというと――

「ひっ、ヒィイッ！　わ、わわわワシは悪くないぞ！　アリスが、あの女がワシを誑かしたのだ！　ワシはあの女の言うとおりにしただけなのだ。だ、だから許してくれ。ワシは、ワシは関係ないのだ」

「……言いたいことはそれだけ？」

アイリーンは床に尻餅をついたゴルダート伯爵の前に立ち、眼下の肥満男の喉元（のどもと）に剣先を突きつけていた。

ちなみに今のゴルダート伯爵の発言には、嘘看破（ディテクトライ）は大きな反応を見せなかった。

実際に主犯はアリスで、伯爵はそれに従っただけということなのかもしれない。

「アイリーン、一応伝えておくと、その男の今の言葉に大きな嘘はないようだ」

「お、おお、そうだ。ワシは嘘をついておらんのだ。全部あの女狐めが悪い……ヒィッ！」

「――ねぇ、本当に黙ってよ。本当にこのまま突き刺してしまいたくなるから」

アイリーンが伯爵の喉元、皮膚に触れるか触れないかぐらいまで剣先を寄せる。

すると伯爵はガタガタと震え、ついには失禁をした。

「……や、やめろ……殺さないでくれ……」

「じゃあ、僕の質問に正直に答えて」

「わ、分かった……なんでも答える……」

「嘘はつかないでよ。こっちには筒抜けだからね」

「あ、ああ……嘘はつかない、約束する」

「うん。じゃあ聞くよ――どうして自分の領内の村の人たちを殺したの？」

そのアイリーンの尋問に、伯爵はごくりと唾（つば）をのむ。

それからおそるおそる、アイリーンに質問を返す。

「しょ、正直に答えたら、命は助けてくれるのか……？」

「その場合は殺さずに法廷に送る。嘘をついたらこの場で殺す」

伯爵は息をのむ。

そしてアイリーンの顔を見上げて、諦めたように言った。

「先ほども言ったが、アリスに誑か……頼まれたからだ」

「ふうん。でも宮廷魔術師に頼まれたからって、普通領主が自分の領土の村を滅ぼすことを認めたりしないよね。——もう一度聞くよ。どうして？」

アイリーンの追及に、伯爵は目を泳がせる。

だがやはり観念して、彼はその言葉を口から絞り出した。

「そ、それは……ワシが彼女に求愛……いや体を求めたら、それを条件として提示してきたからだ。それにあいつは、自分のアンデッド研究が進展すれば、生み出したアンデッドの軍勢を使って国を取ることも夢ではないと言ってきた……だから……」

「…………」

背中越しにも、アイリーンが絶句したのが分かった。

それから彼女は、振り向かないまま俺に聞いてくる。

「……ねぇウィル、今のは本当？」

「ああ。『求愛』の部分に微妙な反応をしたことを除けば、すべて本当だ」

「そんな……そんなことのために、お前は……！」

アイリーンが伯爵の喉元に突きつけていた剣をいったん引き、今にもそれを再び突き出さんと手を震わせる。

「ま、待て！　正直に話したら、殺さない約束だろう⁉」

「くっ……！」

俺はアイリーンに歩み寄り、その肩に手を置く。

そして、感情があふれた顔で振り向いてきたアイリーンに向かって、首を横に振る。

「アイリーン。ダメだ」

「分かってるよウィル、分かってるけど……！」

悔しそうに歯噛（はが）みし、うつむくアイリーンだった。

——その後サツキとシリルが屋敷に到着すると、シリルの治癒魔法で怪我人（けがにん）の最低限の治療をしてから、ゴルダート伯爵と護衛たちを捕縛。

屋敷の使用人たちにはアイリーンから説明をし、事後処理を行った。

これで屋敷のほうは片付いた。あとは後日に伯爵を王都での審問にかければ、公の前で真実がつまびらかになるだろう。

そして残るは、宮廷魔術師アリスただ一人だ。

＊＊＊

屋敷の事後処理をしながら、俺はミィとつないだ念話(テレパシー)にアクセスをかける。

『ミィ、こちらは片付いた。アリスの様子はどうだ？』

『え、もう終わったですか？　こっち、アリスのほうはだいぶ前に街の外に出たです』

ミィに報告されたアリスの動きは、事前に得ていた情報通りのものだった。

俺はミィに確認する。

『ミィ、アリスが街を出てからは、追いかけたりはしていないな？』

『大丈夫です。警戒(アラート)なんて魔法があるのを知っててそんな無茶をするほど、ミィはバカじゃないです』

『よし、さすがミィだ。これから合流するから、そこで待っていてくれ』

『えへへー。分かったです』

ミィの嬉しそうな思念が返ってきたのを確認して、念話(テレパシー)を中断する。

そして俺たち一行は、屋敷の後始末を終えるとミィが待っている街の正門へと向かうことにした。

ただアイリーンだけは、ゴルダート伯爵の見張りとして残ることになった。

すでに交信(コンタクト)を使って王都に連絡を取りはしたのだが、伯爵を官憲に任せるなどしてフリーにしてしまうと、またどんな不正な手段を取って逃げられないとも限らないからだ。

アイリーンが抜けるのは戦力的には痛いが、人材の適正配置を考えるならば、これが妥当だろう。

俺はアイリーンと別れ際、ゴルダート伯爵の屋敷の前で彼女と握手をする。

「ウィル、一応言っておくよ。キミなら大丈夫だと思うけど——無茶だけはしないでね」

「ああ、その点に関しては信頼してもらっていい」

それからアイリーンは、俺の後ろをひょいと覗き、そこにいる二人にも声を掛ける。

「サツキちゃん、シリルさん。ウィルのサポートは頼むね」

「ああ。姫さんに言われるまでもねぇ」

「私もできる限りのことはします」

アイリーンは俺と握手を終えると、サツキ、シリルとも握手をする。

それから俺たちはアイリーンと別れて、ミィが待っている正門へと向かった。

「——あ、ウィリアム。こっちですこっち」

正門近くまで行くと、そこで手を振るミィと合流。

それから正門を出て、ミィの先導に従って街道脇の森の中へと踏み込んでいった。

「アリスはこのあたりで茂みに入っていったです。足跡を追ってみるです」

ミィは地面を注意深く見て、道なき道を進んでいく。

俺はその間に魔力感知の呪文を唱える。

えた。

するとミィが進んでいく方向の先に、木々の上方にまで広がった赤い半球状の光が見えた。

あの半径五十メートルほどの魔力の光は、警戒(アラート)の呪文によるものに違いない。俺たちが今いる場所から十分ほど山道を登っていったあたりだった。

俺とミィ、サツキ、シリルの四人は、魔力の光の在(あ)り処(か)とミィの足跡追跡を頼りに、山道を分け入って進んでゆく。

そしてやがて俺たちは、アリスが張ったものであろう警戒(アラート)の呪文による感知壁の前までたどり着いた。

「……ここまで来てみたですけど、どうするですかウィリアム？　これ以上近付くと、アリスに気付かれるのですよね？」

ミィがそう聞いてくる。

それに俺の横を歩いていたサツキが口を挟んでくる。

「そんならもう突っ込んじまえばいいんじゃねぇの？　五十メートルなら走って上がればすぐだろ。相手が魔術師(メイジ)一人なら何とかなるって」

楽観的な見解だった。確かにある程度の思いきりが必要な局面であるから、必ずしも間違った意見とは言えないが……。

一方それに対し、慎重な見解を示すのはシリルだ。

「でも相手はウィリアムと大差ないぐらいの使い手なんでしょ？　何をされるか分から

ないだけに、楽観はするべきじゃないわ」

「うっ……そりゃそうだけどさぁ。じゃあどうすんだよ」

サッキは「ウィリアムと大差ない実力」と聞いて、少し尻込みしたようだった。

そして全員の視線が、俺に集まる。

「……万全と言える手ではないが」

俺はそう前置きして、すでに効力の切れた認識阻害(インセンサブル)を使用しなおした。通常の効果通り、サツキたちも巻き込む範囲で使用する。

警戒(アラート)は半ば術者の本能を利用した魔法であることは先に述べた通りだが、ゆえに認識阻害(インセンサブル)によって本能的な警戒(アラート)の範囲外に置くことができれば、その感知の網を潜(くぐ)り抜けることはできる。

ただし認識阻害(インセンサブル)の効果は万能ではない。気付かれるときは気付かれるし、それは相手の注意力の高さや現在の意識状態に大きく依存することになる。

「——警戒(アラート)を突っ切るぞ。ここからは敵地だと思ってくれ」

俺は仲間たちにそう伝え、彼女らがうなずくのを確認すると、認識阻害(インセンサブル)の効果をまといつつ、魔力感知(センスマジック)が示す赤く光る感知壁をくぐっていった。

＊＊＊

都市ゴルディアのすぐ近く、街道脇から森に入って道なき道を十五分ほど登ったところに、一軒の木造の小屋がある。

ウィリアムたちが向かっている先にあるその小屋には、現在一人の女魔術師（メイジ）がいた。

アリス・フラメリア。三年前に魔術学院を卒業した、導師（ウィザード）の称号を持つ魔術師（メイジ）である。

長くウェーブした赤髪が特徴的で、その容姿は美しく、彼女にその気があれば浮いた話の一つや二つには事欠かなかったであろうことは明白だ。

実際にも、彼女は学院時代に何人かの男と付き合い、体を重ね、そして——その男を「行方不明」にした。

彼女の親は極めて有力な商家であり、彼女の夢を支援する後援者（パトロン）であり、金の力を使って彼女の罪事を隠蔽（いんぺい）した。

アリスは学院でアンデッドについて学んでから、その存在に魅入られていた。学院での一般的な勉強の傍（かたわ）ら、彼女は研究者としてアンデッド研究に没頭した。

だがその研究には、どうしても必要で、なおかつ不足しているものがあった。

何かといえば「死体」である。

それも彼女の仮説を検証するに足る条件での死体となれば、ほぼ皆無に等しい。ゆえに彼女は、自らの手で「死体を作り出す」必要があった。

最初は動物の死体で満足していたアリスも、やがて禁断の領域に踏み入ることになる。

人の死体による実験。

最初は隠蔽工作に加担していたアリスの親も、徐々にエスカレートしていく彼女の行動に、ついには匙(さじ)を投げるようになった。

そうして後援者を失ったアリスが次に目を付けたのが、自らが宮廷魔術師として赴任した相手であるゴルダート伯爵だった。

伯爵は無類の女好きで、なおかつ小物ながらにして野心家だった。アリスは自らの体を求め迫ってくる俗物の貴族に対し、その体を売り、さらには彼の野心を焚きつけることで研究のための新たな後援者を得た。彼女にとってアンデッド研究は、ほかの何よりも大事な彼女の生き甲斐(いがい)だったのだ。

アリスが現在いる小屋も、彼女が伯爵に頼んで作らせたものだ。

机と椅子、筆記具ぐらいしか置かれていない殺風景な小屋の中で、彼女は紙に向かって書き物をしていた。

だがその手が、ピタリと止まる。

「……警戒(アラート)に反応？　それも一、二、三……四人」

アリスはペンを置いて立ち上がり、壁に立てかけてあった魔術師(メイジ)の杖を手に取る。

「一人なら鼠(ねずみ)が迷い込んだだけとも思えるけど、四人だと偶然とは……つけられた？

でもそんなはずは……いえ、それよりもどうするか……」

小屋の中のアリスは一人、イライラとするようにその手指の爪を噛む。

それから思い立ったように小屋の入り口の扉の前まで行くと、扉を少しだけ開き、魔法の目（ウィザードアイ）の呪文を唱えた。

そして生み出した透明な目を扉の隙間から出し、再び扉を閉める。

アリスはそのまま精神を集中し、不可視の「目」を動かしていく。

小屋のある中腹から木々の間を下るようにして、警戒（アラート）の反応があった方角へと「目」を移動させていく。

しばらく進んで行くと、やがて「目」は冒険者らしき一団を発見する。

一人は男、三人が女のようだった。いずれもアリスより若い、若年の冒険者であるように見える。

中でもアリスを注目させたのは、そのうちの男の冒険者だった。

「――魔術師（メイジ）がいるわね。……でも冒険者の魔術師（メイジ）なんて、所詮（しょせん）は学院の落第者」

そう思ってアリスは冒険者たちの監視を継続しようとした。

だが――

「なっ……⁉」

アリスは小屋の中で驚きの声を上げた。

もはや彼女の視界に「目」が映していた景色は見えず、狭い小屋の中の風景のみを映していた。

冒険者の中の魔術師が、魔法の矢の呪文によってアリスが作り出した「目」を撃ち落としたのだ。

「魔力感知を使っていた……⁉　小賢しい真似を……！」

アリスは再び、親指の爪を噛む。

魔力感知、魔法の矢とともに、初級の魔術師でも行使が可能な呪文だ。それでアリスが行使した高位の呪文である魔法の目が迎撃されたことに、彼女は少なからぬ苛立ちを感じていた。

「さて、どう料理してやろうかしら……」

アリスは次の手に関して、思考を巡らせる。

初級冒険者の一団ぐらいなら、自分一人で何とでもなるはずだが――

「――そうだ、いい機会だから『あれ』を試すとしましょうか」

ふと、アリスはいいことに気付いてほくそ笑む。

自らのこれまでの研究の集大成を実験するときが来たのだと、彼女はそう考えていた。

＊＊＊

「へ……？　今、何があったの？」

サツキが驚きの声を上げたのは、俺が魔法の矢（マジックアロー）の呪文を使って敵の魔法を破壊したときだった。

　シリルやミィも、目をぱちくりとさせている。

　彼女らには、俺が突然に呪文を唱え始め、そして何もないところに向かって光の矢を放ち、その光の矢が何もないところで炸裂（さくれつ）したように見えたのだろう。だが俺はそれに、確かな手ごたえを感じていた。

　アリスが仕掛けたと思しき警戒（アラート）の感知膜を突破して少し。木々の間の道なき道をのぼっていったところで、俺の視界に赤く光る小さな魔力の光が映った。

　その魔力の光は握りこぶしよりも小さいほどのサイズで、俺はそれをアリスが使った魔法の目（ウィザードアイ）による「目」であろうと予想した。

　そして俺は、魔法の矢（マジックアロー）の呪文を使って、その魔力の光を破壊したのだ。なおこのとき魔法の矢（マジックアロー）によって放つ矢の本数は、一本に絞った。

　魔法の矢（マジックアロー）は魔力で形成された矢を放ち敵にぶつけるという最も基礎的な攻撃呪文だが、この呪文は術者の魔術師（メイジ）としての基礎能力が高いほど放てる矢の本数が増える。俺の能力ならば通常三本の光の矢を同時に生み出し放てる。

　だがここでは、敢（あ）えての一本にしたのだ。これはあわよくば、アリスにこちらの能力を低く見積もってもらおうと目論（もくろ）んでのことだ。

　迎撃に必要だった魔力感知（センスマジック）と魔法の矢（マジックアロー）はいずれも最初級の呪文であり、なおかつ放った矢が一本であれば、アリスがこちらを初級の魔術師であると誤認してくれるかもしれない。さらにその認識から、俺たちの冒険者パーティ全体が初級の実力者であると思い込んでくれればベストだ。

ただいずれにせよ、こちらの存在がすでにアリスに気付かれていることは間違いないだろう。先に使用した認識阻害は功を奏さなかったということだ。もっともこれは、元よりそうなる可能性も視野に入れての行使であるから、問題はない。

俺は進行方向を切り替え横手へと向かいつつ、仲間たちに状況を手早く説明する。

「ひとまずこの場から移動したほうがいい。今のはおそらくアリスの魔法の目だろう。潰しはしたが、こちらの存在と位置はすでに認識されている。また一計は講じたが、これも効果的かどうかは分からん。いずれにせよいきなりの魔法攻撃もありうる」

俺の移動方向の切り替えには、ミィがすぐに反応して追いつき、一拍遅れてサツキ、シリルが追いかけてきた。いち早く俺の横手についたミィが、俺に声を掛けてくる。

「ミィは何が起こってるのか理解するだけでも精一杯です」

「魔法戦は概ね、手の内の読み合いになるからな。そもそも互いの手持ちのカードをよく知らない余人には、駆け引きの内容まで理解するのは難しいだろう。ただ俺は、学院時代の模擬戦で同格の相手に負けたことはない。その実績程度には信頼してもらって構わない」

「それは問題ないです。ミィは元々ウィリアムをとても信頼しているです」

ミィは俺に向かってにぱっと笑う。

小柄で愛らしい彼女の笑顔には、その頭をなでたいと思わせる魔力があると思う。

こんな状況だから軽くだが、俺は彼女の髪をくしゃくしゃとなでる。ミィはいつものように、猫のように目を細めて気持ちよさそうにしていた。

そして俺たち四人は、元いた場所から多少離れた程度の場所へと移動し、そこでひとまず身を潜めて待機した。

そこから自分たちが元いた場所、及び元の進行方向を見張るが、しばらく待っても特に何かが起こることもなく、本人が現れる様子もない。

「……妙だな。手出しをして来ない、偵察にも来ないか」

「向こうの本拠地で、私たちを待ち伏せしているとか？」

シリルが一つの可能性を述べてくるが、俺の感覚としてはいまいちピンとこない。

「いや、向こうの本拠地にどういった準備があるかにもよるが、通常魔術戦においては相手に自身の位置を特定されていることは致命的な痛手だ。普通の感覚なら、相手の位置を捉えたなら奇襲を仕掛けにくると思うが……」

そのあたりは理由を考えても仕方がない。

俺は次なる一手として、いくつかの選択肢を脳裏に思い浮かべる。

魔法の目や透視などの呪文を使って、敵の位置情報を知ることは有効な一手だろう。

だが問題は、俺の魔素の残量が少ないことと、これらの情報獲得系の呪文が軒並み高レベルで、魔素（マナ）の消費量が高めであることだ。

今日はすでにかなりの数の魔法を行使し、魔素総量（マナキャパシティ）のおよそ六割を消費している。残り四割の魔素（マナ）で渡り合うことを考えると、これらの呪文は少々コストが重すぎる。

「何ならミィが偵察してくるですか？」

俺のすぐ横に潜むミィが、そう提案してきた。

俺は一考し、それは有りだという結論に至る。ここは魔法的な手段によらないほうが、むしろ効果的かもしれない。

それに今ならまだミィとの念話（テレパシー）が通じている。いざとなっても秒単位での的確な連携が可能であり、その点でもリスクが低い。

「よし、頼むミィ。念話（テレパシー）をフル活用してくれ」

「了解です。行ってくるです」

そしてミィは、盗賊（シーフ）としての隠密技術を駆使して、俺たちの本来の目的地であった方角へと向かっていった。

そうしてミィの姿が見えなくなってから少しして、彼女から念話（テレパシー）による連絡が入る。

『山小屋のような建物を見つけたです。近付いてみるです』

『頼む。だが無理はしないでくれ』

『分かってるです』

それから数十秒ほど。またミィから連絡が入る。

『周囲には誰もいないみたいです。山小屋の中も、外から聞き耳してみたですけど誰もいなそうです』

『分かった。俺たちも合流する、そこで待っていてくれ』

『了解です』

そうして俺とサツキ、シリルの三人もミィに合流した。

合流する直前で、視界にあった森の木々が唐突に開けた。

そこは森の一部分だけが、広場のように切り拓かれた場所だった。差し渡し十メートルほどの広場の中央に、木造の小さな小屋が一軒立っている。

俺たちは小屋の入り口、扉の前まで移動し、

「じゃあ開けんぞ——せーのっ！」

サツキを先頭にして、小屋の扉を開いた。

しかしその中は——

「……もぬけの殻、ですね」

ミィがそうつぶやく通り、そこに人の姿はなかった。

それどころか生活感すらなく、小屋の中には机と椅子が置かれているだけだ。

だがその狭い小屋の中には、一つ大きな異常があった。

「……地下室への入り口かしら」

「みたいだな。誘われてるってことか」

そう言うシリルとサツキの視線の先、小屋の隅の床の一角には、跳ね上げ式の扉があり、それが開かれていた。

ぽっかりと開いた縦穴には、下に下りるための梯子（はしご）がかけられている。

「ミィ、確認するが、この小屋の周囲に人の気配はなかったんだな」

「はいです。妙な魔法を使っていない限り、素人が隠れていたらミィは気付きます」

ミィがはっきりとそう答える。自信があるのだろう。

魔法を使って隠れている可能性はありうるが、その場合は俺の視界に入ったときに魔力感知（センスマジック）に引っかかっているだろう。

あるいは魔力隠蔽（シールマジック）を使われていたらその限りではないが――

――いや、ここは考えを絞るべきだ。

あらゆる可能性を考慮に入れるべき状況ではない。それは思考を放棄することに等しい。低い可能性に関しては切り捨てろ。

魔力隠蔽（シールマジック）はまずないだろう。あれは導師（ウィザード）級の術者でも、使える者はかなり限られる高位の呪文だ。彼女がそのレベルにあるなら、ゴルダート伯爵などに仕えるのではなく、王都やもっと大きな力を持つ貴族の宮廷魔術師として仕えている可能性が高い。

となれば、それと同レベルの呪文である透視（シースルー）も向こうの手札にはないと考える。

今のこちらの状況が「見られている」ということはないだろう。

……この段階で得られる情報はそれだけか？

考えろ、もっと考えろ。

――いや、待て。

そもそもこの小屋は何のためにある？

アリスが毎日のように足しげく通っていると考えられるこの場所。

彼女は何のためにここに通っているのか。

このような人目につかない場所で、彼女は毎日のように何をやっているのか。

決まっている。

彼女が入れ込んでいるアンデッド研究を、ここで行っているに違いない。

だがなぜこのような場所で？　書物を使った研究をするなら、ゴルダート伯爵の屋敷で行っても問題はないはずだ。

その答えも、決まっている。ここが彼女のための「実験場」だからだ。

つまり、あの縦穴を下りた先にあるものは――

俺は自らの仮説を確定的なものとするため、透視（シースルー）の呪文を唱える。魔素（マナ）の消費は重いが、俺の考えが正しければ、この一手にはそれに相応（ふさわ）しい価値がある。

そして呪文が完成すると、俺は「足元の床を透過して」、その先を見た。

その一方で、サツキたち三人は縦穴の前で考え込んでいた。

「それにしてもこの穴どうやって下りる？　梯子下りてるところ狙われて攻撃されたら、ひとたまりもねぇだろ」

「暗くて底が見えないです。飛び降りて大丈夫な高さなのかも分からないです」

「まいったわね……。たいまつに火をつけて落としてみるっていうのは？」

「それ下でアリスが待ち伏せしてたら、今から下りていきますって教えるようなもんだろ」

「「「うーん……」」」

三人は穴の前で立ち往生をしていた。

俺は彼女らに声を掛ける。

「ミィ、悪いがたいまつを用意してくれ。そろそろ魔素（マナ）の残量が本格的に厳しい」

「あ、はいです。……ウィリアム、何か分かったですか？」

「ああ。ひとまずその穴は普通に下りて大丈夫だ。十メートルほど下りた先が涸（か）れ井戸の底のように狭い空間になっていて、その横に扉がある。その扉をくぐるまで危険はないと思われる」

「……相変わらず、ウィルのそれほとんど反則だよな……」

あきれるサツキと肩をすくめるシリルの横で、ミィはそそくさとたいまつに点（つ）ける火を準備し始めた。

＊＊＊

小屋にあった縦穴を、梯子を使って下りていく。

罠への対策と白兵戦闘能力の有無を基準として、ミィ、サツキ、俺、シリルの順番で慎重に下りるのだが――

「ウィリアム。あなたなら大丈夫だと思うけど、上は見ないでよね」

梯子を下りる俺の頭上、まだ梯子に取り掛かる前のシリルから、そんな言葉が降ってきた。

「……上？　何かあるのか？」

思考の前に反射的に上を見てしまうと、俺の視界に飛び込んできたものは――

「ちょっ……⁉」

シリルの驚きの声。

しまった、そういうことか。俺は慌てて視線を下へと逸らす。

ちょうど梯子に手と足をかけたシリルのローブの内側が、下からだと綺麗に見えてしまったのだ。しかも縦穴の底に投げ込んだたいまつの明かりが上方を照らしているものだから、薄暗いながらもわりと露骨に。

「す、すまん。悪意はなかった」

「う、ぐっ……わ、分かっているわ。今のは私のミスよ。気にしないで」

こんな場面で緊張感がないこと甚だしいが、これは不慮の事故だ。やむを得ない。そう思いたい。

そんなアクシデントもあったものの、俺たち四人は縦穴の底までたどり着いた。

縦穴自体がそんなに幅の広いものではないので、全員で底に立つと半ばぎゅうぎゅう詰めといった様相になる。

「せ、狭い……ってか熱っ！　たいまつ危ねぇ！　ちょっ、ミィそれあたしが持つから！　チビのミィが持ってると危なくてしょうがねぇ！」

「ち、チビって言うなです！　背が高ければ偉いと思うなです！」

「ねぇウィリアム、もうちょっとそっち行けない？　体が密着しているのだけど……」

「とは言ってもな。こちらはこちらでサツキとの接触が……」

「あ、あたしは別にいいぞ、もっとこっち寄ってもらっても。つーかそのままぎゅってしてもらっても」

小声での囁き合いであるが、これまた緊張感がないことこの上ない。

このような状況下で襲われでもしたらひとたまりもないのだが、まあ先に「見た」限りではそのようなことは起こらないはずなので、問題はないだろう。

――俺はこの縦穴を下りる前、小屋の中で透視の呪文を行使した。

そして床下を透過して、その先を見た。

透過した床の下に広がっていたのは、広々とした地下の空間だった。地上にある小屋の大きさは、その広い地下空間に比べるとごくごく小さなものにすぎない。

俺たちが今いる縦穴の底の横手の壁には一枚の扉があり、その扉を開いて出た先に地下空間が存在する。

地下空間は、上から見たときのざっくりの目算だと、天井から床までの高さが三メートルほど、左右の壁から壁までの幅が十五メートルほど、そして扉から向かって前方への奥行きが二十五メートル以上あるのは間違いないという大空間だ。

幅が二十五メートル「以上」というのは、地上からの透視（シースルー）だと、その効果範囲の関係でそこまでしか見えなかったからだ。

透視（シースルー）は厳密には障害物を透過する呪文ではなく、障害物を無視して呪文の効果範囲内にある空間を見ることができる呪文だ。そしてこの呪文の効果範囲は術者を中心とした周囲三十メートル。それより先は見えないという効果になる。

さて一方で、件の地下空間にはその至るところに「死体」が置かれていた。

動物の死体が多いが、人間のものと見える死体も少なくない。無造作に横たわっているもの、藁（わら）の上に置かれているもの、地面に描かれた魔法陣の上に山積みにされたものなどその在り方は多岐にわたる。人間のものと思しき死体には、男、女、子供、成人、老人など様々な種類のものがある。

なお地下以外の小屋の周囲も見渡したが、透視（シースルー）の効果範囲内にアリスの姿は見えなかった。おそらく彼女は、地下空間の見えなかった先にいるのだろう。

俺はサツキ、ミィ、シリルの三人と密接した状況のまま、彼女たちにこの先にある状況を伝えた。

「……じゃあ、この扉を開けた先のだいぶ向こうに、アリスがいる可能性が高いってことか」

サツキの返事に、俺は首を縦に振る。

その先に脱出口があってすでに逃走したという可能性もないではないが、ここの本来の役割が研究所であると思われること、小屋の縦穴の跳ね上げ戸が開きっぱなしだったことも考慮すれば、その可能性は低いと思われる。

「ちなみに出てすぐの場所は、おそらくはあらゆる攻撃魔法の射程外と思われる。それはこちらも同じだ。敵方に弓でもあれば話は別だが……」

敵に害を与える類の呪文の射程距離は、長いものでも三十メートルほどになる。

俺の今の位置から透視（シースルー）で見てもまだ奥行きが見えきらないから、おそらくは攻撃系呪文の射程よりも遠くにいるのだろう。

万一ちょうど三十メートルほどの距離にいた場合には、俺とアリスとの呪文詠唱の速度勝負になると思われるが、逆にそうなればこちらのものだと思っている。俺は学院時代から常に実戦での呪文使用を視野に入れて魔法のトレーニングをしてきたため、呪文詠唱の速度でそこらの導師（ウィザード）に負けることはないはずだ。

そして三十メートルよりも長い距離から攻撃できる手段となると、これは弓矢などの射撃武器ぐらいとなるが、まあアリスが弓で勝負してくるとは考えづらい。

それに仮にアンデッドの軍団などを用意していても、アンデッドは通常、弓矢などの複雑な機構の道具を取り扱えるほどの器用さは持ち合わせていない。

ともあれここで俺たちがやるべきことは、普通に突入して、あとは臨機応変に対応するということだろう。

「よし、では行くぞみんな。俺にはもう魔素の残量が少ない。皆の活躍に期待している。だが――」

「――無理はするな、命を大事に、ですね？」

ミィがそう返してくる。俺は彼女に向かって強くうなずく。

「そうだ。いざとなったら撤退も視野に入れる。その場合はこの場所まで全力で戻ってきてくれ。そうすれば退路は俺が何とかする」

「分かったです」

「オッケー！」

「了解よ」

その三者三様の返事を確認してから、俺はミィに、扉を開けるようゴーサインを出した。

＊＊＊

ミィが扉を開き、全員で件の地下空間になだれ込む。

そして全員がすぐに、反射的に口元を押さえた。

「うっ……！　ひでぇ匂いだ……」

「うぅ、鼻が曲がりそうです……」

そう言うサツキやミィばかりでなく、ローブの袖で口元を覆ったシリルも涙目でけほけほと咳込んでいた。

地下空間に飛び込んだ俺たちを真っ先に襲ったのは、その室内に充満した強烈な腐敗臭だった。あちこちに死体が置かれているのだから、当然と言えば当然だ。

だが怯んでばかりもいられない。俺はシリルと同様にローブの袖で口元を覆いつつ、視界の先を見据える。

その地下空間には、俺が透視によって確認していた通りの光景が広がっていた。広々とした空間に、人間のもの動物のものが混在して幾多の死体が散乱している。

だが予想外だったこともあった。その奥行きが、俺が想像していたよりもさらに遥か遠くまで続いていたことだ。透視で確認していた三十メートル地点から、さらに三倍ほど奥まで奥行きがある、とてつもなく広大な空間だ。死体の散乱は奥までずっと続いていて、左右の壁に等間隔に設置されたランプの灯りがそれらを妖しく照らしていた。

——そして、その広大な空間の最奥。

杖を片手に、ローブを纏った一人の女が立っていた。ウェーブのかかった赤のロングヘアーが特徴的なその女は、ゴルダート伯爵の宮廷魔術師アリス・フラメリアその人に違いなかった。

ただ、奇妙なことも一つあった。

アリスはその空間の一番奥の壁を背に立っているのだが、そのアリスの背後の壁が、魔力感知の効果を受けた俺の目には、赤く光って見えていたのだ。

また、アリスのほうへと視線を向けたミィが、俺の傍らへと寄り、こんなことを言ってきた。

「……ウィリアム、妙です。おかしいです」

「おかしいとは、何がだ？」

「アリスの後ろにある壁です。周囲の壁と見比べると、なんだか不自然です。どこがどうって言いづらいのですけど……すごく、違和感があるです。あそこにあんな壁があるわけないです」

「……なるほどな」

ミィの目には、魔力感知の力は宿っていない。

しかしミィには、盗賊としての鋭い観察眼がある。その彼女が不自然だと言うからには、やはりあの壁には何かがあるのだろう。

そんなことを考えていると、その怪しい壁の前にいるアリスが、俺たちに向かってその声を張り上げてきた。

「ようこそ若き冒険者たち。私の研究所はお気に召してくれたかしら？」

ゆっくりと聞こえの良い声で、朗々と舞台役者のように謳い上げる。この場を何かの舞台のように考えているかのようだった。

ちなみに現状、彼我の距離は概ねの目算で百メートルほどもあり、互いに相手に危害を加える呪文が届くような距離ではまったくない。

そしてこちら側からは、サツキとシリルが同様に声を張り上げ、返答をする。

「はっ、悪趣味だな。反吐が出る」

「こんな風に死者を冒瀆しておいて、何が研究所よ。恥を知りなさい外道！」

その怒りの乗った二人の声を聞いても、アリスは愉快そうな声を返してくる。

「ふふっ、その敵意……やっぱりたまたま迷い込んだっていうわけじゃなさそうね？　悪の魔術師を退治しにでもきたつもりかしら、未来の英雄さんたち。――さあ、どうしたの？　遠慮なしにかかっていらっしゃい。あなたたちの死体も、ここにいる幾多の屍の仲間に加えてあげるわ」

アリスは悠然とその場に立ったまま、挑発するようにそう言ってくる。

下手な芝居だ。こちら方に飛び込んできてほしいという思惑が如実に感じ取れる。やはり接近すると発動する、何らかの仕掛けがあると見ておくべきだろう。

だが一方で、その下手な挑発に引っかかろうとしている少女がいた。

「上等だ。今すぐ叩っ切ってやるから、首を洗って待っていやがれ」

サツキが腰から刀(カタナ)を抜き、今にも飛び出さんとぐぐっとバネをためていた。

俺はそのサツキの背後から、彼女の首根っこを引っつかんでストップをかける。

「待て、サツキ」

「ひゃうんっ！　……な、な、何すんだよウィル！」

「落ち着け。十中八九まで罠だ」

横ではミィとシリルが、うんうんと首を縦に振っている。

「えっ、そうなの……？」

「そうに決まってるです」

「あんな露骨な挑発、引っかかるほうがどうかしてるわ」

ミィとシリルから集中砲火を浴びたサツキは、しょんぼりと肩を落とした。

だがその横で、シリルが難しそうな顔をして前方を見据える。

「でも罠と分かっていても、ここでずっと立ち往生ってわけにもいかないのよね。だけどこの距離からじゃ攻撃が届かない。それは向こうも同じなんでしょうけど……」

問題はそれだ。

罠と分かっていても、それがどんな罠か分からないのでは手出しのしようがない。結果サツキではないが、玉砕覚悟で全員で突撃するという手段を視野に入れざるを得なくなってくる。

　だが玉砕覚悟して実際に玉砕というのは、最も避けなければならない事態だ。それならばまだ、ここで撤退をかけたほうが幾分かマシと言える。

　だがここで撤退をすれば、こちらの存在を認知されたうえで、アリスをフリーにしてしまうことになる。それはそれで極力避けたい事態だ。

　となれば——何とかして、彼女が仕掛けている罠の正体を知り、今ここで彼女をどうにかしなければならない。

「……やむを得んな」

　俺は決断する。

　現状怪しいのはあの「壁」だ。

　そして俺の呪文知識に検索をかけてあの怪しい「壁」の正体が何なのかと考えれば、おそらくはこれだという結論が出てくる。

　幻影（イリュージョン）という中級の呪文がある。

　これは術者がイメージする通りに視覚的な幻覚を作り出す呪文で、アリスはそれを使ってあそこに「壁の幻覚」を作り出しているのだろう。

　そして、それはつまり、あの壁で隠された向こう側には、彼女にとって見られたくない何かが存在しているということだ。

ならばその向こう側を「見て」やればいい。

この呪文の魔素（マナ）の消費は重く、これを使えば火球（ファイアボール）の呪文一発使えるだけの魔素（マナ）も残らなくなる。

だがこの「偵察」には、それだけの価値がある。俺はそう信じて、呪文を詠唱。

そして——魔法の目（ウィザードアイ）の呪文を発動した。

＊＊＊

「あら、対抗魔法（カウンターマジック）の呪文でも唱えたのかしら？　健気（けなげ）なことね」

俺が呪文を詠唱したのを見て、アリスが楽しそうにそう言ってくる。

どうやら彼女は、俺が魔法の目（ウィザードアイ）で生み出した「目」の存在には気付いていないようだ。

それもそのはず、アリスが魔力感知（センスマジック）の呪文を使っていないことは彼女自身に魔力の光が宿っていないことからも明白で、そうであるならば「目」を彼女が捉えられないのも道理である。

俺は自分の視線と同じ高さに現れた透明な「目」を、アリスのほうへ向かって動かしていく。

空中を浮遊しながら進む「目」の移動速度は、人が歩くときの速度と同程度だ。

圧迫感のある空気の中、「目」はゆっくりと移動していく。

あの「壁」までたどり着くのに、一分以上はかかるだろう。

俺は時間稼ぎ目的で、アリスに向かって声を張り上げる。

「先ほど俺たちのことを『若き冒険者』と呼んでいたが、キミも大差ない年だろう。良心は痛まないのか？　このような悪行はやめるんだ。キミがやっているのは、人殺しという許されざる犯罪だ」

これは我ながら、少し演技が過ぎただろうかと思う。

だがアンデッド研究者アリスの急所を突く言葉を選んだつもりだ。

そして案の定、アリスは俺の言葉を受け、狂ったように高笑いを始めた。

「あはははははっ！　良心？　悪行？　犯罪？　バカバカしい！　あなたも魔術師（メイジ）なら、世界を前に押し進める研究の素晴らしさが分かるでしょうに！　ううん分からないか！　学院を落第して冒険者なんてクズになるしかなかった、あんたみたいな落ちこぼれにはね！」

そうアリスが演説する間にも、「目」は彼女のほうへと近寄っていく。

「いい？　私の研究は画期的なの！　生命倫理だのってくだらないものに束縛されて学院の誰も成し得なかったことを、私が今やっているの！　ゴミみたいな底辺の人間の命なんて、私たちエリートが成し得るものの価値に比べたら、まさにゴミ同然なのよ！　それを分かってないバカどもに、私が知らしめてあげるの！　『成果』はゴミどもの命なんかよりよっぽど重いんだって！」

アリスが不快な持論を展開する間に、「目」はついに件の壁の前までたどり着いた。

俺は「目」を「壁」へと突入させる。

魔法の目（ウィザードアイ）の呪文が生み出す「目」に壁抜けの能力などはないが、目の前の壁が幻影（イリュージョン）の呪文によるものであるなら、そもそもそれは目に見えるだけの実体のない幻だ。

案の定、「目」は「壁」をすり抜け、そのまま「壁の中」を進んでいった。

そしてやがて「壁」を抜けると——

そこに広がっていた光景は、俺をして、にわかに目を疑わしめるものだった。

その「壁」の向こう側には、左右に延びる通路のような狭い空間があった——つまり「壁」の向こう側にもう一つ壁があり、その間が通路のような空間に見えるということだ。

そしてその狭い空間に、ゾンビがずらりと並んでいた。

数えてみると合計で二十体。右から左まで、整列するように並んで立っている。

だが最も驚くべきは、それらのゾンビが一様に長弓（ロングボウ）を手にしていたことだ。さらにその背には、多数の矢が入った矢筒が背負われている。

通常、魔術師（メイジ）が亡者生成（クリエイトアンデッド）の呪文によって生み出せるゾンビやスケルトンは、弓矢などの複雑な操作を必要とする道具は扱うことができない。

もっとも、そもそも亡者生成（クリエイトアンデッド）の呪文そのものが禁呪で、学院では教えていないはずなのだが……。そこは何とかクリアしたとしても、弓矢を使えるというのはあり得ないはずだ。

　そしてこれは自然発生のアンデッドでも同様のはずで、そのような複雑な機構の道具を扱う低級アンデッドの例は、俺が知る限りでは過去に例がない。

　つまり――もしこのゾンビの軍団が、手にしている長弓(ロングボウ)を実際に使いこなせるのだとしたら、それは俺が知る限り、学院のいかなる書物にも記されていない、アリスがこの世に生み出した新たなる「成果」ということになる。

　これは確かに驚くべきことだ。だが……。

　しかしいずれにせよ、彼女が用意している罠の正体はこれだろう。自らの「成果」を実験するためのステージとしてこの場を選び、その栄えある第一の犠牲者として俺たちを使おうというのは、これまでに見聞きした彼女の性質とも一致するように思う。

　また、これが見えてしまえば、彼女の狙いも明白だ。差し渡し百メートルほどもある広大なこの地下空間を利用して、呪文は届かず弓矢が届く距離での攻撃でこちらを一方的に蜂(はち)の巣にしようという戦術だろう。

　そして、確かに実際に危なかった。無策に突撃していたら、少なくとも最初の一斉射は防御魔法が間に合わず綺麗に浴びていただろうし、そうなれば全員がすべての矢を回避しきれるわけもない。彼女が用意したゾンビたちの射撃の精度にもよるが、その矢に胴や手足を射抜かれて重傷を負う者や、運が悪ければ矢に頭を貫かれて即死する者も出ていただろう。それは俺だったかもしれないし、サツキやミィやシリルだったかもしれない。

なお、長弓は人間の身の丈ほどもの全長がある大型の弓で、その強力な弦から放たれる矢は、斜め上方に適度な射角をつけて撃てば最大で三百メートルほどの射程を誇る。

この地下空間のような大きな射角をつけられない場所でも百メートル程度の射程にはなると思われる。

何なら今の俺たちの位置にでも射撃は可能なのだろうが、命中精度の問題と、何よりこちらが容易に撤退できる場所にいるうちでの披露は避けたいという意図なのだろう。取り返しのつかない場所までおびき寄せてから逃げ場のない相手を蜂の巣にしようと考えるのは、戦術としては理解できる話だ。

——さて、ここまで分かれば、あとは行動に移るべきだろう。

俺はサツキ、ミィ、シリルの三人を呼び寄せ、情報を共有し、取るべき作戦を伝える。

そして俺自身は、もう二つの呪文を唱えた。

一つは対抗魔法の呪文。これは魔法への抵抗力を高める呪文で、今のように密集して使えば味方全員に効果を発揮する。効果は気休め程度だが、魔素の消費量も少なく、準備時間があるなら高位の魔術師を相手にする際に使わない道理はない。

そしてもう一つは、当然ながら「あの呪文」だ。

アリスの様子を見るに、俺がこれを使えるとは思っていないのだろう。初手の小細工が功を奏したのだと考えられる。

一方でシリルも祝福(ブレッシング)の奇跡を使い、こちらも気休めながらの強化を図る。

——さて、これで望みうる限りの準備は整ったと言えよう。

いよいよ決戦のときだ。

＊＊＊

「作戦会議は終わったかしら、臆病者(おくびょうもの)の冒険者さんたち？　いい加減待ちくたびれたのだけど、そろそろ攻めてきてもらえないかしら。こんなくだらない戦いは早く終えて、研究に戻りたいのよ」

依然として挑発をしてくるアリス。

俺はそれを無視して、仲間たちに確認を取る。

「全員、作戦内容は理解したな？　——この作戦はサツキにすべてが懸かっていると言っても過言ではない。頼むぞ」

「ああ、任せな。必ず一撃で仕留めてやる」

そう言うサツキは、ふぅと息をつき、集中力を高めている様子だった。

侮るでも食い入るでもなく、静かな瞳でアリスのほうを見すえている。この様子なら大丈夫だろう。

一方ミィやシリルのほうへと視線を送ると、二人も俺に向かって真っすぐな眼差(まなざ)しでうなずいてくる。

　彼女たちが担うのは、万一サツキが仕損じたときの保険の役割だが、二人ともその役割を軽視したりはしていないようだ。

　万全の状態と言えよう。

　俺は彼女らの状態に満足して、前方のアリスを見すえつつ、号令をかけた。

「では行くぞ。三、二、一……ゴー！」

　俺は自らのその掛け声とともに、地面を蹴り、アリスに向かって駆けだした。

　その後ろをサツキ、シリル、ミィの三人が並んで追いかけてくる。

　俺より足が速いサツキやミィも、俺に合わせて走る速度を緩めていた——すなわち、全員が一丸、一団となっての突撃だ。多少間抜けな感はあるが、見栄えなど気にする場面でもない。

「あらぁ、ようやく来る気になったのね。さあ、私の魔法の餌食にしてあげるわ」

　アリスが芝居がかった、しかし嬉しそうな口調でそう言って、呪文の詠唱を始める。

　まったくよく言うものだ。魔法の餌食にするつもりなど、まるでないというのに。

　なお通常、魔術師相手にひと塊になって攻めるというのは、愚策中の愚策だ。

　そんな攻め方をすれば範囲攻撃系の魔法で一網打尽にされるので、普通は互いにできる限り距離を取って、散らばって攻めるのがセオリーである。

　そのセオリーを無視してこのような攻め方をするのには、無論それなりの意味がある。

先に使った呪文の効果の関係上、この形が望ましいのだ。

――そして。

俺たちがアリスまでの距離を半分近くほどまで詰めたとき、ついに呪文詠唱を終えたアリスが、その杖を振るった。

まだ攻撃呪文が届くような距離でない段階で、アリスが使った呪文は――

「――魔法消去（ディスペル）！」

そのアリスの声とともに、彼女の背後にあった「壁」が、一瞬の輝きとともに消え去った。

そして壁が消え去った向こう側に、長弓（ロングボウ）を構えたゾンビの群れが、横並びで合計二十体現れる。

――まあ、そう来るだろう。

「壁」があるままでは、ゾンビどもの視線も通らない。こちらに向かって射撃するためには、あの「壁」を取り払う必要がある。

「あはははははっ！　引っかかったわね、バカな冒険者たち！　さあお前たち一斉射よ！　矢の雨であの愚か者どもを射殺（いころ）しなさい！」

すでに矢を番（つが）えるフォームで待機していたゾンビたちは、すぐに弓を引き絞り、俺たちに向けて狙いをつけた。

「なっ、バカな……！　アンデッドが弓矢を使えるわけが……！　――くそっ、こうなったらこのまま突っ切るしか……！」

これは俺の発言だ。あらかじめ用意しておいた台詞（セリフ）だが、我ながら白々しいことこの上ない。

「あっはははは！　間に合うわけないでしょバァァァカ！　——放て！」

アリスが悦に入った様子で杖を横に振るう。

その号令とともに、ゾンビたちが構えた弓から一斉に矢が放たれた。

バン、バンという弦が跳ねる音とともに、高速の矢が飛来する。

それは殺到するように俺たちへと向かって飛んできて——

——そのすべてが、俺たちの前方の空間で、ふっと横に逸れた。

不自然に軌道を変えた矢が、俺たち一団をよけて後方へと飛んでいく。

「は……？」

杖を振るったままの姿勢で、呆気にとられた様子のアリス。

そしてそのとき、俺の後方から一つの影が、猛烈な速度で俺を追い抜いていった。

サツキだ。

「頼んだぞ、サツキ」

「オーライ任せろ！」

速度を上げ彼女本来のスピードで駆けだしたサツキは、みるみるうちに俺を突き放していく。

「ちょっ、ちょっと、何が起こったの……？　今の矢の軌道、あれはまるで……でもそんなわけ……あれは中級の魔法で、初級の魔術師に使えるわけが……」

うろたえるアリス。

そこに向かって、サツキがぐんぐんと速度を上げて迫っていく。

そしてそのあとを、次いで足の速いミィが追い、さらに俺とシリルが追いかける。

「えっ、ちょっ……お、お前たち、第二射を……ち、違うそうじゃない、ここは私が魔法を……」

ひたすらに狼狽し、次の一手を迷っている様子のアリス。

そうだろう。研究者肌の導師ほど、予定通りに事が進まなかったときに崩れやすい人種もない。

そしてその迷いこそが命取りだ。

実戦においては、臨機応変の素早い状況判断と意志決定こそが、いざというときの決め手になる。普段静的な研究にばかり携わっている人間に、日頃から動的な活動に従事している冒険者のような迅速で的確な判断ができるわけがない。

なお、ゾンビが放った矢を逸らせたのは、俺が使った矢よけの呪文の効果である。

この呪文はあらゆる射撃攻撃——攻城弩の矢のような例外的な威力のものは除く——を百パーセントの確率で回避する効果を持ったもので、魔法の目による偵察の直後に使った呪文のもう一つはこれだった。

俺たちが全員一丸となって攻めたのも、この呪文の効果が術者——すなわち俺を中心にした範囲に及ぶためだ。

そして俺の仕事は、ここまでで終わりだ。あとはアタッカーとしての役割を託した、サツキの仕事だ。

見ればサツキは、あっという間にアリスのすぐ近くまで駆け寄っていた。命気によって常人よりもはるかに高い脚力を持つサツキならではの速度だった。

アリスもようやく自分が取るべき行動に気付き、慌てて呪文詠唱を始めていたようだったが——

「くっ、火——」

「——遅え！」

アリスの胸元に、サツキが矢弾のように突っ込んだ。

ドン、と半ば体当たりをするようにぶつかった。

両者の動きが止まる。

次いで、アリスの手から杖が取り落とされ、杖はからんと音を立てて地面に倒れた。

サツキが一歩身を引き、刀を引き抜くと、アリスの体が崩れ落ちた。

——最後は呆気なかったが、どうやら勝負が決したようだ。

「……人を斬るってのは、やっぱいい気分じゃねぇな。……でももうこれ以上、フィリアみたいなやつを生み出させるのは嫌なんだよ……」

　サツキのそのつぶやきは、静寂を迎えた場に静かに響き渡った。

＊＊＊

　ゾンビの弓兵たちは、アリスの命令がなければ攻撃的な動きをしてくることはなかった。

　またどこか構造に無理があったのか、シリルが亡者退散（ターンアンデッド）の奇跡を行使すると、すべて一斉に崩れ落ちて動かぬ死体となった。

　そして残ったのは、地に伏し、もはや助かる見込みがないほど血を流したアリス。

　俺が彼女の前に立つと、美貌の女導師（ウィザード）は憎々しげに地べたから俺を見上げてきた。

「騙（だま）したわね……矢よけ（ミサイルディフレクション）を使える魔術師（メイジ）の魔法の矢（マジックアロー）が、一本のはずがない……それにどうやって私の罠を見破ったの……？」

「キミも使っていただろう。魔法の目（ウィザードアイ）の呪文だ」

「うそ……まさか、導師（ウィザード）級……！　どうしてそんな、冒険者なんて……」

「その質問は聞き飽きた。職業選択の自由だ」

「……なるほど、変人ってことね……私も大概だとは思っていたけど、世の中にはいろんな人がいるものね……でも……」

アリスは最後の力を振り絞るようにして、懐から一つの紙束を取り出し、俺に差し出してきた。

その紙束は、端のほうは血に濡れている部分もあったが、内側の文字が書いてあるであろう部分は、まだ読める状態だった。

「あなたも導師なら、私の研究の価値が分かるでしょう……？　さあ、これを学院に持っていって公表して。私の功績を広めて。この研究には、犠牲となった人たちの命が詰まっているのよ」

「……っ！　てめぇ、勝手なことばっか言ってんじゃ……！」

すぐ近くで話を聞いていたサツキが、死にかけのアリスに近寄って胸倉をつかみ上げるが、俺はサツキの肩に手をかけ、首を横に振る。

そして俺は、アリスが差し出してきた紙束を受け取った。

「お、おい、ウィル……！　何を……」

「そうよ、それでいいの！　さあそれを学院に持っていって！　そしてこのアリス・フラメリアという一人の天才の名が、死霊魔術の研究史に未来永劫刻まれるのよ！」

サツキが困惑し、アリスが狂喜する中、俺は――

その紙束を持って壁際まで歩き、そこにあったランプの火で、紙束に火をつけた。

「えっ……？」

呆然とするアリス。

そうしている間にも、紙束についた火は勢いを増し、燃え盛っていく。

「ば、バカっ！　バカなの⁉　あああっ、ああああっ……！」

アリスはどこにそんな力が残っていたのかと思えるほどの勢いで、必死に地面を這い、俺のほうへと向かってくる。

だが彼女の執念が実を結ぶことはなく、彼女が俺のもとにたどり着くよりも前に、紙束は燃え尽きて灰になった。

「あ、あ、あ……私の、私の人生が……」

はらはらと舞う灰を見上げ、涙を流すアリス。

俺は、とうに命の灯が尽きていてもおかしくない彼女に、追いうちの言葉をかける。

「キミの研究は、確かに画期的な成果をもたらしたと言えるのかもしれん。だが俺はそれを善とは認めないし、キミの夢の手助けもしない。——これは俺の意志であり、俺の正義だ」

「こ、この、人でなし……！　恨んでやる、呪ってやる、殺してやる……うわあああああっ……！」

その絶叫を最後に、アリスはことりと力を失い、事切れた。

その後、シリルが死体に簡易の祈りを捧げ、聖別をした。これでアリスの怨念が、ゴーストとなって蘇るようなこともないだろう。

俺は三人の少女を見渡して言う。

「帰ろう。事後処理について、アイリーンと相談しなければ」

　そう言って、俺は彼女たちがついてくるのを待たずに、その場をあとにした。

　するとシリルが俺の横に駆け寄ってきて、その肘で俺を小突いた。

「あなたひどく思いつめたような顔をしてるわよ。お酒の席でいいから、あとで胸中吐き出しなさい。私でも聞いてあげるぐらいのことはできるわ」

　それは俺を心配する言葉だった。

　俺はそれを聞いて、大きく一つ息をつく。

「……いや、俺の内面の問題だし、俺自身が消化しきれていないことだ。まだ人に話せるような段階にはない」

　しかしシリルは、呆れたように大きなため息をつく。

「だからこそよ。……はあ、だんだんあなたのことが分かってきたわ。あなたって、案外バカなのかもね。もう少しぐらい人を頼りなさい。全部自分で抱えようとしない」

「…………」

　説教をされてしまった。幼少期の、母親の姿を思い出す。

「……分かった、考えておく」

「ん、よろしい」

　そう笑顔で言ったシリルは、俺の前へと回り、背伸びをしてその手で俺の頭をなでてきた。

……何故そうなる。

「……それはさすがにいかがなものかと思うのだが」

「あら、いつもあなたがミィにやっていることよ？　どんな気持ち？」

「複雑な気持ちだな」

「そうでしょ。複雑なのよ」

さすがに気恥ずかしくなって彼女のその手は除けさせてもらったが、シリルはそれでもにここにこと笑って俺の横に付き従っていた。

エピローグ

「お帰り！　ウィルたちなら大丈夫だと思ってたけど、無事で何よりだよ。それでどうだった？」

街に戻ると、アイリーンがそう言って出迎えてきた。

俺はアイリーンに一部始終を説明する。

話を聞いていたアイリーンは最後には渋い顔になっており、俺に向かってこう言った。

「お疲れ様、ウィル。大変だったね。事後処理は僕のほうで全部やっておくから、今日はもう休んで」

「そうか……？　俺も手伝わなくて大丈夫か？」

何しろ頭脳労働を本来嫌がるアイリーンのことだ。少なくともサポートぐらいはしてやったほうがいいだろうと考えたのだが――

「あのねウィル。今キミ結構ひどい顔してるよ、自覚ある？　僕のことより自分の心配をしなさい。はい、さっさと宿に帰って休むこと。これは雇い主からの命令です」

アイリーンは腰に両手をあて、威張るようにそう言ってきた。

参った、アイリーンからも心配されてしまった。

「……分かった、そうさせてもらう。確かに少し疲れた」

どうも今の俺は相当ダメらしい。アイリーンの言葉に甘えて、その日はもう宿で休むことにした。

そして俺たちは、まだ夕方にもなっていない時間だというのに酒場へと向かい、酒宴を始めた。

俺はその場で、シリルを相手に内心を吐露した。

果たしてあの場にいたのが俺の父親だったら、あのアリスの研究をどうしただろうか。あるいは俺がフィリアと知り合わず、アリスと友人関係にあったとしたら、俺はどうしていただろうか。

俺のしたことは正しいのか。善なのか悪なのか。そんな益体もない話を、内側からあふれるままにとつとつとシリルに話した。

答えは出なかった。シリルも答えは持っていなかった。

だがシリルは俺の考えを否定することなく静かに聞いて、受け入れてくれた。

まるで慈愛の女神の信徒のようだと感想を漏らすと、「今だけね」と答えが返ってきた。

そしてもう一つ、彼女が語った言葉で印象深かったものがある。

彼女は俺の内心の発露を一通り聞いた後、こう言ったのだ。

「あなたの判断が正しかったのか間違っていたのか、それをジャッジすることは私には不遜だと思えるわ。それの是非を語ることはとても難しいことだと思う。でも一つだけ、私に言えることがあるとすれば——『私は』あなたのあの決断を支持するわ。つまりこれで、あなたと私は共犯っていうこと」

シリルはそう言っていたずらっぽく笑い、右手の小指を差し出してきた。

俺は酔っていた勢いもあって、自分も右手の小指を差し出し、彼女と謎の指切りをしてしまった。

そうして指切った自分の小指を見ながら、俺は一つつぶやく。

「……俺からも一ついいか」

「ん、なぁに？」

「生まれて初めて、女に溺(おぼ)れる者の気持ちが分かってしまった気がする」

俺がそう言うと、シリルはまずきょとんとして、次にはくすくすと笑い始めた。

「それは光栄だわ。何なら一度そのまま溺れてみる？」

「……いや、遠慮しておく。戻ってこられる自信がない」

「あら、すごい理性ね。私なんてもう一言あれば確実に溺れていたのに」

「……俺には今、キミがとても恐ろしい魔女に見えるよ。神官(ホーリーオーダー)とはとても思えない」

この物言いがどうもツボに入ったようで、シリルはくつくつと本格的に笑い始めた。

そうした一方で、テーブルの向かい側を見れば、サツキとミィとが楽しそうにじゃれ合っていた。

それを見て、俺は少し安心する。サツキのメンタルも少し心配だったのだが、ミィのおかげで大丈夫そうだ。

ふと思う。

このパーティの真の立役者は、シリルとミィなのではないかと。

影働きに徹しているから目立たないが、彼女たちがいるからこそ、すべてがうまくまとまっているようにも思えてくる。

——いや、違うか。

彼女たちだけじゃない。皆が皆を支えている。

サツキだって奔放なようだが、彼女の明るさと気さくさは、俺たち全員に潤いを与えているようにも思う。今のパーティからサツキがいなくなった姿はいまいち想像ができないし、どうにか想像できるものは、今のパーティの姿よりも伸びやかさに欠けた堅苦しい様だ。

そんなことを考えながら、俺は食べて、飲んだ。

やがて遅い時間になると、事後処理を終えたアイリーンも宴に混ざってきて、何か色々とどんちゃん騒ぎになった。

そして、俺の意識はその辺りで、混濁の渦に巻き込まれたのだった。


俺の冒険者生活、Fランク最後の冒険は、そうして幕を閉じた。

そんな中、俺が抱いたのは——

ああ、やはり冒険者というのは、大変だけど面白いなという、半ば罰当たりとも思えるような感想であった。

──とある王女の戦い──

僕は少し焦っていた。

ゴルダート伯爵関連の事件をウィルたちと一緒に片付けたその後、僕は王都に、ウィルたち四人は都市アトラティアに帰還する、その旅路でのことだ。

アトラティアまでは道が一緒なので、僕は帰りもウィルたちと同行していたのだけど、それは逆に言えば、アトラティアに着いたら僕はウィルと別れなければいけなくなるということだ。

そして、それこそが僕の焦りの原因だ。

アトラティアで別れたら、次はもういつウィルと会えるか分からない。だから一緒にいられる今のうちに何とかしないと、という想いが僕にはあった。

ただ問題は、「何とか」と言っても、その具体的な方法がまったく一つも思い浮かばないということだ。

ここで僕があいつに猛アタックをかけたって、僕が勝手に玉砕するだけになるのは目に見えている。

あいつが僕に好意を持っているのかどうかは、正直に言って分からないけど——致命的に嫌われてはいない、ということぐらいは分かるけど、それ以上の好意があるかないかで言ったら、ないほうに賭けたほうが圧倒的に分がいいぐらいだと思っている。

でもそれよりも確実に言えるであろうことが一つあって。

それは、仮にあいつが僕をそういう相手として見てくれたとしても、あいつが自分のやりたいことを放棄してまで、僕を選んでくれるわけがないということ。少なくとも、今はそうだろう。そしてそんなことは、昔からあいつのことを知っている僕が一番よく分かっている。

だいたい僕だってそうだ。いくらあいつのことを好きだって言ったって、自分の全部を捨ててあいつについて行きたいって思うほど、盲目的に恋する乙女になっているわけでもない。国民のみんなを護る騎士としての僕を、捨てたくはないという気持ちがある。少なくとも、今はそう。

だから、そう、お互い様だ。

お互い様で、だからこそ、アタックしても玉砕するのはほとんど予定調和で――それはもう、お城で似合わないドレスを着て道化を演じたあの日に、切々と思い知ったことなのだ。

その上、僕のハートだってオリハルコンでできているわけじゃない。どちらかというと――というか、ものすごく割れやすいガラス細工だ。半ば分かり切っていることであったとしても、チャレンジして拒絶されたら僕は粉々に砕け散って死ぬと思う。もしくは半年はお城の自室に引きこもって、ベッドを涙で濡らすだろう。

そんな確率的にもダメージ的にも無理なものに無策に突進するほど僕もバカじゃない。

だからそう、僕は彼に対する直接的なアプローチ以外の何かを仕掛けなければいけないのだ。

た。
そして僕にとっての懸念事項は、僕が彼と会えなくなることのほかに、もう一つあっ

いや、一つではなく、三つと言うべきか——それはサツキちゃん、ミィちゃん、シリルさんのことだ。

タイプこそ違えど、三人ともすごく可愛い美少女だ。今のところウィルにそのつもりはないようだけど、あんな魅力的な女の子たちに毎日囲まれた状態で暮らしていたら、いつ間違いが起こらないとも限らない。間違いっていうのはつまり、あれがあーいう感じであーなるやつのことで……はうぅ。

……ま、まあ、あれだよね。もうウィルも大人だし、ひょっとしたらそういうこともあるよねっていうぐらいで。それは僕もそうで……って、それは置いといて！

まあとにかく、僕にとってサツキちゃんたちは脅威なのだ。いつもウィルと一緒にいられるって、それだけでずるい——じゃなかった、それだけで怖い相手なのだ。

ただ、いまいちはっきりしないのは、あの三人がウィルのことをどう思っているかだ。ウィルは約一名から言い寄られている気がするって言っていたけど……あの鈍感がそう言うぐらいなんだから、相当のアプローチが仕掛けられているのかもしれない。でも僕はこの旅の間、その様子を見ていない。

つまり何が言いたいかっていうと。

僕はあの三人の美少女がどの程度の脅威なのかについて、敵情視察をしておかないと

いけないってことだ。

ウィルたちと別れる前に、せめてそれぐらいはやっておかないと——

僕はそう思って、旅の空の下、意を決してサツキちゃんに話しかけたのだった。

「ねぇ、サツキちゃん、折り入って聞きたいことがあるんだけど……」

「あん？ 何だよ姫さん、改まって」

僕が仕掛けたのは、帰り道の道中、五人で街道を歩いているときのことだ。

昼下がりの空は快晴で、森の中を通る街道にも気持ちのいい風が吹いている、そんな旅路。僕はサツキちゃんのすぐ横について、話を持ち掛ける。

ちなみに僕は、三人の中だとサツキちゃんが一番話しかけやすい。サツキちゃんは開けっ広げで考えが足りないところはあるけど、そのあたりが逆に、この子とは警戒しないで付き合っていいんだって思わせてくれる。僕はサツキちゃんのことが結構好きだ。

「サツキちゃんたちにとって、ウィルってどういう存在？」

そんなサツキちゃんに、僕は様子見の質問を仕掛ける。何をどう聞いていいか分からなかったから、とりあえず直球で聞いてみた感じだ。

するとサツキちゃんは、

「どういう存在……？ どうって聞かれても、そりゃあ……なあ？」

そう言って、すぐ近くにいたミィちゃんに話を振った。

ミィちゃんはというと、いきなり話を振られて戸惑った様子だった。

「え、その話、ミィに振るですか？」

「や、何となく」

「むー……そもそもアイリーンは、どうしてそんなことを聞くですか？」

ミィちゃんの視線が僕のほうに向く。

僕はドキッとした。その目に内心を見抜かれるような、そんな気がして。

ミィちゃんは小さくて可愛らしい容姿だけど、その中身は侮れない――というか、僕なんかよりもよっぽど達観しているような気がする。そんな彼女の視線に射抜かれて、僕はわたわたと慌ててしまっていた。

「いや、えっと、どうしてっていうか……ほら、ウィルってこんなじゃん？　誤解されやすそうだなって思って、心配になってさ」

僕はウィルのほうをジェスチャーで指し示しながら、そんなことを口走る。

ちなみに当のウィルは渋い顔をしていた。キミに心配されるほど落ちぶれてはいない、とでも言いたげだ。

なお当然ながら、僕のこの発言は口から出任せの嘘八百である。サツキちゃんたちがウィルを嫌っていないことぐらいは、彼女たちの態度を見ていれば僕でも分かる。

「ふぅん……まぁいいです。そういうことにしておきます。アイリーンの考えていることは、聞かなくてもだいたい分かる気がしますし」

ミィちゃんは審問を終えたとばかりに僕から視線を外して、そんなことを言う。

はい、完全に見抜かれてますね……とほほ。

いいもん、僕が隠し事が下手なことぐらい、自分でも分かってるもん。隣で首を傾げているサツキちゃんやウィルが気付いていなそうなところが、せめてもの救いか。

そしてミィちゃんは、何を思ったのかこんな返答をしてきた。

「折角なので、アイリーンのほしい答えをあげます。——サツキやシリルにとってはどうだか分からないですけど、ミィにとってウィリアムは、優しいお兄ちゃんみたいなものです」

「……お兄ちゃん？」

僕がオウム返しに聞くと、ミィちゃんはこくんとうなずく。

「はいです。ミィは一人っ子だったので、こんなお兄ちゃんがいたらいいなと思っていたのです。ウィリアムはちょっと朴念仁ですけど、頼れるし、ミィが頑張っていることはちゃんと見ていて褒めてくれます。ミィにとってウィリアムは、とてもいいお兄ちゃんです」

「ふ、ふーん、そっか。お兄ちゃんなんだ」

僕はそれを聞いて、ホッと胸をなでおろす。兄弟みたいに思っているなら、ひとまずミィちゃんは大丈夫だろう。

その胸をなでおろす僕の様子を見たミィちゃんが、ほんの一瞬だけニヤリと悪い笑みを浮かべたような気がしないでもないけど、きっと何かの見間違いだろう、うん。

ちなみにウィルはというと、それを聞いて一人で何かを納得しているようだった。

そしてミィちゃんは、その話を今度は別の方面へと振った。

「シリルはどうです？　ウィリアムのこと、どう思ってるですか？」

「えっ……？　わ、私？」

少し離れた所で話を聞き流していたシリルさんに、ミィちゃんが話のボールを投げ渡す。

僕はそれに心の中で喝采（かっさい）した。いいぞミィちゃん、ナイスパス。シリルさんが一番聞きづらかったんだ。

「はいです。アイリーンが言った『サツキちゃんたち』の『たち』に自分が含まれないとでも思っていたですか？」

「うっ……。まあ、バカ正直に答える必要もないと思うのだけどね……」

シリルさんはそう前置きしながら、それでも少し考えてから、こう返事をしてくれた。

「私にとってウィリアムは、そうね……とてつもなくすごい人で、私なんかとは格が違うって思うのだけど――ときどき意外と可愛い人でもある、かな。……そう言われると、ウィリアムは怒る？」

シリルさんはそう言って、ウィルに伺いを立てる。

対するウィルは、

「いや、怒る理由がない。シリルからそう見えているのであれば、俺がシリルにそう見られるような姿を見せているということだ。それが嫌なら、俺自身が自分の行動を改めるべきだろう」

なんていつもの調子だった。

そして、それを聞いた僕の感想はというと――「あ、ヤバいかも」だった。

シリルさんって、もっと距離を置いてウィルのことを見ている人かと思っていた。そのシリルさんから「可愛い」なんて言葉が出たのは、ちょっとびっくりしたし、危機感を煽(あお)られる。

そう言われて思い出してみると、ゴルディアの酒場で飲んでいたとき、シリルさんとウィルって、そこはかとなくいい雰囲気だったような……。

シリルさんはダークホースかもしれない。今のところそういう関係には見えないけど、ちょっと目を離したらどうなるか分からない。

かと言って今の僕には何もできないんだけど……まずい、まずいぞ。

――そして、それより何より、本命だ。

「これでミィとシリルは答えたので、あとはサツキですね」

「あたし？　あたしは――」

そう、サツキちゃん。

ウィルにぐいぐいアタックをかけているとしたら、サツキちゃん以外にあり得ないだろう。

それにサツキちゃんは、ちょっとおバカだけど、おバカ可愛いところがある。

顔も可愛いし、プロポーションも文句のつけようがない。いろいろと平らかな僕とは比べ物にならないぐらいだ。

僕が男だったら、サツキちゃんのことは絶対に放っておかないと思う。むしろ襲う。生意気な子っていじめたくなるよね？　ならない？

……こほん。

そんなサツキちゃんは、チラッとウィルのほうを見て、それから僕のほうを見て、こう言った。

「ってか、あたしたちばっかりに聞いて、姫さんこそどうなんだよ。ウィルのこと、どう思ってんだよ」

「へっ？　ぼ、僕……？」

突然話を振られて、僕はパニックになりかけた。

そうだ。こんな話を振ったら、当然僕のほうにだって矛先が向くに決まっている。どうしてそんなことに気付かなかったんだ。

僕がウィルのことをどう思っているのか。

ただの幼馴染み、と答えるのは簡単だ。

でもミィちゃんもシリルさんも、はぐらかさずに深いところを答えてくれた。それなのに僕だけ本心と違うことを言うのは、僕の主義に反する。

かと言って、それをこの場で言ってもいいものか。

いや、むしろチャンスかもしれない。消極的にしていたって、何が前に進むわけでもない。

それを言っちゃったら、どうなるか分からない。でも――

僕はごくりと唾をのむ。そして決心をした。

どうせ僕だって、そんなに頭がいいわけじゃない。全部を計算ずくで進められるわけもない。

だったら、どこかで賭けてみるしかない。こうなったら、なるようになれだ。

「……分かった。じゃあサツキちゃん、いっせーので、お互い思ってることを言うっていうのはどう？」

「え、マジで？　いや、あたしはいいけど……」

「じゃあ決まりね。心の準備はいい？」

「お、おう」

「じゃあ、行くよ。いっせーの――」

僕がそう言って、渾身の想いを口にしようとした――そのときだった。

「――待て、二人とも」

ウィルからストップの声が掛かった。

勢いのついていた僕とサツキちゃんは、思いっきり前につんのめりそうになる。

「な、何だよウィル！」

サツキちゃんの苦情に、ウィルは口元に人差し指を立てて、静かにこう言った。

「警戒(アラート)の呪文に反応があった。二、三……いや、四体か」

「へっ、モンスター？」

「今確認する。――ああ、あれはダイアウルフだな。狼(おおかみ)の一種だが、特に大型で凶暴、かつ好戦的だ。モンスターランクはE」

むにゃむにゃと呪文を唱えたウィルがそう答えてしばらく、僕たちの行く手の先に大型の狼の群れが現れた。

ウィルがそこにもう一つ呪文を唱えると、その四体の狼のうちの二体がふらふらと倒れた。眠り(スリープ)の呪文というやつだろう。

そして残った二体はぶるぶると頭を振り、僕たちのほうへと襲い掛かってくる。

――やれやれ、どうやら告白をするような空気じゃなくなってしまったみたいだ。

「――サツキちゃん、一時休戦！　やるよ！」

「オーライ姫さん！　下手踏んで食われんじゃねぇぞ！」

「誰に言ってんのさ！」

僕とサツキちゃんは互いに腰から武器を抜いて、それぞれ一体ずつの狼へと向かっていった。

――その後、僕たちは襲ってきた狼どもを無事撃退することには成功した。

でもそれで流れが途切れてしまえば、うやむやになってしまった話を蒸し返すことは僕にはできなくて。

それが良かったのか悪かったのか、今の僕には分からないけど――いずれはそれも、分かるときが来るのだろうか。

そんなことを考えながら、僕はウィルたちとの残りの旅路を、それなりに楽しんだのだった。

あとがき

この度は本作を手に取っていただき、ありがとうございます。著者のいかぽんと申します。「小説家になろう」などを主な縄張りとして執筆活動をしておりまして、ファミ通文庫様からは本作が初の書籍化作品となります。

なお別の出版社からの書籍化も含めると、作者としては二作目の書籍化作品となります。さすがに二作目ともなると現実感も身についてきて、詐欺を疑わなくなりました。

さて、そんな本作『魔術学院を首席で卒業した俺が冒険者を始めるのはそんなにおかしいだろうか』ですが、この作品が生まれるのにはいくつかのきっかけがありました。ここではそのうちの一つをお話ししてみようと思います。

それは僕がツイッターをなんとなく眺めていたときでした。ある妙な話が、僕の視界に飛び込んできました。それは確か、こんな内容だったと思います。

——勉強すれば将来の可能性が広がるなんて嘘だ。偏差値の高い大学を卒業したら、その学歴に見合った職業に就くことを期待される。俺がやりたかった仕事はそれじゃないのに。

僕はそれを見て「あー分かる分かる、実際問題そういうのあるよねー」などと笑っていました。そのときはまさか、それをネタに小説を書くなんてことは考えてもいなかったのです。どこにアイディアが転がっているか分かったものじゃないですね。

そんなわけで本作の主人公ウィリアムは、自分の中では筋を通しているつもりなのに周囲から見れば変人、というキャラクターです。周囲の期待などそっちのけで自分が行きたい道を歩く人です。そういう変人になることを厭わなければ、努力するほど可能性は広がるという一般論は嘘ではなくなります。でもそんな彼も、ヒロインたちと出会って一緒に冒険を続けていくにつれて、少しずつ変わっていくのかもしれません。

さて、紙面も少なくなってきたので、謝辞へと移らせていただきたいと思います。

まずは担当編集の原田様、たびたび面倒なことを言ったり、ちょくちょく凡ミスをしてご迷惑をお掛けしたりしてすみません。いつもありがとうございます。

またイラストを担当してくださったカカオ・ランタン様。キャラの可愛さと美術的な彩りとが調和した美麗なイラストをありがとうございます。特に表紙絵のミィちゃんのお腹まわりが素晴……いえ、何でもございません。そんなところばかり見てないですよ？

またそのほかにも、校正の方、デザイナーの方、営業や広報など後方支援をしてくださっている方々、それに現場の書店で本を届けてくださる書店員さんなどにも感謝を。

そして何より、今こうしてこの本を手に取ってくれている読者の皆様に。

ウィリアムたちの物語に触れる時間が、皆様の楽しいひと時となれば幸いです。

いかぽん

1巻発売おめでとうございます!!

■ご意見、ご感想をお寄せください。

ファンレターの宛て先
〒102-8078　東京都千代田区富士見1-8-19　ファミ通文庫編集部
いかぽん先生　　カカオ・ランタン先生

■QRコードまたはURLより、本書に関するアンケートにご協力ください。

https://ebssl.jp/fb/18/1674

- スマートフォン・フィーチャーフォンの場合、一部対応していない機種もございます。
- 回答の際、特殊なフォーマットや文字コードなどを使用すると、読み取ることができない場合がございます。
- お答えいただいた方全員に、この書籍で使用している画像の無料待ち受けをプレゼントいたします。
- 中学生以下の方は、保護者の方の了承を得てから回答してください。
- サイトにアクセスする際や、登録・メール送信時にかかる通信費はご負担ください。

ファミ通文庫

魔術学院を首席で卒業した俺が冒険者を始めるのはそんなにおかしいだろうか

い10
1-1
1674

2018年6月30日　初版発行

著　者　いかぽん
発行者　三坂泰二
発　行　株式会社KADOKAWA
〒102-8177 東京都千代田区富士見2-13-3
電話 0570-060-555(ナビダイヤル)　URL:https://www.kadokawa.co.jp/
編集企画　ファミ通文庫編集部
担　当　原田秀馬
デザイン　coil
写植・製版　株式会社スタジオ205
印　刷　凸版印刷株式会社

〈本書の内容・不良交換についてのお問い合わせ〉
エンターブレイン カスタマーサポート　0570-060-555（受付時間 土日祝日を除く 12:00～17:00）
メールアドレス：support@ml.enterbrain.co.jp　※メールの場合は、商品名をご明記ください。

ISBN978-4-04-735202-5 C0193

定価はカバーに表示してあります。

女神の勇者を倒すゲスな方法4
「お気の毒ですが変人は増えてしまいました」

著者／笹木さくま
イラスト／遠坂あさぎ

既刊 女神の勇者を倒すゲスな方法1～3

エルフvs黒エルフ勃発!?

ついに真一は女神攻略に乗り出すが、手がかりがない。そんな時、かつて女神が破壊するよう命じた“エルフの墓所”の存在を知る。しかしエルフは勇者すら一蹴する魔力を持ちながらも人間を嫌っている。友好的に接しようとしたものの、暴言を吐きまくるエルフにセレスがブチギレ——‼

佐伯さんと、ひとつ屋根の下 I'll have Sherbet! 4

著者／九曜
イラスト／フライ

既刊 1〜3巻好評発売中！

ふたりで初めてのクリスマス――

すれ違いを経て、お互いの気持ちを確かめ合った僕と佐伯さん。いつもの生活が戻り季節は秋。そんなある日の昼休み、桑島先輩が僕を訪ねてくる。先日のことを気にする彼は、埋め合わせに、佐伯さんとふたりで近くの大学の学園祭に行ってきてはどうかと提案してきて――。

奪う者 奪われる者IX

既刊 Ⅰ～Ⅷ巻好評発売中！

著者／mino
イラスト／和武はざの

『ネームレス王国』が崩壊!?

ユウは『ネームレス王国』の国力を高めるため、各国の商人と交渉したり、戦争に備えニーナ、レナ、マリファを訓練したりと多忙な日々を送っていた。そんな中、獣人族、堕落族、魔落族の長が「『ネームレス王国』を抜け、軍を設立したい」と言い出し……。

異世界ですが魔物栽培しています。4

著者／雪月花
イラスト／shri

既刊 異世界ですが魔物栽培しています。1〜3

絶好調の魔物栽培ファンタジー！

新たな大陸に渡ったキョウたちは驚きの光景を目にする。そこは調教師（テイマー）により人間と魔物が共存する理想の王国だった！　特に第二王子シンは優秀な調教師"魔獣勇者"として慕われている。そんなシンから、キョウは次期国王選出の儀式"王選"への協力を頼まれるのだが——。

FB ファミ通文庫

賢者の孫 Extra Story 伝説の英雄達の誕生

著者／吉岡 剛
イラスト／菊池政治

賢者マーリン、導師メリダの伝説が開幕！

シンがマーリンに出会う35年前。当時のアールスハイド高等学院ではマーリン、メリダ、カイルが学院生活を送っていた。そんな中、マーリンとメリダは恋人同士に。その報告を受けたカイルはマーリンに嫉妬心を燃やし始め……。超人気シリーズ『賢者の孫』の外伝、登場!!